鸿儒经典

词境浅说

俞陛云◎著

广陵书社

图书在版编目（CIP）数据
词境浅说 / 俞陛云著. -- 扬州 : 广陵书社, 2025.
3. -- (鸿儒经典). -- ISBN 978-7-5554-2274-7
Ⅰ. I207.23
中国国家版本馆CIP数据核字第2025CE9357号

丛书名　鸿儒经典

书　　名　词境浅说
著　　者　俞陛云
责任编辑　王浩宇　　特约编辑　赵小龙
出 版 人　刘　栋　　装帧设计　鸿儒文轩・末末美书

出版发行　广陵书社
扬州市四望亭路 2-4 号　　邮编：225001
http://www.yzglpub.com　　E - mail:yzglss@163.com
印　　刷　三河市华东印刷有限公司

开　　本　880mm × 1230mm　1/32
字　　数　260 千字
印　　张　12.5
版　　次　2025 年 3 月第 1 版
印　　次　2025 年 3 月第 1 次印刷
书　　号　ISBN 978-7-5554-2274-7
定　　价　78.00 元

编者说明

俞陛云是朴学泰斗俞樾之孙、红学大师俞平伯之父、近代诗词大家。俞陛云幼承家学，受祖父亲自指导，在诗词鉴赏方面颇有建树。本书汇集俞陛云鉴赏宋词的相关作品，共收北宋词人三十五家，共计词作二百八十一首；共收南宋词人三十七家，共计词作三百八十五首。其基本涵盖了北宋、南宋时期的重要词人、词作，所选词反映了当时的社会生活与时代风貌，具有较高的艺术水平。本书选词精美、点评独到、赏鉴精辟，为诗意解读宋词的典范之作，是一本难得的古诗词入门书。

在内容方面，本书主要参考上海古籍出版社《唐五代两宋词选释》（1985 年版）。需要注意的是，俞陛云选词时，所引用词集版本与现行版本存在一定的差异，另俞陛云在抄录时亦存在笔误。本书整理时，尽量保存原著面貌，对差异、笔误之处出校记进行说明，将原著中繁体字、异体字改为规范简体字，并对引文不完整之处做了增补。因编者能力有限，本书不足之处，还望读者多多指正。

目录

北宋词境浅说

陈亚一首　/ 2
柳永八首　/ 2
张先七首　/ 7
晏殊十首　/ 11
欧阳修十六首　/ 16
解昉一首　/ 23
章楶一首　/ 24
晏几道三十一首　/ 25
王观四首　/ 38
张舜民一首　/ 40
苏轼三十六首　/ 41
李之仪一首　/ 60
孔平仲一首　/ 61

王雱一首 / 62
张景修一首 / 62
黄庭坚七首 / 63
郑仅一首 / 67
李元膺一首 / 68
秦观二十五首 / 69
米芾一首 / 80
赵令畤三首 / 81
贺铸四十二首 / 82
僧仲殊一首 / 102
周邦彦六十五首 / 103
司马槱一首 / 138
秦湛一首 / 139
王安中二首 / 140
叶梦得四首 / 141
汪藻一首 / 144
曹组一首 / 144
蒋元龙一首 / 145
程过一首 / 146
房舜卿一首 / 147
李玉一首 / 147
杨无咎一首 / 148

南宋词境浅说

曾觌五首　/ 152
陆游二十一首　/ 154
范成大六首　/ 166
赵长卿五首　/ 169
辛弃疾三十一首　/ 172
连久道一首　/ 191
刘过十首　/ 192
姜夔二十二首　/ 198
戴复古一首　/ 212
史达祖三十首　/ 213
高观国十六首　/ 231
林正大一首　/ 240
岳珂二首　/ 241
严仁八首　/ 242
严参一首　/ 246
刘克庄九首　/ 247
郑觉斋一首　/ 252
宋自逊一首　/ 253

刘子寰一首　/ 253
李昴英一首　/ 254
吴文英五十四首　/ 255
施枢一首　/ 288
储泳一首　/ 289
李彭老五首　/ 289
李演一首　/ 293
黄昇三首　/ 294
何梦桂二首　/ 296
王月山一首　/ 297
刘辰翁二首　/ 298
周密三十二首　/ 300
王沂孙三十六首　/ 320
王易简七首　/ 343
唐艺孙二首　/ 347
吕同老三首　/ 348
张炎六十首　/ 350
王炎午一首　/ 388
胡浩然一首　/ 389

北宋词境浅说

陈亚一首

生查子

相思意已深，白纸书难足。字字若参商，故要檀郎读。

分明记得约当归，远至樱桃熟。何事菊花时，犹未回乡曲。

写闺情有乐府遗意。吴处厚评此调云：“虽一时俳谐之词，寄兴亦有深意。”

柳永八首

玉蝴蝶

望处雨收云断，凭阑悄悄，目送秋光。晚景萧疏，堪动宋玉悲凉。水风轻、蘋花渐老，月露冷、梧叶飘黄。遣情伤。故人何在，烟水茫茫。

难忘。文期酒会，几辜风月，屡变星霜。海阔山遥，未知何处是潇湘。念双燕、难凭远信，指暮天、空识归艎。黯相望。断鸿声里，立尽斜阳。

“水风”二句善状萧疏晚景，且引起下文离思。“情伤”以下至结句黯然魂消，可抵江淹《别赋》，令人增《蒹葭》怀友之思。

少年游

参差烟树灞陵桥。风物尽前朝。衰杨古柳，几经攀折，憔悴楚宫腰。

夕阳闲淡秋光老，离思满蘅皋。一曲阳关，断肠声尽，独自上兰桡。

上阕苍凉怀古，下阕伤离怨别，与前首略同。“阳关”三句有曲终人远之思。

蝶恋花

独倚危楼风细细。望极离愁，黯黯生天际。草色山光残照里。无人会得凭阑意。

也拟疏狂图一醉。对酒当歌，强乐还无味。衣带渐宽终不悔。为伊消得人憔悴。

长守尾生抱柱之信，拚减沈郎腰带之围，真情至语。此词或作六一词，汲古阁本则列入《乐章集》。

斗百花

煦色韶光明媚。轻霭低笼芳树。池塘浅蘸烟芜，帘幕闲垂风絮。春困厌厌，抛掷斗草工夫，冷落踏青心绪。终日扃朱户。

远恨绵绵，淑景迟迟难度。年少傅粉，依前醉眠何处。深院无人，黄昏乍拆秋千，空锁满庭花雨。

前、后段皆状春闺娇慵之态，惟转头处略见怀人。屯田摹写情景，颇似清真，而开合顿挫，视清真终隔一尘。

诉衷情近

幽闺昼永，渐入清和气序，榆钱飘满闲阶，莲叶嫩生翠沼。遥望水边幽径，山崦孤村，是处园林好。

闲情悄。绮陌游人渐少。少年风韵，自觉随春老。追先好。帝城信阻，天涯目断，暮云芳草。伫立空残照。

上、下阕分写情景。“少年风韵”二句寄慨良深，有“春来懒上楼”之感。结句余韵不尽。

倾杯乐

木①落霜洲，雁横烟渚，分明画出秋色。暮雨乍歇。小楫夜泊，宿苇村山驿。何人月下临风处，起一声羌笛。离愁万绪，闻岸草、切切蛩吟如织。

为忆芳容别后，水遥山远，何计凭鳞翼。想绣阁深沉，争知憔悴损、天涯行客。楚峡云归，高阳人散，寂寞狂踪迹。望京国。空目断、远峰凝碧。

“暮雨”三句音节极清峭。毛晋谓屯田词“音调谐婉，尤工于羁旅悲怨之辞”，此作克副之。

雨霖铃　秋别

寒蝉凄切。对长亭晚，骤雨初歇。都门帐饮无绪，方留恋处，兰舟催发。执手相看泪眼，竟无语凝噎。念去去、千里烟波，暮霭沉沉楚天阔。

多情自古伤离别。更那堪、冷落清秋节。今宵酒醒何处，杨柳岸、晓风残月。此去经年，应是良辰、好景虚设。便纵有、千种风情，更与何人说。

首三句虚写送别时之秋景，后乃言留君不住，别泪沾巾，目送兰舟向楚水湘云而去，举别时情事，次第写之。后半起

---

① 木：一作“鹜”。

句用提空之笔，言南浦、阳关，为自古伤心之事，况凉秋远役，遥想酒醒梦回，扁舟摇漾，当在垂杨岸侧、晓风残月之中。客情之凄其，风景之清幽，怀人之绵邈，皆在“杨柳岸”七字之中，宜二八女郎红牙按拍，都唱屯田也。此七字已探骊得珠。后四句乃叙别后之情，以完篇幅。后阕以“自古伤离”“更与何人说”二语作起结，提得起，勒得住，能手无弱笔也。

八声甘州

对潇潇暮雨洒江天，一番洗清秋。渐霜风凄紧，关河冷落，残照当楼。是处红衰绿减，冉冉物华休。惟有长江水，无语东流。

不忍登高临远，望故乡渺邈，归思难收。叹年来踪迹，何事苦淹留。想佳人、妆楼颙望，误几回、天际识归舟。争知我、倚阑干处，正恁凝眸。

起二句有俊爽之致。“霜风”“残照”三句音节悲抗，如江天闻笛，古戍吹笳，东坡极称之，谓唐人佳处，不过如此。以其有提笔四顾之概，类太白之“牛渚望月”，少陵之“夔府清秋”也。其下二句顺笔写之，至结句江水东流，复能振起。后半首分三叠写法，先言已之欲归不得，何事淹留，次言闺人念远，误认归舟，与温飞卿之“过尽千帆皆不是，斜晖脉脉水悠悠”，皆善写闺人心事。结句言知君忆我，我亦忆君。前半首之“霜风”“残照”，皆在凝眸怅望中也。

张先七首

燕台春[1] 东都春日，李阁使席上

丽日千门，紫烟双阙，琼林又报春回。殿阁风微，当时去燕还来。五侯池馆屏开。探芳菲走马[2]，重帘人语，辚辚车幰，远近轻雷。

雕觞霞滟，醉幕云飞，楚腰舞柳，宫面妆梅。金猊夜暖，罗衣暗裛香煤。洞府人归，笙歌院落，灯火楼台。下蓬莱[3]。犹有花上月，清影徘徊。

《古今词话》评汴河出土石刻之《鱼游春水》词云："八十九字而风花莺燕动植之物曲尽，此唐人语也。"后之状物写情，无能及者。观子野此词，善状帝城春景之盛。天家之宫阙，五侯之池馆，士女之车马以及飞觞舞袖，香兽罗衣，粲然咸备。较《鱼游春水》词尤为绚丽。结句至月上犹留连不去，极写其酣游也。

---

① 燕台春：即"燕春台"。

② 探芳菲走马：此句一作"探芳菲、走马天街"。

③ 笙歌院落，灯火楼台。下蓬莱：《全宋词》中作"放笙歌、灯火下楼台。蓬莱"。

浣溪沙

水满池塘花满枝。乱香深里语黄鹂。东风吹软弄帘帏。

日正长时春梦短，燕交飞处柳烟低。玉窗红子斗茶时。

“日长”二句写春景，辞妍而笔轻。“玉窗”句丽不伤雅，情味在含蕴中。

前调

锦帐重重卷暮霞。屏风曲曲斗红牙。恨人何事苦离家。

枕上梦魂飞不去，觉来红日又西斜。满庭芳草衬残花。

以闲逸之笔写景而隐寓绮情，与前首略同。结句不说尽，较前首“玉窗斗茶”尤耐寻味。

青门引

乍暖还轻冷。风雨晚来方定。庭轩寂寞近清明，残花中酒，又是去年病。

楼头画角风吹醒。入夜重门静。那堪更被明月，隔墙送过秋千影。

残春病酒，已觉堪伤，况情怀依旧，愁与年增，乃加倍写法。结句之意，一见深夜寂寥之景，一见别院欣戚之殊。梦窗因秋千而忆凝香纤手，此则因隔院秋千而触绪有怀，别有人在，乃侧面写法。

天仙子

时为嘉禾小倅，以病眠不赴府会。

水调数声持酒听。午醉醒来愁未醒。送春春去几时回，临晚镜。伤流景。往事后期空记省。

沙上并禽池上瞑。云破月来花弄影。重重帘幕密遮灯，风不定。人初静。明日落红应满径。

《古今词话》云："客谓子野曰：'人咸目公为张三中：心中事、眼中泪、意中人也。'子野曰：'何不谓之张三影？'客不喻。子野曰：'云破月来花弄影；娇柔懒起、帘押卷花影；柳径无人，坠飞絮无影，此平生得意者。'"《高斋诗话》云："子野尝有诗云'浮萍断处见山影'，又长短句云'云破月来花弄影'，又云'隔墙送过秋千影'，并脍炙人口，世谓张三影。"苕溪渔隐云："当以《后山》《古今》二诗话所载三影为胜。"

菩萨蛮① 咏筝

哀筝一弄湘江曲。声声写尽湘波绿。纤指十三弦。细将幽恨传。

当筵秋水慢。玉柱斜飞雁。弹到断肠时。春山眉黛低。

宋时善筝之妓，有轻轻，有伍卿，每拂指登场，座客皆为痴立。客有赠诗者曰：“轻轻殁后便无筝，玉腕红纱到伍卿。座客满筵都不语，一行哀雁十三声。”此诗出而伍卿之名益著。子野所遇筝妓，观其“肠断”“眉低”二句，当亦深于情者。为鸣筝能手，不在玉腕、红纱之下也。

碧牡丹 晏同叔出姬

步帐摇红绮。晓月堕，沉烟砌。缓板香檀，唱彻伊家新制。怨入眉头，敛黛峰横翠。芭蕉寒，雨声碎。

镜华翳。闲照孤鸾戏。思量去时容易。钿合瑶钗，至今冷落轻弃。望极蓝桥，但暮云千里。几重山，几重水。

上阕追忆闻歌，“眉”“黛”二句，红牙按拍，有怨入落花之感。下阕重到歌筵，而惊鸿已渺，惆怅成词，有情不自

① 此词作者一作晏几道。

禁者。《道山清话》谓晏元献辟子野为通判，公有侍儿，每令侑觞，往往歌子野所为词，后为王夫人所摈。一日，公招子野饮，追怀前事，作《碧牡丹》一调，令座妓歌之，至“暮云山水”末句，公怃然曰：“人生行乐耳，何自苦如此！”乃出钱取侍儿归，相传为韵事云。

晏殊十首

浣溪沙

一曲新词酒一杯。去年天气旧亭台。夕阳西下几时回。

无可奈何花落去，似曾相识燕归来。小园香径独徘徊。

首句但纪当日之事，入手处不侵占下文地位。次句即叙明本意，言风景不殊，亭台依旧，乃总括全篇。三句承去年天气而言，流光容易，又换今年，安得鲁阳挥戈，再反虞渊之日耶？下阕承前半首之意，言春不能留，花亦随之落去，花既无情，惜花者空付奈何一叹。“归燕”句承“旧亭台”之意，虽梁燕寻巢，似曾相识，若有情而实无情。花与鸟既无以慰情，徒增惆怅，伤离感旧之深，焉得逢人而语？惟有徘徊芳径，立尽斜阳耳。

前调

一向年光有限身。等闲离别易消魂。酒筵歌席莫辞频。

满目山河空念远，落花风雨更伤春。不如怜取眼前人。

此词前半首笔意回曲，如石梁瀑布，作三折而下。言年光易尽，而此身有限，自嗟过客光阴，每值分离，即寻常判袂，亦不免魂消黯然。三句言消魂无益，不若歌筵频醉，借酒浇愁，半首中无一平笔。后半转头处言浩莽山河，飘摇风雨，气象恢宏。而“念远”句承上“离别”而言，“伤春”句承上“年光”而言，欲开仍合，虽小令而具长调章法。结句言伤春念远，只恼人怀，而眼前之人，岂能常聚，与其落月停云，他日徒劳相忆，不若怜取眼前，乐其晨夕，勿追悔蹉跎，申足第三句“歌席莫辞”之意也。

蝶恋花①

帘幕风轻双语燕。午醉醒来，柳絮飞撩乱。心事一春犹未见。余花落尽青苔院。

百尺朱楼闲倚遍。薄雨浓云，抵死遮人面。消息未知归早晚。斜阳只送平波远。

① 此词作者一作欧阳修。

此词殆有寄慨，非作月露泛辞。“心事”二句有“怅未立乎修名”“老冉冉其将至”之感。下阕“雨云”二句意谓经国远谟，乃横生艰阻。“消息”“斜阳”二句谓他日成败，非所逆睹，而在图安旦夕观之，则斜日远波，固一派清平气象也。韩魏公咏雪诗“老松擎重玉龙寒”，隐然以天下为己任。公之词，其亦有忧盛危明之意乎？

玉楼春

绿杨芳草长亭路。年少抛人容易去。楼头残梦五更钟，花底离愁三月雨。

无情不似多情苦。一寸还成千万缕。天涯地角有穷时，只有相思无尽处。

夏闰庵谓后半阕惟极写“离愁”二字，若南宋人为之，必别出一意，断不如此直说。此等处正宜着眼。

浣溪沙

阆苑瑶台风露秋。整鬟凝思捧觥筹。欲归临别强迟留。

月好漫成孤枕梦，酒阑空得两眉愁。此时情绪悔风流。

瑶台阆苑，言地之高华；凝思整鬟，言人之庄重，虽捧觥筹，可望而不可即。明知徒费迟留，迨酒阑人散，独自成愁，始知追悔当时，固何益耶？既已悔之，而复孤梦愁眉，低回不置，姑寄其无聊之思耳。元献生平不作妮子语，此词或有所指，非述绮怀也。

清平乐

红笺小字。说尽平生意。鸿雁在云鱼在水。惆怅此情难寄。

斜阳独倚西楼。遥山恰对帘钩。人面不知何处，绿波依旧东流。

言情深密处全在“红笺小字”。既鱼沉雁杳，欲寄无由，剩有流水斜阳，供人愁望耳。以景中之情作结束，词格甚高。

玉楼春

池塘水绿风微暖。记得玉真初见面。重头歌韵响铮琮，入破舞腰红乱旋。

玉钩阑下香阶畔。醉后不知斜日晚。当时共我赏花人，点检如今无一半。

极美满之风光，事后回思，都成陈迹。元献生当盛世，雍容台阁，而重醉花前，尚有旧人零落之感。若生逢叔季，衣冠第宅转眼都非，宁止何堪感旧耶？

踏莎行

小径红稀，芳郊绿遍。高台树色阴阴见。春风不解禁杨花，濛濛乱扑行人面。

翠幕藏莺，珠帘隔燕。炉香静逐游丝转。一场愁梦酒醒时，斜阳却照深深院。

此词或有白氏讽谏之意。杨花乱扑，喻谗人之高张；燕隔莺藏，喻堂帘之远隔，宜结句之日暮兴嗟也。

蝶恋花

六曲阑干偎碧树。杨柳风轻，展尽黄金缕。谁把钿筝移玉柱，穿帘海燕双飞去。

满眼游丝兼落絮。红杏开时，一霎清明雨。浓睡觉来莺乱语。惊残好梦无寻处。

写景明秀，通首于景中隐寓情思，有含毫邈然之意。

清平乐

金风细细。叶叶梧桐坠。绿酒初尝人易醉。一枕小窗浓睡。

紫薇朱槿花残。斜阳却照阑干。双燕欲归时节，银屏昨夜微寒。

纯写秋来景色，惟结句略含清寂之思，情味于言外求之，宋初之高格也。

欧阳修十六首

浣溪沙

湖上朱桥响画轮。溶溶春水浸春云。碧琉璃滑净无尘。

当路游丝萦醉客。隔花啼鸟唤行人。日斜归去奈何春。

上阕写水畔春光明媚，风景宛然。下阕言嬉春之“醉客”“行人”，营营扰扰，而“游丝”“啼鸟”，复作意撩人，在冷眼观之，徒唤奈何，惟有“日斜归去”耳。

阮郎归

南园春早踏青时。风和闻马嘶。青梅如豆柳如眉。日长蝴蝶飞。

花露重，草烟低。人家帘幕垂。秋千慵困解罗衣。画梁双燕栖。

先写春早之景，后言春昼之人，但言日长人倦。“秋千”二句不着欢愁，风情自见。

青玉案

一年春事都来几。早过了、三之二。绿暗红嫣浑可事。绿杨庭院，暖风帘幕，有个人憔悴。

买花载酒长安市。又争似家山见桃李。不枉东风吹客泪。相思难表，梦魂无据。惟有归来是。

“绿杨”三句先叙怀人。下阕言归思。“相思”二句即申明此两意，言怀人既难表示，家山又魂梦无凭，惟有速整归装，勿长使春风吹泪也。

踏莎行

候馆梅残，溪桥柳细。草熏风暖摇征辔。离愁渐远渐无穷，迢迢不断如春水。

寸寸柔肠，盈盈粉泪。楼高莫近危阑倚。平芜尽处是春山，行人更在春山外。

唐宋人诗词中，送别怀人者，或从居者着想，或从行者着想，能言情婉挚，便称佳构。此词则两面兼写。前半首言征人驻马回头，愈行愈远，如春水迢迢，却望长亭，已隔万重云树。后半首为送行者设想，倚阑[1]凝睇，心倒肠回，望青山无际，遥想斜日鞭丝，当已出青山之外，如鸳鸯之烟岛分飞，互相回首也。以章法论，“候馆”“溪桥”言行人所经历；“柔肠”“粉泪”言思妇之伤怀，情同而境判，前、后阕之章法井然。

蝶恋花[2]

几日行云何处去。忘了归来，不道春将暮。百草千花寒食路。香车系在谁家树。

泪眼倚楼频独语。双燕来时，陌上相逢否。撩乱春愁如柳絮。依依梦里无寻处。

起笔托想空灵，欲问伊人踪迹，如行云之在天际。春光已暮，而留滞忘归，况当寒食佳辰，柳天花草，香车所驻，从何处追寻！前半首专写离人，后半首乃言己之情思，孤客凭阑，无由通讯；陌上归来燕子，或曾见芳踪，永叔《洛阳春》词“看花拭泪向归鸿，问来处逢郎否”，与此词皆无聊之托思。结句言赢得愁绪满怀，乱如柳絮，而入梦依依，茫无

---

① 阑：同“栏”。

② 此词作者一作冯延巳。本首词及后面的“庭院深深深几许”“谁道闲情抛弃久”二首《蝶恋花》，也见于《阳春集》等词集，因此历代对其作者多有争议。

寻处，是絮是身，是愁是梦，一片迷离，词家妙境。

玉楼春

妖冶风情天与措。清瘦肌肤冰雪妒。百年心事一宵同，愁听鸡声窗外度。

信阻青禽云雨暮。海月空惊人两处。强将离恨倚江楼，江水不能流恨去。

此词未见新警，而为时人传诵。司马槱“妾本钱唐江上住”词、毛泽民“泪湿阑干花着露”词，《草堂诗余》云：“此二词皆祖六一翁《玉楼春》词意。”

浣溪沙

堤上游人逐画船。拍堤春水四垂天。绿杨楼外出秋千。

白发戴花君莫笑，六幺催拍盏频传。人生何处似尊前。

《侯鲭录》云：“永叔《浣溪沙》云：‘堤上游人逐画船。拍堤春水四垂天。绿杨楼外出秋千。’此翁语甚妙绝。只一‘出’字，是后人着意道不到处。”

采桑子

轻舟短棹西湖好，绿水逶迤。芳草长堤。隐隐笙歌处处随。

无风水面琉璃滑，不觉船移。微动涟漪。惊起沙禽掠岸飞。

下阕四句极肖湖上行舟波平如镜之状，“不觉船移”四字下语尤妙。

前调

画船载酒西湖好，急管繁弦。玉盏催传。稳泛平波任醉眠。

行云却在行舟下，空水澄鲜。俯仰留连。疑是湖中别有天。

湖水澄澈时如在镜中，云影天光，上下一色，“行云”数语能道出之。

前调

群芳过后西湖好，狼藉残红。飞絮濛濛。垂柳阑干尽日风。

笙歌散后游人去，始觉春空。垂下帘栊。双燕归来细雨中。

西湖在宋时，极游观之盛。此词独写静境，别有意味。

前调

平生为爱西湖好，来拥朱轮。富贵浮云。俯仰流年二十春。

归来恰似辽东鹤，城郭人民。触目皆新。谁识当年旧主人。

蝶恋花

庭院深深深几许。杨柳堆烟，帘幕无重数。玉勒雕鞍游冶处。楼高不见章台路。

雨横风狂三月暮。门掩黄昏，无计留春住。泪眼问花花不语。乱红飞过秋千去。

此词帘深楼迥及“乱红飞过”等句，殆有寄托，不仅送春也。或见《阳春集》。李易安定为六一词。易安云：“此词余极爱之。”乃作“庭院深深”数首，其声即旧《临江仙》也。

前调

谁道闲情抛弃久。每到春来，惆怅还依旧。日日花前常病酒。不辞镜里朱颜瘦。

河畔青芜堤上柳。为问新愁，何事年年有。独立小桥风满袖。平林新月人归后。

词家每先言景，后言情，此词先情后景。结末二句寓情于景，弥觉风致夷犹。此调旧刻二十二首，多他稿误入，有：李中主词、《阳春集》、《珠玉词》、《乐章集》。汲古阁刻本为删定之，今从毛刻。

渔家傲

十月小春梅蕊绽。红炉画阁新装遍。鸳帐美人贪睡暖。梳洗懒。玉壶一夜轻澌满。

楼上四垂帘不卷。天寒山色偏宜远。风急雁行吹字断。红日晚。江天雪意云撩乱。

后阕状江山寒色，足当"清远"二字。此调旧刻凡三十二首，以《珠玉词》搀入。汲古阁定为三十首，此首最为擅胜。

临江仙

柳外轻雷池上雨，雨声滴碎荷声。小楼西角断虹明。阑干倚处，待得月华生。

燕子飞来窥画栋，玉钩垂下帘旌。凉波不动簟纹平。水晶双枕，旁有堕钗横。

后三句善写丽情，未乖贞则，自是雅奏。

浪淘沙

把酒祝东风。且共从容。垂杨紫陌洛城东。总是当时携手处，游遍芳丛。

聚散苦匆匆。此恨无穷。今年花胜去年红。可惜明年花更好，知与谁同。

因惜花而怀友，前欢寂寂，后会悠悠，至情语以一气挥写，可谓深情如水，行气如虹矣。

解昉一首

永遇乐

风暖莺娇，露浓花重，天气和煦。院落烟收，垂杨舞困，无奈堆金缕。谁家巧纵，青楼弦管，惹起梦云情绪。忆当时、文衾粲枕，未尝暂孤鸳侣。

芳菲易老，故人难聚，到此翻成轻误。阆苑仙遥，蛮笺纵写，何计传深诉。青山绿水，古今长在，惟有旧欢何处。空赢得、斜阳暮草，淡烟细雨。

前半仅叙当春感旧之情，其胜处在下阕“青山”以下五句，举目河山，旧欢如梦，斜阳烟雨，触处生悲，山灵有知，阅尽悲欢百态，但身受者难堪耳。

章楶一首

水龙吟　杨花

燕忙莺懒花残，正堤上、柳花飘坠。轻飞点画青林，谁道全无才思。闲趁游丝，静临深院，日长门闭。傍珠帘散漫，垂垂欲下，依前被，风扶起。

兰帐玉人睡觉，怪春衣、雪沾琼缀。绣床渐满，香球无数，才圆却碎。时见蜂儿，仰粘轻粉，鱼吞池水。望章台路杳，金鞍游荡，有盈盈泪。

此词虽不及东坡和作，而“珠帘”四句、“绣床”三句赋本题极体物浏亮之能，若无名作在前，斯亦佳制。

晏几道三十一首

生查子

金鞍美少年，去跃青骢马。牵系玉楼人，绣被春寒夜。

消息未归来，寒食梨花谢。无处说相思，背面秋千下。

此为闺人怨别之词，以“牵系”二字领起下阕四句。“绣被”句有“锦衾独旦”之意。“秋千”句殆用“十五泣春风，背面秋千下”诗意，言背人饮泣也。

前调

坠雨已辞云，流水难归浦。遗恨几时休，心抵秋莲苦。

忍泪不能歌，试托哀弦语。弦语愿相逢，知有相逢否。

集中此调凡十一首，以金鞍一首为最。此为第四首，怀人而托诸哀弦，语曲而心苦，有乐府遗意。

临江仙

梦后楼台高锁，酒醒帘幕低垂。去年春恨却来时。落花人独立，微雨燕双飞。

记得小蘋初见，两重心字罗衣。琵琶弦上说相思。当时明月在，曾照彩云归。

前二句追昔抚今，第三句融合言之，旧情未了，又惹新愁。“落花”二句正春色恼人，紫燕犹解“双飞”，而愁人翻成“独立”。论风韵如微风过箫，论词采如红蕖照水。下阕回忆相逢，“两重心字”，欲诉无从，只能借凤尾檀槽，托相思于万一。结句谓彩云一散，谁复相怜，惟明月多情，曾照我相送五铢仙佩，此恨绵绵，只堪独喻耳。

鹧鸪天

彩袖殷勤捧玉钟。当年拚却醉颜红。舞低杨柳楼心月，歌尽桃花扇底风。

从别后，忆相逢。几回魂梦与君同。今宵剩把银釭照，犹恐相逢是梦中。

《雪浪斋日记》谓叔原“杨柳”“桃花”等句，“不愧六朝宫掖体”。赵德麟《侯鲭录》云：“晁无咎言晏叔原不蹈袭人语，而风调闲雅，自是一家。如‘舞低杨柳楼心月，歌尽桃花扇底风’，自可知此人不生在三家村中也。”结句点化唐人“乍见翻疑梦”诗意。入《小山词》中，更觉风神摇曳。

点绛唇

花信来时，恨无人似花依旧。又成春瘦。折断门前柳。

天与多情，不与长相守。分飞后。泪痕和酒。占了双罗袖。

前四句谓春色重归，乃花发而人已去，为伊消瘦，折尽长条，四句曲折而下，如清溪之宛转。下阕谓天畀以情而吝其福，畀以相逢而不使相守。既无力回天，但有酒国埋愁，泪潮湿镜，双袖飘零，酒晕与泪痕层层渍满，则年来心事可知矣。

前调

明日征鞭，又将南陌垂杨折。自怜轻别。拚得音尘绝。

杏子枝边，倚遍阑干月。依前缺。去年时节。旧事无人说。

此纪再别之词。承前首折柳门前，故此云又折垂杨。下阕言本期人月同圆，乃几度凭阑，依然月缺。正如唐人诗“思君如满月，夜夜减清辉”。结句旧事更无人说，其实伤心之事，本不愿人重提也。

蝶恋花

醉别西楼醒不记。春梦秋云，聚散真容易。斜月半窗还少睡。画屏闲展吴山翠。

衣上酒痕诗里字。点点行行，总是凄凉意。红烛自怜无好计。夜寒空替人垂泪。

前调

欲减罗衣寒未去。不卷珠帘，人在深深处。残杏枝头花几许。啼红正恨清明雨。

尽日沉香烟一缕。宿酒醒迟，恼破春情绪。远信还因归燕误。小屏风上西江路。

前调

黄菊开时伤聚散。曾记花前，共说深深愿。重见金英人未见。相思一夜天涯远。

罗带同心闲结遍。带易成双，人恨成双晚。欲写彩笺书别怨。泪痕早已先书满。

叔原小令最工，直逼《花间》。集中《蝶恋花》词凡十五首，此三首尤胜。叔原喜沉浮酒中，与客酣饮，每得一解，即以草授歌姬莲、鸿、蘋、云，品清讴娱客，持杯听之，相为笑乐。歌阑人散，辄惆怅成吟。词中所云“衣上酒痕”“宿酒醒迟”等句，皆纪实也。

鹧鸪天

醉拍春衫惜旧香。天将离恨恼疏狂。年年陌上生秋草，日日楼中到夕阳。

云渺渺，水茫茫。征人归路许多长。相思本是无凭语，莫向花笺费泪行。

前调

小令尊前见玉箫。银灯一曲太妖娆。歌中醉倒谁能恨，唱罢归来酒未消。

春悄悄，夜迢迢。碧云天共楚宫遥。梦魂惯得无拘检，又踏杨花过谢桥。

此调共十九首。《草堂诗余》录“舞低杨柳楼心月”一首，以其最擅名也。此二首之结句，情韵均胜。次首“谢桥”二句尤见新颖。

生查子

长恨涉江遥，移近溪头住。闲荡木兰舟，卧入双鸳浦。

无端轻薄云，暗作廉纤雨。翠袖不胜寒，欲向荷花语。

起句用“涉江采芙蓉”诗，以呼应“荷花”结句，盖咏采莲女之作。上段写绮怀之幽杳，下段写丽情之宛转，殊有《竹枝词》意味。

南乡子

眼约也应虚。昨夜归来凤枕孤。且据如今情分里，相于。只恐多时不似初。

深意托双鱼。小剪蛮笺细字书。更把此情重问得，何如。共结因缘久远无。

反复诘问，惟恐历久寒盟，写情入深细处。人谓小山之词，“字字娉娉袅袅，如揽嫱施之袂”，此等句足以当之。

清平乐

波纹碧皱。曲水清明后。折得疏梅香满袖。暗喜春红依旧。

归来紫陌东头。金钗换酒消愁。柳影深深细路，花梢小小层楼。

上阕“梅香”二句喻暗喜彼姝之仍在。下阕“细路”“层楼”二句将其居处分明写出，其中人若唤之欲譍也。

前调

西池烟草。恨不寻芳早。满路落花红不扫。春色渐随人老。

远山眉黛娇长。清歌细逐霞觞。正在十洲残梦，水心宫殿斜阳。

前六句为春暮访艳，后二句十洲宫殿，忽托思在仙灵境界，为此调十八首中清超之作。

前调

暂来还去。轻似风头絮。纵得相逢留不住。何况相逢无处。

去时约略黄昏。月华却到朱门。别后几番明月，素娥应是消魂。

先言无处相逢，似已说尽矣；后段托明月以见意，纵不相逢，而相思仍无既，真善写情者。

前调

莲开欲遍。一夜秋声转。残绿断红香片片。长是西风堪怨。

莫愁家住溪边。采莲心事年年。谁管水流花谢，月明昨夜兰船。

下阕言流水落花，最是无情有恨，而夜月兰船，嬉游自若，徒使采莲人年年惆怅，莫愁之愁，殆与春潮俱满矣。

减字木兰花

长亭晚送。都似绿窗前日梦。小字还家。恰应红灯昨夜花。

良时易过。半镜流年春欲破。往事难忘。一枕高楼到夕阳。

由相别而相逢，而又相别，窗前灯影，楼上斜阳，写悲欢离合，情景兼到。

菩萨蛮

来时杨柳东桥路。曲中暗有相期处。明月好因缘。欲圆还未圆。

却寻芳草去。画扇遮微雨。飞絮莫无情。闲花应笑人。

月未十分圆满，情味最长，取喻因缘，小山独能见到。

前调

江南未雪梅花白。忆梅人是江南客。犹记旧相逢。淡烟微月中。

玉容长有信。一笑归来近。怀远上楼时。晚云和雁低。

“淡烟微月”句高雅绝尘，人与花合写也。“晚云”句在空际写怀人，旨趣弥永。

浣溪沙

日日双眉斗画长。行云飞絮共轻狂。不将心嫁冶游郎。

溅酒滴残歌扇字，弄花熏得舞衣香。一春弹泪说凄凉。

人但见其画时样长眉，逐随风飞絮，不知冰心独抱，冶游郎不值其一盼。“弄花”“溅酒”，只为伤春弹泪之资耳。

前调

家近旗亭酒易沽。花时长得醉工夫。伴人歌扇懒妆梳。

户外绿杨春系马，床头红烛夜呼卢。相逢还解有情无。

此首与前首意适相反。前首“冶游郎”句言其高洁之怀，此首“绿杨”二句状其豪盛之态，恒舞酣歌，明琼卜夜，安望其解有情耶！

前调

午醉西桥夕未醒。雨花凄断不堪听。归时应减鬓边青。

衣化客尘今古道，柳含春意短长亭。凤楼争见路旁情。

“客尘”二句感叹殊深。夕阳古道之旁，素衣化缁，攀条惜别者，悠悠今古，阅尽行人，彼高倚凤楼者，蛾眉争艳，浪掷年光，焉有俯仰今昔之怀乎！

更漏子

柳丝长，桃叶小。深院断无人到。红日淡，绿烟晴。流莺三两声。

雪香浓，檀晕少。枕上卧枝花好。春思重，晓妆迟。寻思残梦时。

前写景，后言情，景丽而情深，《金荃集》中绝妙词也。

浪淘沙

小绿间长红。露蕊烟丛。花开花落昔年同。惟恨花前携手处，往事成空。

山远水重重。一笑难逢。已拚长在别离中。霜鬓知他从此去，几度春风。

花事依然而伊人长往，重抚霜华衰鬓，当年几度春风，皆冉冉向鬓边掠过，其怅惘可知矣。“花落花开”句与结句“几度春风”正相关合。

虞美人

疏梅月下歌金缕。忆共文君语。更谁情浅似春风。一夜满枝新绿替残红。

蘋香已有莲开信。两桨佳期近。采莲时节定来无。醉后满身花影倩人扶。

集中多离索之感。此调“新绿”“残红”，甫嗟易别，“蘋香”“两桨”，旋盼相逢，“花影人扶”句预想归来。闹红一舸，风致嫣然，丽而有则。

采桑子

花时恼得琼枝瘦，半被残香。睡损梅妆。红泪今春第一行。

风流笑伴相逢处，白马游缰。共折垂杨。手捻芳条说夜长。

“半被”二句已觉妍秀，“红泪”七字更佳句乘风欲去。下阕游伴相逢，别开一境。结句妙在不说尽，耐人揽撷。

前调

西楼月下当时见，泪粉偷匀。歌罢还颦。恨隔炉烟看未真。

别来楼外垂杨缕，几换青春。倦客红尘。长记楼中粉泪人。

此词不过回忆从前，而能手写之，便觉当时凄怨之神，宛呈纸上。

前调

别来长记西楼事，结遍兰襟。遗恨重寻。弦断相如绿绮琴。

何时一枕逍遥夜，细话初心。若问如今。也似当年着意深。

下阕以三折笔写之，深情若揭。洵君房语妙也。

河满子

绿绮琴中心事，齐纨扇上时光。五陵年少浑薄幸，轻如曲水飘香。夜夜魂消梦峡，年年泪尽啼湘。

归雁行边远字，惊鸾舞处离肠。蕙楼多少铅华在，从来错倚红妆。可羡邻姬十五，金钗早嫁王昌。

词言沦落风尘之苦，相逢者皆属薄幸，人但知其梦峡之欢，而不见其啼湘之泪。下阕"铅华""红妆"二句言容华岂堪长恃，老大徒伤，其中亦有特秀者，盈盈十五，早嫁王昌，信乎命之不齐也。

风入松

心心念念忆相逢。别恨谁浓。就中懊恼难拚处，是擘钗、分钿匆匆。却似桃源路失，落花空记前踪。

彩笺书尽浣溪红。深意难通。强欢殢酒图消遣，到醒来、愁闷还重。若是初心未改，多应此意须同。

写别后情怀，通首一气呵成，若明珠走盘，一丝萦曳。结句是其着眼处，与《采桑子》第三首“也似当年着意深”句相似，若用情于正，即“久要不忘”之义也。

王观四首

清平乐

黄金殿里。烛影双龙戏。劝得官家真个醉。进酒犹呼万岁。

折旋舞彻伊州。君恩与整搔头。一夜御前宣住，六宫多少人愁。

此为应制之作。以词而论，上阕叙君臣宴乐，至沉醉犹呼万岁，以媚兹一人。下阕以万乘之尊，为舞姬亲整搔头，且金环进御，可谓工于描写，尽态极妍，但不宜于应制体裁，宜宣仁太后览之，以为近媟，由翰林学士出知外县，因以逐客自号云。

庆清朝慢　踏青

调雨为酥，催冰做水，东君分付春还。何人便将轻暖，点破残寒。结伴踏青去好，平头鞋子小双鸾。烟郊外，望中秀色，如有无间。

晴则个，阴则个，饾饤得天气，有许多般。须教镂花拨柳，争要先看。不道吴绫绣袜，香泥斜沁几行斑。东风巧，尽收翠绿，吹在眉山。

前五句为“踏青”张本，“双鸾”句实赋本题，“间”字韵点化“草色遥看近却无”诗意，恰合“踏青”之景。下阕“镂花拨柳”四句写闺情入细，结处咏“踏青”，人与景融成一片，《冠柳集》中之隽咏。黄叔旸极称此词，谓其“风流楚楚”也。

生查子

关山魂梦长，塞雁音书少。两鬓可怜青，一夜相思老。

归傍碧纱窗，说与人人道。真个别离难，不似相逢好。

前、后段一气呵成。词有以不说尽见含蓄者，有以说尽见本怀者。结二句脱口而出，情真语真。

临江仙

别浦相逢何草草，扁舟两岸垂杨。绣屏珠箔绮香囊。酒深歌拍缓，愁人翠眉长。

燕子归来人去也，此时无奈昏黄。桃花应似我柔肠。不禁微雨，流泪湿红妆。

“酒深”二句晚唐诗人之佳句。下阕柔情婉转。陈质斋云：“逐客词格不高。”此论诚然，韶秀是其本色，但才力薄耳。

张舜民一首

卖花声 题岳阳楼

木叶下君山。空水漫漫。十分斟酒敛芳颜。不是渭城西去客，休唱阳关。

醉袖抚危阑。天淡云闲。何人此路得生还。回首夕阳红尽处，应是长安。

题为“岳阳楼”作，而切“岳阳”者，惟首句“君山”二字。观其“此路生还”及“回首长安”句，殊有迁谪之感。但芸叟由谏官洊擢侍郎，初未放逐，此殆登楼送友之作，代为致慨也。

苏轼三十六首

水调歌头

丙辰中秋，欢饮达旦，大醉。作此篇，兼怀子由。

明月几时有，把酒问青天。不知天上宫阙，今夕是何年。我欲乘风归去，惟恐琼楼玉宇，高处不胜寒。起舞弄清影，何似在人间。

转朱阁，低绮户，照无眠。不应有恨，何事长向别时圆。人有悲欢离合，月有阴晴圆缺，此事古难全。但愿人长久，千里共婵娟。

明月生于何时？天上有无宫阙？甲子悠悠，谁为编纪？三者皆玄妙之语，可谓云思霞想，高接混茫。起笔如俊鹘破空疾下，此调本高抗之音，得公椽笔，压倒豪杰矣。“琼楼玉宇”二句，以高危自警，即其赠子由词“早退为戒”之意，上清虽好，不如戢影人间也。下阕怀子由，谓明月且难长满，何况浮生焉能长聚，达人安命，愿与弟共勉之。全篇若云鹏天马，一片神行，公之能事也。

念奴娇　赤壁怀古

大江东去，浪淘尽、千古风流人物。故垒西边人道是，三国周郎赤壁。乱石穿空，惊涛拍岸，卷起千堆雪。江山如画，一时多少豪杰。

遥想公瑾当年，小乔初嫁了，雄姿英发。羽扇纶巾谈笑间，强虏灰飞烟灭。故国神游，多情应笑，我早生华发。人间如梦，一樽还酹江月。

江东战伐，惟孙曹事于往史最有声色，临风酹酒，俯仰兴亡，是何等气概！起笔入门下马，已气压江东。“乱石”三句壮健称题。“江山”二句尤深雄慨。题为《赤壁怀古》，故下阕追怀瑜亮英姿，笑谈摧敌。“华发”句抚今思昔，有少陵“看镜”“倚楼”之思。结句感前朝之如梦，洒杯酒而招魂，瑜亮有知，当凌云一笑也。

水龙吟　次韵章质夫杨花词

似花还似非花，也无人惜从教坠。抛家傍路，思量却是，无情有思。萦损柔肠，困酣娇眼，欲开还闭。梦随风万里，寻郎去处，又还被、莺呼起。

不恨此花飞尽，恨西园、落红难缀。晓来雨过，遗踪何在，一池萍碎。春色三分，二分尘土，一分流水。细看来不是，杨花点点，是离人泪。

起二句已吸取杨花之全神。“无情有思”句以下，人与花合写，情味悠然。转头处别开一境。“西园落红”句隐喻人亡邦瘁，惄然忧国之思。“遗踪萍碎”句仍归到本题。“春色”三句万紫千红，同归尘劫，不仅为杨花惜也。结句怨悱之怀，力透纸背，既伤离索，兼有迁谪之感。质夫原唱，亦清丽可诵。晁叔用云：“东坡如毛嫱、西施，净洗却面，与天下妇人斗好，质夫岂可比耶！”

满庭芳

元丰七年四月一日，余将去黄移汝，留别雪堂邻里二三君子。会李仲览自江东来别，遂书以遗之。

归去来兮，吾归何处，万里家在岷峨。百年强半，来日苦无多。坐见黄州再闰，儿童尽、楚语吴歌。山中友，鸡豚社酒，相劝老东坡。

云何。当此去，人生底事，来往如梭。待闲看秋风，洛水清波。好在堂前细柳，应念我、莫剪柔柯。仍传语，江南父老，时与晒渔蓑。

东坡在黄州，寒食开海棠之宴，秋江泛赤壁之舟，历五年之久，临别依依。“坐见”以下四句及“细柳”以下四句，情意真切，属辞雅逸，便成佳构。

前调

余年十七，始与刘仲达往来于眉山，今年四十九，相逢于泗上。淮水浅冻，久留郡中，晦日同游南山，话旧感叹，因作此词。

三十三年，漂流江海，万里烟浪云帆。故人惊怪，憔悴老青衫。我自疏狂异趣，君何事、奔走尘凡。流年尽，穷途坐守，船尾冻相衔。

巉巉。淮浦外，层楼翠壁，古寺空岩。步携手林闲，笑挽纤纤。莫上孤峰尽处，萦望眼、云海相搀。家何在，因君问我，归梦绕松杉。

前调

余谪居黄州五年，将赴临汝，作《满庭芳》一篇别黄人。既至南都，蒙恩放归阳羡，复作一篇。

归去来兮，清溪无底，上有千仞嵯峨。画楼东畔，天远夕阳多。老去君恩未报，空回首、弹铗悲歌。船头转，长风万里，归马驻平坡。

无何。何处有，银潢尽处，天女停梭。问何事人间，久戏风波。顾谓同来稚子，应烂汝、腰下长柯。青衫破，群仙笑我，千缕挂烟蓑。

以上二首在去黄州时道中所作。前首以淮水浅冻，留滞泗上，故有“船尾冻相衔”句。次首以道中蒙恩，放归阳羡，故有“船头风转”句。一则写羁泊穷年之感，一则寓江湖魏阙之思，拳拳忠爱，不以隐显而殊。“画楼”“夕阳”二句景中有情，语尤名隽。

水调歌头　黄州快哉亭赠张偓佺

落日绣帘卷，亭下水连空。知君为我新作，窗户湿青红。长记平山堂上，欹枕江南烟雨，渺渺没孤鸿。认得醉翁语，山色有无中。

一千顷，都镜净，倒碧峰。忽然浪起掀舞，一叶白头翁。堪笑兰台公子，未解庄生天籁，刚道有雌雄。一点浩然气，千里快哉风。

快哉亭与平山堂皆擅登临之胜，故联想及之。转头处五句及上阕“欹枕”四句想见江湖豪兴，其语气清快，如以并刀削哀梨也。

永遇乐　寄孙巨源

长忆别时，景疏楼上，明月如水。美酒清歌，留连不住，月随人千里。别来三度，孤光又满，冷落共谁同醉。卷珠帘、凄然顾影，共伊到明无寐。

今朝有客，来从濉上，能道使君深意。凭仗清淮，分明到海，中有相思泪。而今何在，西垣清禁，夜永露华侵被。此时看、回廊晓月，也应暗记。

观“清淮”“到海”三句，知与巨源交谊之深，更忆及“西垣清禁”，同此月明，抚今追昔，不尽低回。言为心声，知公天性之厚也。

一丛花

今年春浅腊侵年。冰雪破春妍。东风有信无人见，露微意、柳际花边。寒夜纵长，孤衾易暖，钟鼓渐清圆。

朝来初日半衔山。楼阁淡疏烟。游人便作寻芳计，小桃杏、应已争先。衰病少悰，疏慵自放，惟爱日高眠。

春初病起，信笔书怀，当此花边柳际，裙屐争赴春游，而自放者日高犹卧，有此淡逸之怀，出以萧散之笔，遂成雅调。

八声甘州　寄参寥子

有情风万里卷潮来，无情送潮归。向钱塘江上，西兴浦口，几度斜晖。不用思量今古，俯仰昔人非。

谁似东坡老，白首忘机。

记取西湖西畔，正春山好处，空翠烟霏。算诗人相得，如我与君稀。约他年、东还海道，愿谢公、雅志莫相违。西州路、不应回首，为我沾衣。

起笔破空而下，风潮来去，有情而实无情，千古之循环兴废，大抵如斯。惟有此高世之想，故下阕与参寥子相约，尔我之交谊，应效谢安在新城欲自海道还，以遂其雅志，勿效羊昙他日发马策西州之感也。

洞仙歌

江南腊尽，早梅花开后。分付新春与垂柳。细腰支、自有入格风流。仍更是、骨体清英雅秀。

永丰坊那畔，尽日无人，谁见金丝弄晴昼。断肠是，飞絮时，绿叶成阴，无个事、一成消瘦。又莫是、东风逐君来，便吹散眉间，一点春皱。

此词与咏杨花相类，意有所指，非专咏柳也。“绿叶”以下数语似含讽刺，亦庄亦谐，耐人寻绎。

前调

仆七岁时，见眉山老尼姓朱，忘其名，年九十余。自言尝随其师入蜀主孟昶宫中。一日大热，蜀主与花蕊夫人夜起避暑摩诃池上，作一词，朱具能记之。今四十年，朱已死矣，人无知此词者。但记其首两句。暇日寻味，岂《洞仙歌令》乎？乃为足之云。

冰肌玉骨，自清凉无汗。水殿风来暗香满。绣帘开、一点明月窥人，人未寝，攲枕钗横鬓乱。

起来携素手，庭户无声，时见疏星渡河汉。试问夜如何，夜已三更，金波淡、玉绳低转。但屈指、西风几时来，又不道流年，暗中偷换。

全篇好语穿珠，清丽而兼高浑，风格似南唐二主。《漫叟诗话》称杨元素作本事曲，纪东坡《洞仙歌》词，有一士人，能诵其全篇，中有数句，与本集异。苕溪渔隐云："当以东坡自定为正。"

西江月　梅花

玉骨那愁瘴雾，冰肌自有仙风。海仙时遣探芳丛。倒挂绿毛幺凤。

素面翻嫌粉涴，洗妆不褪唇红。高情已逐晓云空。不与梨花同梦。

《冷斋夜话》谓东坡在惠州作《梅花》词，时侍儿名朝云者，新亡，"其寓意为朝云作也"。"梨花"句非特悼逝，且用王建诗“梦中唤作梨花云”句[1]，兼切咏梅也。

卜算子　黄州定惠院寓居作

缺月挂疏桐，漏断人初静。时见幽人独往来，缥缈孤鸿影。

惊起却回头，有恨无人省。拣尽寒枝不肯栖，寂寞沙洲冷。

山谷云：“东坡道人在黄州时作，语意高妙，似非吃烟火食人语，非胸中有数万卷书，笔下无一点尘俗气，孰能至此。”鲖阳居士云：“缺月，刺明微也；漏断，暗时也；幽人，不得志也；独往来，无助也；惊鸿，贤人不安也；回头，爱君不忘也；无人省，君不察也；拣尽寒枝不肯栖，不偷安于高位也；寂寞吴江冷，非所安也。此与《考槃》诗相似。”居士之评如是，此词当有寄托，但寓意何在，览者当能辨之。宋曾丰曰，东坡《卜算子》词“触兴于惊鸿，发乎性情也；收思于冷洲，归乎礼义也”。其为当时推重如是。

贺新郎

乳燕飞华屋。悄无人、桐阴转午，晚凉新浴。手弄生绡白团扇，扇手一时似玉。渐困倚、孤眠清

① 一说“梦中唤作梨花云”为王昌龄所作。

熟。帘外谁来推绣户，枉教人、梦断瑶台曲。又却是，风敲竹。

石榴半吐红巾蹙。待浮花、浪蕊都尽，伴君幽独。秾艳一枝细看取，芳心千重似束。又恐被、秋风惊绿。若待得君来向此，花前对酒不忍触。共粉泪，两蔌蔌。

此词极写其特立独行之概。以上阕“孤眠”之“孤”字，下阕“幽独”之“独”字，表明本意。“新浴”及“扇手”三句喻其身之洁白，焉能与浪蕊浮花为伍，犹屈原不能以皓皓之白，入汶汶之世也。下阕“芳心千重似束”句及“秋风”句言已深闭退藏，而人犹不恕，极言其忧谗畏讥之意。对花真赏，知有何人，惟有沾襟之粉泪耳。

哨遍

睡起画堂，银蒜押帘，珠幕云垂地。初雨歇，洗出碧罗天，正溶溶养花天气。一霎暖、风回芳草，荣光浮动，卷皱银塘水。方杏靥匀酥，花须吐绣，园林排比红翠。见乳燕捎蝶过繁枝。忽一线炉香逐游丝。昼永人闲，独立斜阳，晚来情味。

便乘兴携将佳丽。深入芳菲里。拨胡琴语，轻拢慢捻总利。看紧约罗裙，急趋檀板，霓裳入破惊鸿起。颦月临眉，醉霞横脸，歌声悠扬云际。任满头红雨落花飞。渐鳷鹊楼西玉蟾低。尚徘徊、未尽欢意。君看今古悠悠，浮宦人间世。这些百岁光阴几日，三万六千而已。醉乡路稳不妨行，但人生、要适情耳。

此词凡二首，前首乃檃栝归去来词意，此首自写其闲淡旨趣。上阕“乳燕”“游丝”五句写春昼物态固佳，若谓隐喻人世纷扰，在冷眼观之尤妙。下阕以丝竹陶写哀乐，“落花”三句尤见雅兴，虽与渊明之独寻丘壑，行乐不同，而其聊以自娱，委心任命则同。

西江月

春夜行蕲水中，过酒家饮，酒醉，乘月至一溪桥上，解鞍曲肱少休。及觉，已晓。乱山葱茏，不谓尘世也。书此词于桥柱上。

照野弥弥浅浪，横空隐隐层霄。障泥未解玉骢骄。我欲醉眠芳草。

可惜一溪风月，莫教踏碎琼瑶。解鞍欹枕绿杨桥。杜宇一声春晓。

诵其下阕四句，清狂自放，有“万象宾客”之概。觉相如题桥，未能免俗也。

鹧鸪天

林断山明竹隐墙。乱蝉衰草小池塘。翻空白鸟时时见，照水红蕖细细香。

村舍外，古城旁。杖藜徐步转斜阳。殷勤昨夜三更雨，又得浮生一日凉。

情真景真，随手写来，盎然天趣。结尾二句较“一雨虚斋三日凉”诗尤耐吟讽。

望江南

春未老，风细柳斜斜。试上超然台上看，半壕春水一城花。烟雨暗千家。

寒食后，酒醒却咨嗟。休对故人思故国，且将新火试新茶。诗酒趁年华。

“春水”二句超然台之景宛然在目。下阕故人故国，触绪生悲，新火新茶，及时行乐，以此易彼，公诚达人也。

青玉案　和贺方回韵送伯固归吴中

三年枕上吴中路。遣黄犬、随君去。若到松江呼小渡。莫惊鸳鹭，四桥尽是，老子经行处。

辋川图上看春暮。常记高人右丞句。作个归期天已许。春衫犹是，小蛮针线，曾湿西湖雨。

因送友归吴，忆及松江四桥，并忆及西湖，重抚春衫，联想及小蛮针线，盖因西湖陈迹，常在念中，故触处兴怀，结句尤蕴藉多情。元白仁甫《天籁集·永遇乐·游西湖》云："青衫尽耐，濛濛雨湿，更着小蛮针线"，即引用此词也。

临江仙　送钱穆父

一别都门三改火，天涯踏尽红尘。依然一笑作春温。无波真古井，有节是秋筠。

惆怅孤帆连夜发，送行淡月微云。樽前不用翠眉颦。人生如逆旅，我亦是行人。

前调

夜饮东坡醒复醉，归来仿佛三更。家童鼻息已雷鸣。敲门都不应，倚杖听江声。

长恨此身非我有，何时忘却营营。夜阑风静縠纹平。小舟从此逝，江海寄余生。

前首因送友而言我亦逆旅中行人之一，语极旷达。次首方写江上夜归情景，忽欲扁舟入海，此老胸次，时有绝尘霞举之思。《临江仙》调凡十二首，此二首最为高朗。

南乡子　重九涵辉楼呈徐君猷

霜降水痕收。浅碧鳞鳞露远洲。酒力渐消风力软，飕飕。破帽多情却恋头。

佳节若为酬。但把清尊断送秋。万事到头都是梦，休休。明日黄花蝶也愁。

恋我惟有破帽，写愁惟有蝴蝶，皆托想高妙处。

菩萨蛮　回文夏闺怨

柳庭风静人眠昼。昼眠人静风庭柳。香汗薄衫凉。凉衫薄汗香。

手红冰碗藕。藕碗冰红手。郎笑藕丝长。长丝藕笑郎。

宋词中作回文体者绝少。《东坡乐府》中有七调，录其《四时闺怨》词《夏景》一首，以备一格。

浣溪沙　咏橘

菊暗荷枯一夜霜。新苞绿叶照林光。竹篱茅舍出青黄。

香雾噀人惊半破，清泉流齿怯初尝。吴姬三日手犹香。

此作纯用赋体，描写确肖。

行香子

清夜无尘。月色如银。酒斟时、须满十分。浮名浮利，虚苦劳神。叹隙中驹，石中火，梦中身。

虽抱文章，开口谁亲。且陶陶、乐尽天真。几时归去，作个闲人。对一张琴，一壶酒，一溪云。

一气写出，自乐其天，快人快语。放翁、山谷集中，时亦见之。

点绛唇　再和送钱公永

莫唱阳关，风流公子方终宴。泰山禹甸。缥缈真奇观。

北望平原，落日山衔半。孤帆远。我歌君乱。一送西飞雁。

下阕情韵高远。此调凡五首，夏闰庵爱此一首。

行香子

北望平川。野水荒湾。共寻春、飞步孱颜。和风弄袖，香雾萦鬟。正酒酣适，人语笑，白云间。

飞鸿落照，相将归去，淡娟娟、玉宇清闲。何人无事，宴坐空山。望长桥上，灯火乱，使君还。

淮北之地平旷，自京师至汴口并无山，故起笔有“北望平川”之语。淮河隔岸有南山，山有石崖，刻东坡《行香子》词，后题云：“与泗守过南山晚归作。”结句“长桥”“灯火”三句指泗守归去而言，设想有高人宴坐山中，下望长桥灯火，词心高妙。此词因禁元祐文字，遂镌去之。苕溪渔隐云：“曾打得此碑，所书乃小字也。”

蝶恋花

花褪残红青杏小。燕子来时，绿水人家绕。枝上柳绵吹又少。天涯何处无芳草。

墙里秋千墙外道。墙外行人，墙里佳人笑。笑渐不闻声渐悄。多情却被无情恼。

絮飞花落，每易伤春，此独作旷达语。下阕墙内外之人，干卿底事，殆偶闻秋千笑语，发此妙想，多情而实无情，是色是空，公其有悟耶？

水龙吟　笛

楚山修竹如云，异材秀出千秋表。龙须半剪，凤膺微涨，玉肌匀绕。木落淮南，雨晴云梦，月明风袅。自中郎不见，桓伊去后，知辜负、秋多少。

闻道岭南太守，后堂深、绿珠娇小。绮窗学弄，梁州初遍，霓裳未了。嚼徵含宫，泛商流羽，一声云杪。为使君洗尽，蛮风瘴雨，作霜天晓。

愚溪云：“笛制，取良干，首存一节，节间留纤枝，剪而束之。节以下若膺处则微涨，全体皆须白净。”此词上阕“龙须”三句形容尽致，“木落”三句咏笛而兼状景物，中郎桓伊，更悠然怀友，可谓句意并到。结句一奏霜天之曲，瘴雨蛮风，一时尽扫，见笛韵之高也。

好事近　西湖夜归

湖上雨晴时，秋水半篙初没。朱槛俯窥寒鉴，照衰颜华发。

醉中吹堕白纶巾，溪风漾流月。独棹小舟归去，任烟波摇兀。

西湖夜归，清幽之境也，不可无此雅词。下阕四句有萧洒出尘之致。结句“摇兀”二字下语尤得小舟之神。查初白诗“橹枝摇梦过春江”，其得趣正在“摇”字。“溪风漾流月”五字与唐人“滩月碎光流”句，皆写景入细。

阳关曲　三首

暮云收尽溢清寒。银汉无声转玉盘。此生此夜不长好，明月明年何处看。

受降城下紫髯郎。戏马台南旧战场。恨君不取契丹首，金甲牙旗归故乡。

济南春好雪初晴。才到龙山马足轻。使君莫忘霅溪女，还作阳关肠断声。

此三首重在音律，入乐府腔，即《小秦王》调。第一首第三句之“此”字、“不”字，必用仄声，第四句“何”字必用平声。三首皆同。以词论，第一首“此生此夜”二句固极达观，二、三首亦各有思致，音节复动宕入古。

戚氏

玉龟山。东皇灵媲统群仙。绛阙岩峣，翠房深迥，倚霏烟。幽闲。志萧然。金城千里锁婵娟。当时穆满巡狩，翠华曾到海西边。风露明霁，鲸波极目，势浮舆盖方圆。正迢迢丽日，玄圃清寂，琼草芊绵。

争解绣勒香鞯。鸾辂驻跸，八马戏芝田。瑶池近、画楼隐隐，翠鸟翩翩。肆华筵。间作脆管鸣弦。宛若帝所钧天。稚头皓齿，绿发方瞳，圆极恬淡高妍。

尽倒琼壶酒，献金鼎药，固大椿年。缥缈飞琼妙舞，命双成、奏曲醉留连。云璈韵响泻寒泉。浩歌畅饮，斜月低河汉。渐绮霞、天际红深浅。动归思、回首尘寰。烂熳游、玉辇东还。杏花风、数里响鸣鞭。望长安路，依稀柳色，翠点春妍。

以白雪之高词，发青霞之遐想，为《东坡乐府》二卷中希有之作。壮采奇情，神游八极，晋水璇台之享，九骥回翔；洞庭广乐之张，百灵踊跃，方斯词境。观其后段“玉辇”“长安”等句，心在魏阙，有少陵“依斗望京”之思乎？

阮郎归

绿槐高柳咽新蝉。薰风初入弦。碧纱窗下水沉烟。棋声惊昼眠。

微雨过，小荷翻。榴花开欲然。玉盆纤手弄清泉。琼珠碎又圆。

写闺情而不着妍辞，不作情语，自有一种闲雅之趣。

李之仪一首

卜算子

我住长江头，君住长江尾。日日思君不见君，共饮长江水。

此水几时休，此恨何时已。只愿君心似我心，定不负相思意。

上阕四句真是古乐府俊语，与东坡诗“共饮玻璃江”用意略同。之仪著《姑溪词》一卷，凡八十八阕，工于小令，言情写景，以淡雅出之。如《鹧鸪天》云：“时时浸手心头熨，受尽无人知处凉。”《南乡子》云：“点滴芭蕉疏雨过，微凉。画角悠悠送夕阳。”《减字木兰花》云：“变尽星星。一滴秋霖是一茎。”又《南乡子》云：“步懒恰寻床。卧看游丝到地长。”人谓置之《片玉》《漱玉》集中，莫能伯仲。叔旸不列于南渡诸家，未免遗珠矣。

孔平仲一首

千秋岁

春风湖外。红杏花初退。孤馆静，愁肠碎。泪余痕在枕，别久香消带。新睡起。小园戏蝶飞成对。

惆怅人谁会。随处聊倾盖。情暂遣，心何在。锦书消息断，玉漏花阴改。迟日暮，仙山杳杳空云海。

上阕“泪余”二语、下阕“锦书”二语句意并美。“戏蝶”结笔有“人独燕双”之感，“云海”结笔有“暮云春树”之怀。转头处四句寂寥谁慰，所倾盖者，皆悠泛之交，聊以自遣，知音难得，言下慨然。此词和秦少游韵，格调不让秦郎也。

王雱一首

眼儿媚

杨柳丝丝弄轻柔。烟缕织成愁。海棠未雨，梨花先雪，一半春休。

而今往事难重省，归梦绕秦楼。相思只在，丁香枝上，豆蔻梢头。

“未雨”“先雪”四字颇新。下阕“梦绕秦楼”，而只在“丁香”“豆蔻”，丽不伤雅，托思空灵。

张景修一首

选冠子　咏柳

嫩水挼蓝，遥堤影翠，半雨半烟桥畔。鸣禽弄舌，蔓草萦心，偏称谢家池馆。红粉墙头，步摇金缕，纤柔舞腰低软。被和风、搭在阑干，终日画帘高卷。

春易老，细叶舒眉，轻花吐絮，渐觉绿阴成幔。章台系马，灞水维舟，谁念凤城人远。惆怅故国阳关，杯酒飘零，惹人肠断。恨青青客舍，江头风笛，乱云空晚。

上阕皆切合本题，藻不妄抒，笔致亦灵动。转头四句咏柳渐成阴，句颇工细。凡咏柳者，易涉离情，作者不能外此。佳处在“章台”“灞水”三句浑成而有逸宕之致，结处更能振起全篇。

黄庭坚七首

蓦山溪　赠衡阳妓陈湘

鸳鸯翡翠，小小思珍偶。眉黛敛秋波，尽湖南、山明水秀。娉娉袅袅，恰近十三余，春未透。花枝瘦。正是愁时候。

寻芳载酒。肯落谁人后。只恐远归来，绿成阴、青梅如豆。心期得处，每自不由人，长亭柳。君知否。千里犹回首。

鸳鸯翡翠，皆同命之鸟，起笔以之为喻。此词乃山谷闲情之赋也。“春未透”三句极为学者称赏。秦湛词云“春透水波明，寒峭花枝瘦”，即仿此。

南歌子

槐缘低窗暗，榴红照眼明。玉人邀我少留行。无奈一帆烟雨、画船轻。

柳叶随歌皱，梨花与泪倾。别时不似见时情。今夜月明江上、酒初醒。

山谷少时，喜为纤靡之词，法秀道人戒之曰：“笔墨劝淫，应堕犁舌地狱。”答曰：“空中语耳。”集中此类词甚多，录其《南歌子》一首，婉而有韵，丽而能雅。上半首叙欲别之前，“画船”句摇曳生姿，有“每闻清歌，辄唤奈何”之意。后半首“柳叶”喻眉，“梨花”喻面，结句扁舟独夜，酒醒梦回，不言愁而愁怀无际，与“今宵酒醒何处，杨柳岸晓风残月”句，同其怅惘也。

逍遥乐

春意渐归芳草。故国佳人，千里信沉音杳。雨润烟光，晚景澄明，极目危阑斜照。梦当年少。对尊前、上客邹枚，小鬟燕赵。共舞雪歌尘，醉里谈笑。

花色枝枝争好。鬓丝年年渐老。如今遇风景，空瘦损、向谁道。东君幸赐与，天幕翠遮红绕。休休，醉乡歧路，华胥蓬岛。

词因春日怀人而作，但于感旧之余，具超尘之想，可见襟怀旷达。首三句叙明本意。“雨润”三句写当春景物，笔有闲适纡回之致。以下承“故国佳人”句，仙侣题襟，名姬劝酒，是何等兴会！不言愁而惆怅之思，溢于言外。下阕言春色重归，而旧雨飘零，年华老去，人何以堪！幸天意无私，不因人事而减其翠舞红酣之色。既悟盛筵之难再，则醉乡仙境，正可埋愁，即山谷《渔家傲》词落帽提壶，逢花一笑之意也。

西江月

断送一生惟有，破除万事无过。远山横黛蘸秋波。不饮旁人笑我。

花病等闲瘦弱，春愁没处遮拦。杯行到手莫留残。不道月斜人散。

起二句咏酒，而用成句作歇后语，为词中创格。《后山诗话》云：“盖韩诗有云‘断送一生唯有酒’‘破除万事无过酒’，才去一字，遂为切对，而语益峻。又云‘杯行到手莫留残。不道月斜人散’，谓思相离之忧，则不得不尽，而俗士改为‘留连’，遂使两句相失。”

千秋岁　追和秦少游

少游得谪，尝梦中作词云："醉卧古藤阴下，了不知南北。"竟以元符庚辰，死于藤州光华亭上。崇宁甲申，庭坚窜宜州，道过衡阳，览其遗墨，始追和其《千秋岁》词。

苑边花外。记得同朝退。飞骑轧，鸣珂碎。齐歌云绕扇，赵舞风回带。严鼓断，杯盘狼藉犹相对。

洒泪谁能会。醉卧藤阴盖。人已去，词空在。兔园高宴悄，虎观英游改。重感慨，波涛万顷珠沉海。

先叙同官之乐，后言长别之悲，结句极沉痛。《晁无咎词》卷中亦载此调，题云：《次韵吊高邮秦少游》。以山谷过藤州事证之，无咎集中，当系误入也。

虞美人　宜州见梅作

天涯也有江南信。梅破知春近。夜阑风细得香迟。不道晓来开遍向南枝。

玉台弄粉花应妒。飘到眉心住。平生个里愿杯深。去国十年老尽少年心。

山谷受谴之日，投床酣卧，人服其德性坚定。此词殊方逐客，重见梅花，仅感叹少年，而绝无怨尤之语，诵其词可知其人矣。上阕“夜阑风细”二句殊清婉有致。

鹧鸪天

坐中有眉山隐客史应之和前韵，即席答之。

黄菊枝头生晓寒。人生莫放酒杯干。风前横笛斜吹雨，醉里簪花倒着冠。

身健在，且加餐。舞裙歌板尽情欢。黄花白发相牵挽，付与旁人冷眼看。

词为重九登高而作，凡二首，皆同韵。前首“冠”字韵云“我对西风犹整冠”，“看”字韵云“更把茱萸仔细看”不及此押“冠”“看”二字，风趣殊胜。

郑仅一首

调笑令

声切。恨难说。千里潮平春浪阔。梅风不解相思结。忍送落花飞雪。多才一去芳音绝。更对珠帘新月。

促拍幺弦，自成凄调。“落花飞雪”句及结句尤有情韵。

李元膺一首

洞仙歌

雪云散尽，放晓晴庭院。杨柳于人便青眼。更风流多处，一点梅心，相映远。约略颦轻笑浅。

一年春好处，不在浓芳，小艳疏香最娇软。到清明时候，百紫千红花正乱。已失春风一半。早占取韶光、共追游，但莫管春寒，醉红自暖。

赏春须早，有“好花看到半开时”意。较“花开堪折直须折，莫待无花空折枝”诗尤为警动。日中则昃，操刀必割，凡事争天下之先，不仅赏春也。元膺尝曰：“一年春物，惟梅柳间意味最深。至莺花烂熳时，则春已衰迟，使人无复新意。予作《洞仙歌》，使探春者歌之，无后时之悔。”

秦观二十五首

风流子

东风吹碧草，年华换、行客老沧洲。见梅吐旧英，柳摇新绿，恼人春色，还上枝头。寸心乱，北随云黯黯，东逐水悠悠。斜日半山，暝烟两岸，数声横笛，一叶扁舟。

青门同携手，前欢记、浑似梦里扬州。谁念断肠南陌，回首西楼。算天长地久，有时有尽，奈何绵绵，此恨无休。拟待倩人说与，生怕人愁。

“寸心乱”三句极写离愁之无限，以下之“斜日”“暝烟”四叠句遂一气奔赴，更觉力量深厚。下阕“天长地久”四句虽点化乐天《长恨歌》，而以“倩人说与”句融纳之，便运古入化，弥见情深。

八六子

倚危亭。恨如芳草，萋萋刬尽还生。念柳外青骢别后，水边红袂分时，怆然暗惊。

无端天与娉婷。夜月一帘幽梦，春风十里柔情。怎奈何、欢娱渐随流水，素弦声断，翠绡香减，那堪片片飞花弄晚，濛濛残雨笼晴。正消凝。黄鹂又啼数声。

结句清婉，乃少游本色。起笔三句独用重笔，便能振起全篇。

浣溪沙

青杏园林煮酒香。佳人初试薄罗裳。柳丝摇曳燕飞忙。

乍雨乍晴花易老，闲愁闲闷日偏长。为谁消瘦减容光。

前半虽未见精湛，后三句则纯以轻笔写幽怀，若风拂柳丝，曼绿柔姿，留人顾盼，差近五代风格。此词一作晏殊词，或作欧阳修词。

满庭芳

晓色云开，春随人意，骤雨才过还晴。古台芳榭，飞燕蹴红英。舞困榆钱自落，秋千外、绿水桥平。东风里，朱门映柳，低按小秦筝。

多情。行乐处，珠钿翠盖，玉辔红缨。渐酒空金榼，花困蓬瀛。豆蔻梢头旧恨，十年梦、屈指堪惊。凭阑久，疏烟淡日，寂寞下芜城。

前写景，后言情，流利轻圆，是其制胜处。

金明池

琼苑金池，青门紫陌，似雪杨花满路。云日淡、天低昼永，过三点两点细雨。好花枝、半出墙头，似怅望、芳草王孙何处。更水绕人家，桥当门巷，燕燕莺莺飞舞。

怎得东君长为主。把绿鬓朱颜，一时留住。佳人唱、金衣莫惜，才子倒、玉山休诉。况春来、倍觉伤心，念故国情多，新年愁苦。纵宝马嘶风，红尘拂面，也则寻芳归去。

金明池在长安东门外，为春日裙屐踏青之地，烟波浩渺，弋人每于此获凫雁。上阕纪水边风物，“花枝”二句景中带情。下阕“宝马”“红尘”仍承上春游之意，人乐而我悲，所思不见，惟惆怅独归耳。

鹧鸪天

枝上流莺和泪闻。新啼痕间旧啼痕。一春鱼鸟无消息，千里关山劳梦魂。

无一语，对芳樽。安排肠断到黄昏。甫能炙得灯儿了，雨打梨花深闭门。

《古今词话》极赏此词，谓形容愁怨之意最工。结笔二句，颇有言外之意。

千秋岁

水边沙外。城郭春寒退。花影乱，莺声碎。飘零疏酒盏，离别宽衣带。人不见，碧云暮合空相对。

忆昔西池会。鹓鹭同飞盖。携手处，今谁在。日边清梦断，镜里朱颜改。春去也，飞红万点愁如海。

《冷斋夜话》谓少游此词“想见其神情在绛阙道山之间”，乃和其韵。《后山诗话》云：“世称秦词‘愁如海’为新奇，不知李后主已云‘问君能有几多愁，恰似一江春水向东流’，但以江为海耳。”夏闰庵云：“此词以‘愁如海’一语生色，全体皆振，乃所谓警句也。如玉田所举诸句，能似此者甚罕。”少游殁于藤州，山谷过其地，追和此调以吊之。

鹊桥仙

纤云弄巧，飞星传恨，银汉迢迢暗度。金风玉露一相逢，便胜却、人间无数。

柔情似水，佳期如梦，忍顾鹊桥归路。两情若是久长时，又岂在、朝朝暮暮。

《草堂诗余》评云："七夕歌以双星会少别多为恨，少游此词，谓两情若久，不在朝朝暮暮，所谓化臭腐为神奇，宁不醒人心目。"夏闰庵云："七夕词最难作，宋人赋此者，佳作极少，惟少游一词可观，晏小山《蝶恋花》赋七夕尤佳。"

水龙吟　妓

小楼连苑横空，下窥绣毂雕鞍骤。疏帘半卷，单衣初试，清明时候。破暖轻风，弄晴微雨，欲无还有。卖花声过尽，斜杨院落，红成阵，飞鸳甃。

玉佩丁东别后。怅佳期、参差难又。名缰利锁，天还知道，和天也瘦。花下重门，柳边深巷，不堪回首。念多情但有，当时皓月，照人依旧。

原题但言赠妓。《高斋诗话》曰："少游在蔡州，与营妓娄婉字东玉者甚密，赠之词云：'小楼连苑横空。'"此词上阕"破暖轻风"七句，虽纯以轻婉之笔写春景，而观其下阕，则花香帘影中，有伤春人在也。

南歌子

玉漏迢迢尽，银潢淡淡横。梦回宿酒未全醒。已被邻鸡催起、怕天明。

臂上妆犹在，襟间泪尚盈。水边灯火渐人行。

天外一钩残月、带三星。

此词与清真《蝶恋花》词相似，“邻鸡催起”句有清真侵晓惜别之意，“灯火人行”句有清真“露寒人远”之意，但情景真切，视清真尚隔一尘耳。《高斋诗话》以此词为赠妓陶心儿，故末句“残月带三星”，借喻“心”字也。

画堂春

东风吹柳日初长。雨余芳草斜阳。杏花零落燕泥香。睡损红妆。

香篆暗消鸾凤，画屏萦绕潇湘。暮寒轻透薄罗裳。无限思量。

《古今词话》云，少游“芳草”“杏花”二句，“善于状景物”；“香篆”“画屏”二句，“便含蓄无限思量意思，此其有感而作也”。

菩萨蛮

蛩声泣露惊秋枕。罗帏泪湿鸳鸯锦。独卧玉肌凉。残更与恨长。

阴风翻翠幔。雨涩灯花暗。毕竟不成眠。鸦啼金井寒。

清丽为邻，且余韵不尽，颇近五代词意。

踏莎行

雾失楼台，月迷津渡。桃源望断无寻处。可堪孤馆闭春寒，杜鹃声里斜阳暮。

驿寄梅花，鱼传尺素。砌成此恨无重数。郴江并自绕郴山，为谁流下潇湘去。

《冷斋夜话》云：“少游到郴州，作此词，东坡绝爱其尾两句，自书于扇曰：‘少游已矣！虽万人何赎。’”范元实《诗眼》云：“淮海小词云‘杜鹃声里斜阳暮’，山谷[①]曰：‘此词高绝！但既云‘斜阳’，又云‘暮’，则重出也。’欲改‘斜阳’作‘帘栊’。余曰：‘既言孤馆闭春寒，似无帘栊。’公曰：‘亭传虽未必有帘栊，有亦无害。’余曰：‘此词本模写牢落之状，若曰帘栊，恐损初意。’先生曰：‘极难得好字，当徐思之。’[②]

江城子

西城杨柳弄春柔。动离忧。泪难收。犹记多情，曾为系归舟。碧野朱桥当日事，人不见，水空流。

韶华不为少年留。恨悠悠。几时休。飞絮落花

① 山谷：即黄庭坚。此处一说为苏轼。

② “作‘帘栊’……当徐思之”内容原著省略。

时候、一登楼。便做春江都是泪，流不尽，许多愁。

结尾二句与李后主之“恰似一江春水向东流”、徐师川之“柳外重重叠叠山，遮不断愁来路”，皆言愁之极致。

点绛唇　桃源

醉漾轻舟，信流引到花深处。尘缘相误。无计花间住。

烟水茫茫，回首斜阳暮。山无数。乱红如雨。不记来时路。

作此题檃栝本意，凡手皆能。此词擅胜处，在笔轻而韵秀，如初写黄庭，恰到好处。

满庭芳

山抹微云，天黏衰草，画角声断谯门。暂停征棹，聊共引离樽。多少蓬莱旧事，空回首、烟霭纷纷。斜阳外，寒鸦数点，流水绕孤村。

消魂。当此际，香囊暗解，罗带轻分。漫赢得、青楼薄幸名存。此去何时见也，襟袖上、空惹啼痕。伤情处，高城望断，灯火已黄昏。

起三句写凉秋风物，一片萧飒之音，已隐含离思。四、五句叙明停鞭饯别，此后若接写别离，便落恒径。作者用拓宕之笔，追怀往事，局势振起，且不涉儿女语而托之蓬岛烟云，尤见超逸。“斜阳外”三句传神绵渺，向推隽咏。下阕纯叙离情。结笔返棹归来，登城遥望征帆，已隔数重烟浦，阑珊灯火，只益人悲耳。

望海潮　广陵怀古

星分牛斗，疆连淮海，扬州万井提封。花发路香，莺啼人起，珠帘十里春风。豪俊气如虹。曳照春金紫，飞盖相从。巷入垂杨，画桥南北翠烟中。

追思故国繁雄。有迷楼挂斗，月观横空。纹锦制帆，明珠溅雨，宁论雀马鱼龙。往事逐孤鸿。但乱云流水，萦带离宫。最好挥毫万字，一饮拚千钟。

首言州郡之雄壮，提挈全篇。次言途中之富丽，人物之豪俊。次乃及游赏归来，垂杨门巷，画桥碧阴，言居处之妍华，层层写出，如身到绿杨城郭。下阕言追怀炀帝时，其繁雄尤过于今日，迷楼朱障，极侈泰之娱；而物换星移，剩有乱云流水，与唐人过隋故宫诗“晚来风起花如雪，飞入宫墙不见人”及“闪闪残萤犹得意，夜深来往豆花丛”句，其感叹相似。

前调　洛阳怀古

梅英疏淡，冰澌溶泄，东风暗换年华。金谷俊游，铜驼巷陌，新晴细履平沙。长记误随车。正絮翻蝶舞，芳思交加。柳下桃蹊，乱分春色到人家。

西园夜饮鸣笳。有华灯碍月，飞盖妨花。兰苑未空，行人渐老，重来是事堪嗟。烟暝酒旗斜。但倚楼极目，时见栖鸦。无奈归心，暗随流水到天涯。

前段纪昔日游观之事。转头处“西园”三句极写灯火车骑之盛，惟其先用重笔，故重来感旧，倍觉凄清。后段真气流转，不下于《广陵怀古》之作。

如梦令

门外鸦啼杨柳。春色着人如酒。睡起熨沉香，玉腕不胜金斗。消瘦。消瘦。还是褪花时候。

前调

遥夜沉沉如水。风紧驿亭深闭。梦破鼠窥灯，霜送晓寒侵被。无寐。无寐。门外马嘶人起。

前调

幽梦匆匆破后。妆粉乱红沾袖。遥想酒醒来，无奈玉消花瘦。回首。回首。绕岸夕阳疏柳。

前调

楼外残阳红满。春入柳条将半。桃李不禁风，
回首落英无限。肠断。肠断。人共楚天俱远。

前调

莺嘴啄花红溜。燕尾点波绿皱。指冷玉笙寒，
吹彻小梅春透。依旧。依旧。人与绿杨俱瘦。

此五首细审之当是一事，皆纪别之作。第一首总述春暮怀人，次首追叙欲别之时，马嘶人起，言送别也。三首“绕岸夕阳”言别后也。四首楚天人远，言远去也。与集中《南歌子》词由晓别而远去，次第写出，大致相似，但此分为数首耳。五首句最工丽，结处“绿杨俱瘦”与首章春暮怀人前后相应。

浣溪沙

漠漠轻寒上小楼。晓阴无赖似穷秋。淡烟流水
画屏幽。

自在飞花轻似梦，无边丝雨细如愁。宝帘闲挂
小银钩。

清婉而有余韵，是其擅长处。此调凡五首，此首最胜。

减字木兰花

天涯旧恨。独自凄凉人不问。欲见回肠。断尽金炉小篆香。

黛蛾长敛。任是东风吹不转。困倚危楼。过尽飞鸿字字愁。

“回肠”二句及“黛蛾”二句寻常之意，以曲折之笔写出，便生新致。结句含蕴有情。

米芾一首

满庭芳

雅宴飞觞，清谈挥麈，使君高会群贤。密云双凤，初破镂金团。窗外炉烟自动，开瓶试、一品香泉。轻涛起，香生玉杵，雪溅紫瓯圆。

娇鬟。宜美盼，双擎翠袖，稳步红莲。座中客翻愁，酒醒歌阑。点上纱笼画烛，花骢弄、月影当轩。频相顾，余欢未尽，欲去且留连。

词在甘露寺与周君品茶而作。先咏烹茶，细腻熨帖，后言捧茶之人，便饶风韵，老子江楼，兴复不浅。襄阳官书画学博士，书法与苏、黄齐名，填词其余事，亦复俊爽。朱秀水《词综》仅选此一调。

赵令畤三首

蝶恋花

欲减罗衣寒未去。不卷珠帘，人在深深处。红杏枝头花几许。啼痕止恨清明雨。

尽日水沉香一缕。宿酒醒迟，恼破春情绪。飞燕又将归信误。小屏风上西江路。

上段警拔不足而静婉有余，后段以闲淡之笔，写怀人心事。结处风华掩映，含蓄不尽。德麟为安定郡王，天水氏固多才子也。

锦堂春　春思

楼上萦帘弱絮，墙头碍月低花。年年春事关心事，肠断欲栖鸦。

舞镜鸾衾翠减，啼珠凤蜡红斜。重门不锁相思梦，随意绕天涯。

《苕溪渔隐丛话》云："德麟'重门不锁相思梦，随意绕天涯'、徐师川'柳外重重叠叠山，遮不断愁来路'，二词造语虽不同，其意绝相类。"

清平乐

春风依旧。着意隋堤柳。搓得鹅儿黄欲就。天气清明时候。

去年紫陌青门。今宵雨魄云魂。断送一生憔悴，只消几个黄昏。

抚今追昔，人之常情。此词结末二句，何沉痛乃尔。

贺铸四十二首

望湘人　春思

厌莺声到枕，花气动帘，醉魂愁梦相半。被惜余熏，带惊剩眼。几许伤春春晚。泪竹痕鲜，佩兰香老，湘天浓暖。记小江、风月佳时，屡约非烟游伴。

须信鸾弦易断。奈云和再鼓，曲终人远。认罗袜无踪，旧处弄波清浅。青翰棹舣，白蘋洲畔。尽目临皋飞观。不解寄、一字相思，幸有归来双燕。

此词但标题《春思》，而鸾弦易断，自来多咏悼亡，观其《思越人》[1]词“头白鸳鸯失伴飞”等句，此词当有望庐思人之感，非泛写春思也。题意重在起笔之“厌”字，“莺声”“花气”，正娱赏之时，而转厌其搅人愁梦，乃极写伤春之情绪。“泪竹”三句笔势展布，且凄艳动人。上阕既云兰竹湘天，后又云罗袜凌波，则所思者，当在水一方，想象于湘云楚雨间也。

思越人

谁爱松陵水似天。画船听雨奈无眠。清风明月休论价，卖与愁人直几钱。

挥醉笔，扫吟笺。一时朋辈饮中仙。白头□□江湖上，袖手低回避少年。

清风明月，本借消愁，乃买不费钱，而愁人不取，其愁宁可解耶！下阕言人见其于少年场中敛手绝迹，安知当日狂倾阮籍之杯，高咏谪仙之句，亦翩翩浊世之人。盖袖手避之者，即其《踏莎行》词所谓“元龙非复少时豪”，图耳根清净耳。“白头”句原本缺二字。

---

① 《思越人》：即《鹧鸪天》。

前调

重过阊门万事非。同来何事不同归。梧桐半死清霜后，头白鸳鸯失伴飞。

原上草，露初晞。旧栖新垅两依依。空床卧听南窗雨，谁复挑灯夜补衣。

此在悼亡词中，情文相生，等于孙楚。“鸳鸯”句与潘安仁诗“如彼翰林鸟，双飞一朝只”正同。下阕从“新垅”“旧栖”见意。“原上草”二句悲新垅也，“空床”二句悲旧栖也。郭频伽词“挑灯影里，还认那人无睡”，宜其抚寒衣而陨涕矣。

捣练子

砧面莹，杵声齐。捣就征衣泪墨题。寄到玉关应万里，戍人犹在玉关西。

此调凡六首。第一首缺字甚多，此为第三首。与“却望并州是故乡”诗句，“行人更在青山外”词句皆有“更行更远”之意。其四首云“不为捣衣勤不睡，破除今夜夜如年”，五首云“想见陇头长戍客，授衣时节也思家”，六首云“连夜不妨频梦见，过年惟望得书归”，皆有唐人《塞下曲》思致。

南歌子

疏雨池塘见，微风襟袖知。阴阴夏木转黄鹂。何处飞来白鹭、立移时。

易醉扶头酒，难逢敌手棋。日长偏与睡相宜。睡起芭蕉叶上、自题诗。

《南歌子》共二首。其第一首缺十字，有“分付一春心事、两眉尖”句，写闺情极融浑。此首“白鹭”句写景，“芭蕉”句写情，皆有闲适之致，淡而弥永。

一落索

初见碧纱窗下绣。寸波频溜。错将黄晕压檀花，翠袖掩、纤纤手。

金缕一双红豆。情通色授。不应学舞爱垂杨，甚长为、春风瘦。

妍情丽藻，颇似南唐。结句有含毫不尽意。

太平时

九曲池头三月三。柳毵毵。香尘扑马喷金街。

涴春衫。

苦笋鲥鱼乡味美，梦江南。阊门烟水晚风恬。落归帆。

昔人谓南方笋鲫之美，不让莼鲈，诵此词下阕，知吴阊风味之佳，宋人已称羡之。恽南田[①]诗“江南鲜笋趁鲥鱼”与此同意。

定风波

墙上夭桃簌簌红。巧随轻絮入帘栊。自是芳心贪结子。翻使。惜花人恨五更风。

露萼鲜浓妆脸靓。相映。隔年情事此门中。粉面不知何处在。无奈。武陵流水卷春空。

桃贪结子，使人恨花易凋残。陈云伯《题眉楼图》云“东风不结相思子，种得桃花当写愁”，因顾横波无子，于眉楼外种桃花，则又爱其能结子也。桃本无情，重至湖州之小杜，见其满枝结子，只自伤耳。

踏莎行

杨柳回塘，鸳鸯别浦。绿萍涨断莲舟路。断无

① 恽南田：此处应为郑板桥。

蜂蝶慕幽香，红衣脱尽芳心苦。

返照迎潮，行云带雨。依依似与骚人语。当年不肯嫁春风，无端却被秋风误。

屏除簪绂，长揖归田，已如莲花之褪尽红衣，乃洗净铅华，而仍含莲子中心之苦，将怨谁耶？故下阕言当初不嫁春风，本冀秋江自老，岂料秋风不恤，仍横被摧残，盖申足上阕之意也。

小梅花

缚虎手。悬河口。车如鸡栖马如狗。白纶巾。扑黄尘。不知我辈，可是蓬蒿人。衰兰送客咸阳道。天若有情天亦老。作雷颠。不论钱。谁问旗亭，美酒斗十千。

酌大斗。起为寿。青鬓常青古无有。笑嫣然。舞翩然。当垆秦女，十五语如弦。遗音能记秋风曲。事去千年犹恨促。揽流光。系扶桑。争奈愁来，一日即为长。

节短而韵长，调高而音凄，其雄恢才笔，可与放翁、稼轩争驱夺槊矣。

六州歌头

少年侠气，交结五都雄。肝胆洞。毛发耸。立谈中。死生同。一诺千金重。推翘勇。矜豪纵。轻盖拥。联飞鞚。斗城东。轰饮酒垆，春色浮寒瓮。吸海垂虹。闲呼鹰嗾犬，白羽摘雕弓。狡穴俄空。乐匆匆。

似黄粱梦。辞丹凤。明月共。漾孤篷。官冗从。怀倥偬。落尘笼。簿书丛。鹖弁如云众。供粗用。忽奇功。笳鼓动。渔阳弄。思悲翁。不请长缨，系取天骄种。剑吼西风。怅登山临水，手寄七弦桐。目送归鸿。

此与《小梅花》调皆雄健激昂，为集中希有之作。上阕“酒垆”以下七句、下阕“长缨”以下六句，尤为警拔。

雨中花

清滑京江人物秀。富美发、丰肌素手。宝子余妍，阿娇余韵，独步秋娘后。

奈倦客襟怀先怯酒。问何意、歌颦易皱。弱柳飞绵，繁花结子，做弄伤春瘦。

上阕实赋其人，下阕飞绵结子之感。诵“容易生儿似阿侯”句，东山却被做弄，倦客伤春，徒怜瘦损耳。

燕瑶池

琼钩搴幔。秋风观。漫漫。白云联渡河汉。长宵半。参旗烂烂。何时旦。

命闺人、金徽重按。商歌怨。依稀广陵清散。低眉叹。危弦未断。肠先断。

结句极沉痛，如孟才人之歌《河满》，寸寸回肠矣。

临江仙

巧剪合欢罗胜子，钗头春意翩翩。艳歌浅笑拜嫣然。愿郎宜此酒，行乐驻华年。

未是文园多病客，幽襟凄断堪怜。旧游梦挂碧云边。人归落雁后，思发在花前。

《复斋漫录》云，黄山谷守当涂，方回于人日过之，席上用唐薛道衡句作词，山谷遂以《雁后归》名之。此腔本名《临江仙》，今仍其旧云。此词未见特色，录之为词苑谈资。

水调歌头

南国本潇洒。六代浸豪奢。台城游冶。襞笺能赋属宫娃。云观登临清夏。璧月留连长夜。吟醉送年华。回首飞鸳瓦。却羡井中蛙。

访乌衣，寻白社。不容车。旧时王谢。堂前双燕过谁家。楼外河横斗挂。淮上潮平霜下。樯影落寒沙。商女篷窗罅。犹唱后庭花。

此阕平仄句皆叶韵，东山之创作也。录之以备一格。词系金陵怀古，宫娃能赋，曾吟璧月良宵；商女无愁，谁问故家梁燕，六朝如梦，感慨系之矣。

满江红

火禁初开，深深院、几重帘箔。人自起、翠衾寒梦，夜来风恶。肠断残红和泪落，半随轻雨飘池角。记采兰、携手曲江游，年时约。

芳物大，都如昨。自怨别，疏行乐。被无情双燕，短封难托。谁念东阳消瘦骨，更堪白苎衣衫薄。向小窗、题满杏花笺，伤春作。

咏风雨摧花，而词心宛转随之，情与景皆臻妙境。下阕骨瘦更堪衣薄，乃加倍写愁法。结句亦简洁。

青玉案　题横塘路

凌波不过横塘路。但目送、芳尘去。锦瑟华年谁与度。月桥花榭，绮窗朱户。只有春知处。

碧云冉冉蘅皋暮。彩笔新题断肠句。试问闲愁都几许。一川烟草，满城风絮。梅子黄时雨。

“锦瑟”四句，花榭绮窗，只有春风吹到，其寂寥之况与离索之怀，皆寓其中。下阕“闲愁”以下四句用三叠笔写愁，如三叠阳关，令人凄绝。题标“横塘路”，当有伊人宛在，非泛写闲愁也。

感皇恩

兰芷满汀洲，游丝横路。罗袜尘生步。回顾。整鬟颦黛，脉脉多情难诉。细风吹落絮。人南渡。

回首旧游，山无重数。花底深朱户。何处。半黄梅子，向晚一帘疏雨。断魂分付与。春将去。

此调与前首皆录别之作。前首云“目送芳尘去”，乃指人而言；此云“南渡回首”，则就己而言。“细风”二句有远韵。下阕在万重山外寄思，由花底而朱户，而梅雨帘栊，离心层递而远，心凭谁寄，只可托付春风，惟名手能曲曲写出。

薄幸

淡妆多态。更的的、频回盼睐。便认得、琴心先许，欲绾合欢罗带。记画堂、风月逢迎，轻颦浅笑娇无奈。向睡鸭炉边，翔鸳屏里，与把香囊暗解。

自过了收灯夜，都不见、踏青挑菜。几回凭双燕，丁宁深意，往来却恨重帘碍。知何时再。正春浓酒困，人闲昼永无聊赖。厌厌睡起，犹有花梢日在。

上阕追叙前欢，下阕言紫燕西来，已寄书多阻，姑借酒以消磨永昼。乃酒消睡醒，仍日未西沉，清昼悠悠，遣愁无计，极写其无聊之思。原题云《忆故人》，知其眷恋之深，调用《薄幸》，殆其自谓耶？

菩萨蛮

厌厌别酒商歌送。萧萧凉叶秋声动。小泊画桥东。孤舟月满篷。

高城遮短梦。衾藉余香拥。多谢五更风。犹闻城里钟。

别后乌篷小泊，夜色清幽，正在拥衾不寐，着想无从，忽闻城内钟声，其来处当与伊人相近，一缕相思，逐钟声俱往，或随风吹到君边也。

鹧鸪词

月痕依约到西厢。曾羡花枝拂短墙。初未识愁那得泪，每浑疑梦奈余香。

歌逢袅处眉先妩，酒半酣时眼更狂。闲绮绣帘吹柳絮，问人何似冶游郎。

下半“歌袅”“酒酣”二句描写欢场情景，但冶游郎方沉酣春色，而倚帘人娇眼暗窥，方笑其轻浮如柳絮，颇寓警世之意。

石州引

薄雨收寒，斜照弄晴，春意空阔。长亭柳色才黄，远客一枝先折。烟横水际，映带几点归鸿，东风消尽龙沙雪。还记出关来，恰而今时节。

将发。画楼芳酒，红泪清歌，顿成轻别。回首轻年，杳杳音尘都绝。欲知方寸，共有几许新愁，芭蕉不展丁香结。枉望断天涯，两恹恹风月。

方回眷一丽姝，别后姝寄诗云：“独倚危阑泪满襟，小园春色懒追寻。深恩纵似丁香结，难展芭蕉一寸心。”方回用所寄诗意成此调，亦云《柳色黄》云。“长亭”以下七句顿挫有致，观其“龙沙”“出关”等句，当是北地胭脂。吴汉槎诗所谓“红粉空娇塞上春”也。

谒金门

花满院。飞去飞来双燕。红雨入帘寒不卷。晓屏山六扇。

翠袖玉笙凄断。脉脉两蛾愁浅。消息不知郎近远。一春长梦见。

前、后阕分写情景，以高浑出之，不事雕饰，五代遗韵也。

忆秦娥

晓朦胧。前溪百鸟啼匆匆。啼匆匆。凌波人去，拜月楼空。

去年今日东门东。鲜妆辉映桃花红。桃花红。吹开吹落，一任东风。

上阕以远韵胜，下阕有“崔护桃花已隔年”之感。开落听诸东风，妙在不说尽，味在酸咸外矣。

忆仙姿

莲叶初生南浦。两岸绿杨飞絮。向晚鲤鱼风，断送彩帆何处。凝伫。凝伫。楼外一江烟雨。

表情处在叠用“凝伫”二字，传神处在“烟雨”句，离心无际，远在空濛江雨之中，小令固以融浑为佳。

小重山

花院深疑无路通。碧纱窗影下，玉芙蓉。当时偏恨五更钟。分携处，斜月小帘栊。

楚梦冷沉踪。一双金缕枕，半床空。画楼临水凤城东。楼前柳，憔悴几秋风。

此词由“窗下”而“分携”，而“沉踪”，层递写来，渐推渐远。结处秋柳城东，寄怀更远，觉情韵弥长也。

鹤冲天

冬冬鼓动，花外沉残漏。华月万枝灯，还清昼。广陌衣香度，飞盖影、相先后。个处频回首。锦坊西去，期约武陵溪口。

当时早恨欢难偶。何堪流浪远，分携久。小畹兰英在，轻付与、何人手。不似长亭柳。舞风眠雨，伴我一春消瘦。

此纪元夕灯火之盛。“华月”“清昼”句有“不知有月空中行”之意。“衣香”“飞盖”句有“暗尘随马”之意。下阕言兰英歌舞，今属谁边，转不如垂柳舞腰，尚肯伴沈郎瘦损，知灯火阑珊处，有愁人在也。

清平乐

阴晴未定。薄日烘云影。临水朱门花一径。渡口鸟啼人静。

恹恹几许春情。可怜老去兰成。看取镊残双鬓，不随芳草重生。

“临水”二句写景明丽而幽静。下阕凡咏芳草者，或言送别，或言怀人，原上池塘，尽多佳咏，此言衰鬓不如芳草，语新而意悲。

浣溪沙

湖上秋深藕叶黄。清霜销瘦损垂杨。洲嘴嫩莎斜照暖，睡鸳鸯。

红粉莲娃何处在，西风不为管余香。今夜月明闻水调，断人肠。

上阕写景妍秀，下阕采莲人远，风散余香，转羡同梦鸳鸯，斜阳借暖，况水调凄清入听耶！上、下阕结句，情韵尤胜。

思越人

紫府东风放夜时。步莲秾李伴人归。五更钟动笙歌散，十里月明灯火稀。

香冉冉，梦依依。天涯寒尽减春衣。凤凰城阙知何处，寥落星河一雁飞。

前半言昔日之荣华，“月明”句殊清峭。后半言此时之寥落，结句有恋阙怀人之意。吴梅村诗“月斜宫阙雁还飞”，所感略同。

浣溪沙

青翰舟中祓禊筵。粉娥窥影两神仙。酒阑飞去作飞烟。

重访旧游人不见，雨荷风蓼夕阳天。折花临水思悠然。

下阕“雨荷”二句写景绝妙，且风韵悠然。

谒金门

杨花落。燕子横穿朱阁。常恨春醪如水薄。闲愁无处着。

绿野带江山络角。桃叶参差前约。历历短樯沙外泊。东风晚来恶。

《阳春白雪》录贺方回《谒金门》调原序曰：“李黄门梦

得一曲，前遍二十言，后遍二十二言，而无其声。余采其前遍，润一‘横’字。已续二十五字写之云。”此调上半为李作，下半为贺作。“春醪”二句与“短檣”二句工力悉敌。《花草粹编》录李之后遍曰：“去年今日王陵舍，鼓角秋风。千载辽东。回首人间万事空。”句调与贺词异也。

罗敷歌

自怜楚客悲秋思，手写丝桐。目断书鸿。平淡江山落照中。

谁家水调声声怨，黄叶西风。罨画桥东。十二玉楼空复空。

《东山词》诸家谱录，并云三卷，汲古阁本合百六十九首为一卷。道光间王惠庵复由诸家选本中得四十首，为《补遗》一卷。今从《补遗》中选释得数首，即此首及以下所录也。此首“平淡江山”句宛有画意。“黄叶”三句空中传恨，正如转头句所谓“水调声声怨”也。

小重山

玉指金徽一再弹。新声传访戴，雪溪寒。两行墨妙破冰纨。牵情处，幽恨写毫端。

昵语强羞难。相逢真许似，镜中鸾。小梅疏影近杯盘。东风里，谁共倚阑干。

前调

帘影新妆一破颜。玳筵回雪舞，小云鬟。琼杯擢秀望难攀。凝情处，千里望蓬山。

歌断酒阑珊。画船箫鼓转，绿杨湾。坠钿残粉水堂关。斜阳里，双燕伴人闲。

《小重山》之“小梅”二句及次首之“歌断酒阑”六句写景中之人，词笔清丽。“斜阳”二句颇高浑，有五代遗意。

西江月

携手看花深径，扶肩待月斜廊。临分少伫已伥伥。此段不堪回想。

欲寄书如天远，难消夜似年长。小窗风雨碎人肠。更在孤舟枕上。

“小窗”二句论句法固属凄婉，析言之，曰“风雨”，曰“孤舟”，曰“枕上”，三折写来，更见客愁之重叠也。

诉衷情

不堪回首卧云乡。羁宦负清狂。年来镜湖风月，鱼鸟两相忘。

秦塞险，楚山苍。更斜阳。画桥流水，曾见扁舟，几度刘郎。

前调

半消檀粉睡痕新。背镜照樱唇。临风再歌团扇，深意属何人。

轻调笑，浅凝颦。认情亲。最难堪酒，似不胜情，依样伤春。

以上二首，其经意处皆在下阕。前首“秦塞”“楚山”，旧游前梦，都付斜阳，即眼前之流水扁舟，已换却刘郎几度，人事悠悠，共尺波电谢矣。次首“最难堪酒”三句写“愁罗恨绮”之怀，若柔丝之漾于空际也。

怨春风

玉津春水如蓝。官柳毵毵。桥上东风侧帽檐。记佳节、约是重三。

飞楼十二珠帘。恨不贮、当年彩蟾。对梦雨廉纤。愁随芳草，绿遍江南。

醉春风

楼外屏山秀。凭阑新梦后。归云何许误心期，候候候。到陇梅花，渡江桃叶，断魂招手。

楚楚汗衫旧。啼痕曾枕袖。东阳咏罢不胜情，瘦瘦瘦。隋岸伤离，渭城恨远，一枝烟柳。

上首《怨春风》调“梦雨”三句不落言诠，词学至此，若参禅者已悟到空虚之境。次首《醉春风》调梅花赠远，桃叶迎春，本是情之所寄，而久候无踪，剩有断魂招手，情辞凄绝。下阕叠用三“瘦”字，而托诸灞岸渭城之柳，词境诚高，词心良苦矣。

踏莎行

霜叶栖萤，风枝袅鹊。水堂雏燕搴珠箔。一声横玉吹流云，厌厌凉月西南落。

江际吴边，山侵楚角。兰桡明夜芳洲泊。殷勤留与采香人，清尊不负黄花约。

夜凉月落，横笛吹云，极写幽悄之境。下阕言吴头楚角，兰楫采香，与其《望湘人》词之湘天风月，青翰移舟，寄怀相似，皆有湘灵楚艳之思。此调因下阕之第三句，亦名《芳洲泊》。

前调

鸦轧齐桡，鼕冬叠鼓。浮骖晚下金牛渚。莫愁应自有愁时，篷窗今夜潇潇雨。

杜若芳洲，芙蓉别浦。依依艳笑逢迎处。随潮风自石城来，潮回好寄人传语。

此调共三首，次首纪倚棹听歌，结有“兰情似怨临行促”“殷勤更唱江南曲”句，故此首有“莫愁”“石城”语，用江南曲本意也。笑语芳洲，依依宛在，而传语者只仗回潮，蓬窗听雨，能不黯然。诵“莫愁”句正如王阮亭诗“年来愁与春潮满，不信湖名尚莫愁”也。

僧仲殊一首

柳梢青　吴中

岸草平沙。吴王故苑，柳袅烟斜。雨后寒轻，风前香软，春在梨花。

行人一棹天涯。酒醒处、残阳乱鸦。门外秋千，墙头红粉，深院谁家。

“雨后”三句及“秋千”三句，景与人分写，俱清丽为邻。而观其“残阳乱鸦”句，寄情在一片苍凉之境，知丽景秾春，固不值高僧一笑也。

周邦彦六十五首

瑞鹤仙　高平

悄郊原带郭。行路永、客去车尘漠漠。斜阳映山落。敛余红犹恋，孤城阑角。凌波步弱。过短亭、何用素约。有流莺劝我，重解绣鞍，缓引春酌。

不记归时早暮，上马谁扶，醒眠朱阁。惊飙动幕。扶残醉，绕红药。叹西园已是，花深无地，东风何事又恶。任流光过却，犹喜洞天自乐。

前四句写郊行风景，“余红”句兼含情韵，与周草窗词“一片斜阳恋柳”并推佳咏。“凌波”至“春酌”数语，论词面不过言途逢旧眷，小饮留连，须于句秀而笔劲处着眼。转头处承上“春酌”句，回忆醉时，颇得神态。以下扶醉惜花，更多余感。结句开拓，不落恒蹊[①]。夏闰庵云：“此阕与《兰陵王》《浪淘沙》《大酺》《六丑》诸作，人巧至而天机随，词中之圣。与史迁之文，杜陵之诗，同为古今绝作，无与抗手者。”

① 恒蹊：常走的路，指传统、俗套。

兰陵王 越调 柳

柳阴直。烟里丝丝弄碧。隋堤上、曾见几番，拂水飘绵送行色。登临望故国。谁识。京华倦客。长亭路、年去岁来，应折柔条过千尺。

闲寻旧踪迹。又酒趁哀弦，灯照离席。梨花榆火催寒食。愁一箭风快，半篙波暖，回头迢递便数驿。望人在天北。

凄恻。恨堆积。渐别浦萦回，津堠岑寂。斜阳冉冉春无极。念月榭携手，露桥闻笛。沉思前事，似梦里，泪暗滴。

上阕但赋“柳”字，而有清刚之气。中阕之“梨花”句、下阕之“斜阳”句，闰庵云：“有此二语顿挫之力，以下便一气奔赴。”余亦谓然。无此二语，则中阕于别后，即言行舟迅发；下阕在客途，即言回首前欢，便少纡徐之致。赖此顿挫，非特涵养局势，且句中风韵悠然，名作也。

浪淘沙 商调

昼阴重、霜凋岸草，雾隐城堞。南陌脂车待发。东门帐饮乍阕。正拂面、垂杨堪揽结。掩红泪、玉手亲折。念汉浦离鸿去何许，经时信音绝。

情切。望中地远天阔。向露冷风清无人处，耿耿寒漏咽。嗟万事难忘，惟是轻别。翠尊未竭。凭断云、留取西楼残月。罗带光销纹衾叠。连环解、旧香顿歇。怨歌永、琼壶敲尽缺。恨春去、不与人期，弄夜色，空余满地梨花雪。

上阕“垂杨”句以下数语，临歧与别后次第写出，其胜处在音节之脆，腕力之劲。下阕以“难忘”“轻别”四字引起下文。“翠尊”至“敲壶”数语，分六、七层写来，但见其宛转而凄艳，而不觉其藻饰堆叠。闰庵亦云：“此七八句全是直写正面，再接再厉，急管繁弦，声声入破矣。”结处梨花如雪，在空际写怨，而先以“恨春去”句动荡之。末二句用倒装法，不着一平率之笔也。

大酺　越调　春雨

对宿烟收，春禽静，飞雨时鸣高屋。墙头青玉旆，洗铅霜都尽，嫩梢相触。润逼琴丝，寒侵枕障，虫网吹黏帘竹。邮亭无人处，听檐声不断，困眠初熟。奈愁极顿惊，梦轻难记，自怜幽独。

行人归意速。最先念、流潦妨车毂。怎奈向、兰成憔悴，卫玠清羸，等闲时、易伤心目。未怪平阳客，双泪落、笛中哀曲。况萧索、青芜国。红糁铺地，门外荆桃如菽。夜游共谁秉烛。

起笔言“烟收”“禽静”，以下“琴丝”三句，从旁面景物着想，为“春雨”传神。“愁极”“梦轻”三句从听雨者着想，皆不落滞相。转头处恐“流潦妨车”，别开意境，兼寓思归之意。“憔悴”三句用垫笔，为下文作势。“哀曲”句下复用“况”字以振起之，更见力量。结处不欲一泻无余，故“秉烛”句以含蓄出之。通首如公孙舞剑，极浑脱流利之观。史梅溪《春雨》词云“恐妨他佳约风流”，与此结句意略同。

六丑　中吕　落花

正单衣试酒，恨客里、光阴虚掷。愿春暂留，春归如过翼。一去无迹。为问花何在，夜来风雨，葬楚宫倾国。钗钿堕处遗香泽。乱点桃蹊，轻翻柳陌，多情为谁追惜。但蜂媒蝶使，时叩窗隔。

东园岑寂。渐蒙笼暗碧。静绕珍丛底、成叹息。长条故惹行客。似牵衣待话，别情无极。残英小、强簪巾帻。终不似、一朵钗头颤袅，向人欹侧。漂流处、莫趁潮汐。恐断鸿、尚有相思字，何由见得。

前五句言客里送春，“翼”“迹”二韵力破余地，词家赋送春者，无此健笔。“楚宫”三句哀艳而有缥缈之思。以下言惜花无人，不如蜂蝶之尚有余恋。下阕言花落之后，但余暗碧。王荆公所谓“春风取花去，酬我以清阴”，而在惜花者徒增太息耳。“长条”三句就花刺钩衣，以寓恋别，词为蔷薇花谢后作，故即事生情。“残英”四句承别情而言，因簪取残花，而绮思离愁一时齐赴，如小凤钗头之曾窥香颈。夏闰庵云：“是人是花，合而为一，变化无方。”

结句言纵使花片随潮，相思留字，而长此漂流，无缘更见，一句一意，收来敏妙。闰庵云："白石之《暗香》《疏影》似脱胎于此。"但彼之迹象未化，尚隔一尘也。

点绛唇　仙吕

孤馆迢迢，暮天草露沾衣润。夜来秋近。月晕通风信。

今日原头，黄叶飞成阵。知人闷。故来相趁。共结临歧恨。

因送别之时，风吹黄叶，信手拈来，便成此解。可见随处景物，能手遇之，便能运用。词中下阕之意，以承接上阕为多。此词言昨宵风信，今见叶飞，其衔接尤为明显。

前调　仙吕　伤感

辽鹤归来，故乡多少伤心地。寸书不寄。鱼浪空千里。

凭仗桃根，说与凄凉意。愁无际。旧时衣袂。犹有东门泪。

起笔即包举感旧怀乡之意。既乡书不达，姑且诉向桃根；而回顾襟边，泪痕犹在，次句之伤心事，可于泪痕证之。唐、五代词承乐府之遗，以小令为多，北宋渐有长调，至清真而开合矫变，极长调之能事。而集中小令，亦秀雅而含风韵。小晏、屯田，无以过之。此词之“衣袂”两句，即其一也。

少年游　商调

并刀如水，吴盐胜雪，纤手破新橙。锦幄初温，兽烟不断，相对坐调笙。

低声问向谁行宿，城上已三更。马滑霜浓，不如休去，直是少人行。

此调凡四首，乃感旧之作。其下三首皆言别后，以此首最为擅胜。上阕橙香笙语，乃追写相见情事。下阕代纪留宾之言，情深而语俊，宜其别后回思，丁宁片语，为之咏叹长言也。

皋文《词选》录此及《六丑》二调。余所录较多，且加以诠释。毛晋刻《清真集》，其评注庞杂者删之，余妄加评论，得无为汲古翁所笑耶？

浣溪沙　黄钟

不为萧娘旧约寒。何因容易别长安。预愁衣上粉痕干。

幽阁深沉灯焰喜，小炉邻近酒杯宽。为君门外脱归鞍。

词人多作伤离之语，此乃言相见之欢。上阕三句作三折，不使一平衍之笔。观结句甫在门外下马，则“幽阁”二句，因见报喜之灯花，预暖洗尘之酒盏，皆代绿窗中人着笔也。语云：“欢娱之言难工，愁苦之音易好”，此词却工。

前调

翠葆参差竹径成。新荷跳雨碎珠倾。曲阑斜转小池亭。

风约帘衣归燕急，水摇扇影戏鱼惊。柳梢残日弄微晴。

通首皆写景，别是一格。字字矜炼，“归燕”二句宛似宋人诗集佳句，虽不涉人事，而景中之人，含有一种闲适之趣。“摇扇”句虽有人在，只是虚写。

前调

日射欹红蜡蒂香。风干微汗粉襟凉。碧绡对卷簟纹光。

自剪柳枝明画阁，戏抛莲药种横塘。长亭无事好思量。

此为闺中逭暑之作。先言室内，虽仅言粉襟纹簟，而丽影已绰约其间。后半言室外，剪柳抛莲，写出闲雅之致。结句以含蕴出之，尤耐寻挹。

前调

宝扇轻圆浅画缯。象床平稳细穿藤。飞蝇不到避壶冰。

翠枕面凉偏益睡，玉箫手汗错成声。日长无力要人凭。

词意与前首相类，赋景物极妍丽之彩，状闺情尽娇慵之态。《草堂诗余》选词，以春夏秋冬之景分隶之。此词洵夏令之绝妙好词也。

前调

日薄尘飞官路平。眼明喜见汴河倾。地遥人倦莫兼程。

下马先寻题壁字，出门闲记榜村名。早收灯火梦倾城。

长途倦客，薄晚停车，土壁认欹斜之字，茅檐访村落之名，皆陆行旅客确有之情景。写景以真切为贵，此等词是也。结句匆匆旅宿，犹忆倾城，周郎其在邯郸道中向卢生借枕耶？

前调

雨过残红湿未飞。珠帘一桁透斜晖。游蜂酿蜜窃香归。

金屋无人风竹乱，衣篝尽日水沉微。一春须有忆人时。

上阕写雨后春光明媚，风景宛然。下阕风篁成韵，香霭初残，凡静境撩人，最易幽怀枨触，有“风竹”二句蓄势，则昼静怀人之意，自注笔端矣。

前调

水涨鱼天拍柳桥。云鸠拖雨过江皋。一番春信入东郊。

闲碾凤团消短梦，静看燕子垒新巢。又移日影上花梢。

金萧闲老人以“明秀”名其词集，此词足当“明秀”二字。起二句颇含画意，有晚唐诗境佳处。

前调

楼上晴天碧四垂。楼前芳草接天涯。劝君莫上最高梯。

新笋已成堂下竹，落花都上燕巢泥。忍听林表杜鹃啼。

上阕有李白《菩萨蛮》词“有人楼上愁”“玉阶空伫立”之意。下阕“新笋”二句写景即言情，有手挥目送之妙。芳序已过，而归期犹滞，忍更听鹃声耶！

玲珑四犯　大石

秾李夭桃，是旧日潘郎，亲试春艳。自别河阳，长负露房烟脸。憔悴鬓点吴霜，细念想、梦魂飞乱。叹画阑、玉砌都换。才始有缘重见。

夜深偷展香罗荐。暗窗前、醉眠葱茜。浮花浪蕊都相识，谁更曾抬眼。休问旧色旧香，但认取芳心一点。又片时一阵，风雨恶，吹分散。

此调精湛处在“旧色”“芳心”二句。已色衰香退，而芳心一点，历久不渝，句意并美，宜为后人传诵。通首皆本此意。“画阑”“重见”二句，人事都非，而旧人相遇，更续前缘，彼浪蕊浮花何足语此！下阕离合悲欢，转展曲尽。“浮花”句用垫笔有力。收句尤劲绝。

虞美人　正宫

廉纤小雨池塘遍。细点看萍面。一双燕子守朱门。比似寻常时候易黄昏。

宜城酒泛浮春絮。细作更阑语。相看羁思乱如云。又是一窗灯影两愁人。

此调凡六首，元巾箱本分隶于上、下卷及集外三卷。戈顺卿所选止二首。汲古阁刻《片玉词》，则六首并列之。此六首由将别而录别、而别后，细审词意，当是一事。汲古本于前后情事，排次不相联续，今为次第录释之。此当为第一首，在未别之时。上阕言同是黄昏时候，而在欲别者，只觉光阴迅逝。下阕言今宵虽双影灯前，以将有远行，离绪羁愁，已相继并集矣。

前调

灯前欲去仍留恋。肠断朱扉远。不须红雨洗香腮。待得蔷薇花谢便归来。

舞腰歌板闲时按。一任旁人看。金炉应见旧残煤。莫遣恩情容易似寒灰。

此首纪临别之语也。既告以春暮归期，勿弹别泪；又言但毋忘我，不妨歌舞依然，以消闲寂，宛转写来，如听喁喁情话。取譬炉灰，意新而情挚。

前调

金闺平帖春云暖。昼漏花前短。玉颜酒解艳红消。一向捧心啼困不成娇。

别来新翠迷行径。窗锁玲珑影。砑绫小字夜来封。斜倚曲阑凝睇数归鸿。

此首写别后之怀。“啼困”“红消”，想为郎之憔悴。亲封“小字”，将报我以平安，乃从居者着想也。

前调

玉觞才掩朱弦悄。弹指壶天晓。回头犹认倚墙花。只向小桥南畔便天涯。

银蟾依旧当窗满。顾影魂先断。凄风休飐半残灯。拟倩今宵归梦到云屏。

此首亦写别后之怀。小桥才过，怅咫尺即天涯，归梦飞来，愿残灯之留照，似水柔情，曲而能达，乃从行者寄思也。

前调

疏篱曲径田家小。云树开秋晓。天寒山色有无中。野外一声钟起送孤篷。

添衣策马寻亭堠。愁抱惟宜酒。菰蒲睡鸭占陂塘。纵被行人惊散又成双。

此首纪客途之渐远也。偶见野塘双鸭，触绪怀人，与“微雨燕双飞”之词同感。

前调

淡云笼月松溪路。长记分携处。梦魂连夜绕松溪。此夜相逢恰似梦中时。

海山陡觉风光好。莫惜金尊倒。柳花吹雪燕飞忙。生怕扁舟归去断人肠。

此首纪别后之出游也。偶旧地之重过，便怀分袂；喜清游之暂慰，翻恐独归。此与《蝶恋花》词皆录别缠绵之作。但彼则于一首中次第写之，此则分六首次第写之，情之所钟。正在君辈。

琐窗寒　越调

暗柳啼鸦，单衣伫立，小帘朱户。桐阴半亩，静锁一庭愁雨。洒空阶、夜阑未休，故人剪烛西窗语。似楚江暝宿，风灯零乱，少年羁旅。

迟暮。嬉游处。正店舍无烟，禁城百五。旗亭唤酒，付与高阳俦侣。想东园、桃李自春，小唇秀靥今在否。到归时、定有残英，待客携尊俎。

词为寒食雨中作。闲淡写来，因雨而念故人，更念及湘楚旧游，苍凉寄感。“风灯”二句写出楚江夜泊风景。下阕因佳节而回忆当年，非特酒徒云散，即绛唇清唱，今在谁边？姑盼归期，冀堕欢重拾耳。上阕“故人剪烛”四句能情中带景，情味便厚，亦词家途径也。

南乡子　商调

晨色动妆楼。短烛荧荧悄未收。自在开帘风不定，飕飕。池面冰澌趁水流。

早起怯梳头。欲绾云鬟又却休。不会沉吟思底事，凝眸。两点春山满镜愁。

集中《蝶恋花》及此调皆纪晓别，各擅风情。因上阕言征人晓发，寒威尚劲，故转头处言既惮寒，又兼惜别，致怯绾云鬟，代别后红闺着想，惟有凝眸不语，愁满镜中耳。袁简斋诗“一声江上红船橹，两角眉峰万点秋”、厉樊榭诗“将归预想迎门笑，欲别俄成满镜愁”，皆与此词结句情味相似。

瑞龙吟　大石

章台路。还见褪粉梅梢，试华桃树。愔愔坊陌人家，定巢燕子，归来旧处。

黯凝伫。因念个人痴小，乍窥门户。侵晨浅约宫黄，障风映袖，盈盈笑语。

前度刘郎重到，访邻寻里，同时歌舞。惟有旧家秋娘，声价如故。吟笺赋笔，犹记燕台句。知谁伴、名园露饮，东城闲步。事与孤鸿去。探春尽是，伤离意绪。官柳低金缕。归骑晚、纤纤池塘飞雨。断肠院落，一帘风絮。

首段言人如巢燕归来，花事方酣，人家依旧。次段回忆此地初逢，笑语风姿，宛然在目。三段实赋访旧，歌姬舞侣，大半飘零，闻说秋娘尚在，如洛中柳枝娘，犹能忆诵玉溪诗句。而此日名园寥寂，伴饮无人，伤别伤春，惟有一鞭归去。帘栊风絮，独自徘徊，通篇宛转写来，情景两融。“孤鸿”句至结句，景中见情，妙在不说破，其味无尽。夏闰庵云：“清真平写处，与屯田无异；至矫变处，自开境界。其择言之雅，造句之妙，非屯田所及也。”此调第一段、第二段属正平调，谓之双拽头。自“前度刘郎”以下，即犯大石调。至“归骑晚”以下四句，复入正平调。他本有从“声价如故”句分段者，非是。

齐天乐　正宫　秋思

绿芜凋尽台城路，殊乡又逢秋晚。暮雨生寒，鸣蛩劝织，深阁时闻裁剪。云窗静掩。叹重拂罗裀，顿疏花簟。尚有练囊，露萤清夜照书卷。

荆江留滞最久，故人相望处，离思何限。渭水西风，长安乱叶，空忆诗情宛转。凭高眺远。正玉液新笃，蟹螯初荐。醉倒山翁，但愁斜照敛。

起二句笼罩一切。其下以淡雅出之，清愁一片，摇漾于毫端。“乱叶”三句极苍凉之思。“敛”字韵夕阳光景，动人留恋，又最易感人，词客每以之作结句。闰庵云：“此系黄钟宫正调。宜于深稳之词，他人或作激楚语者，非合作也。”

渡江云　小石

晴岚低楚甸，暖回雁翼，阵势起平沙。骤惊春在眼，借问何时，委曲到山家。涂香晕色，盛粉饰、争作妍华。千万丝、陌头杨柳，渐渐可藏鸦。

堪嗟。清江东注，画舸西流，指长安日下。愁宴阑、风翻旗尾，潮溅乌纱。今宵正对初弦月，傍水驿、深舣蒹葭。沉恨处，时时自剔灯花。

上阕言楚江作客，春光取次而来，皆平序景物。其写怀全在下阕，宴阑人散，送行者皆自崖而返，而扁舟孤客，泊苇荻荒滩，与冷月残灯相对，此词与柳屯田之“晓风残月”，皆善写客愁者。

应天长　商调

条风布暖，霏雾弄晴，池台遍满春色。正是夜堂无月，沉沉暗寒食。梁间燕，前社客。似笑我、闭门愁寂。乱花过、隔院芸香，满地狼藉。

长记那回时，邂逅相逢，郊外驻油壁。又见汉宫传烛，飞烟五侯宅。青青草，迷路陌。强载酒、细寻前迹。市桥远，柳下人家，犹自相识。

写寒食寂寥情况，以“梁间燕”“隔院香”衬托出之，不使一平笔。下阕强寻前迹，而紫陌人遥，虽门巷依依，不异蓬山远隔。辞意之清永，如嚼水精盐，无尘羹俗味也。

还京乐　大石

禁烟近，触处、浮香秀色相料理。正泥花时候，奈何客里，光阴虚费。望箭波无际，迎风漾日黄云委。任去远，中有万点相思清泪。

到长淮底。过当时、楼下殷勤，为说春来，羁旅况味。堪嗟误约乖期，向天涯、自看桃李。想而今、应恨墨盈笺，愁妆照水。怎得青鸾翼，飞归教见憔悴。

此调上、下阕自“箭波”句至结笔，一气贯注，言万点泪痕，逐流波至长淮尽处，更过当时楼下，想楼中人之念我，笔力如精铜作钩，曲而且劲。言情处则遥想妆楼中恨墨愁妆，相思无极，安知独客伤离，亦为伊憔悴，倘归飞有翼，方知两心相忆同深也。

扫地花 双调

晓阴翳日，正雾霭烟横，远迷平楚。暗黄万缕。听鸣禽按曲，小腰欲舞。细绕回堤，驻马河桥避雨。信流去。一叶怨题，今到何处。

春事能几许。任占地持杯，扫花寻路。泪珠溅俎。叹将愁度日，痛伤幽素。恨入金徽，见说文君更苦。黯凝伫。掩重关、遍城钟鼓。

“信流去”三句宕笔有远神。下阕“占地持杯”二句细腻而老当。“泪珠”以下五句，闰庵云“笔势一气挥洒”。“恨入金徽”二句透到对面，顿挫有力。

丹凤吟 越调

迤逦春光无赖，翠藻翻池，黄蜂游阁。朝来风暴，飞絮乱投帘幕。生憎暮景，倚墙临岸，杏靥夭斜，榆钱轻薄。昼永惟思傍枕，睡起无聊，残照犹在亭角。

况是别离气味，坐来但觉心绪恶。痛引浇愁酒，奈愁浓如酒，无计消铄。那堪昏暝，簌簌半檐花落。

弄粉调朱柔素手，问何时重握。此时此意，生怕人道着。

起笔直揭“春光无赖”四字，以下八句将无赖意写得十分酣足，惟有无聊倚枕，以消永昼耳。上阕写景，下阕写情，而因恼人春色，益动离心，则景与情仍融成一片。转头以下五句笔转如环，更用“昏暝”“花落”二句作回旋顿挫，以蓄笔势。且“昏暝”二字，回应上文之暮景残照，章法周密。结处仍意不说尽，全阕无一率懈之笔。

解连环　商调

怨怀无托。嗟情人断绝，信音辽邈。信妙手、能解连环，似风散雨收，雾轻云薄。燕子楼空，暗尘锁、一床弦索。想移根换叶，尽是旧时，手种红药。

汀洲渐生杜若。料舟移岸曲，人在天角。漫记得、当日音书，把闲语闲言，待总烧却。水驿春回，望寄我、江南梅萼。拚今生、对花对酒，为伊泪落。

“燕子楼”二句语隽而意悲，“移根”三句倒装句法，倍觉其厚。下阕“漫记得”以下五句既烧却前书，又盼寄梅信，有“恩怨喁喁”之意。倘仍肯赠我梅花，当酬以泪点，长毋相忘也。

忆旧游　越调

记愁横浅黛，泪洗红铅，门掩秋宵。坠叶惊离思，听寒蛩夜泣，乱雨潇潇。凤钗半脱云鬓，窗影烛花摇。渐暗竹敲凉，疏萤照晚，两地魂消。

迢迢。问音信，道径底花阴，时认鸣镳。也拟临朱户，叹因郎憔悴，羞见郎招。旧巢更有新燕，杨柳拂河桥。但满目京尘，东风竟日吹露桃。

先将窗外之秋声，闺中之愁态，细细写出，以“两地魂消”句彼此开合，遂与下阕衔接一气。“朱户”三句追“为郎憔悴却羞郎”，妙在不说尽。“拂柳”“吹桃”等句，仍寄情于空际，弥觉蕴藉。“巢燕”句感光阴之易过耶？抑喻人事之更新耶？词境入空明之界矣。夏闰庵云：“上阕之结句，不可无此顿挫；下半阕一气带出，其得势在此。”

迎春乐　双调

清池小圃开云屋。结春伴、往来熟。忆年时、纵酒杯行速。看月上、归禽宿。

墙里修篁森似束。记名字、曾刊新绿。见说别来长，沿翠藓、封寒玉。

因题竹而怀人，情景皆真，清空一气。

一落索　双调

杜宇思归声苦。和春催去。倚阑一霎酒旗风，任扑面、桃花雨。

目断陇云江树。难逢尺素。落霞隐隐日平西，料想是、分携处。

“倚阑”二句写景俊逸，拟诸诗境，有“十里晓风吹不断，乱红飞雨过长亭”意境。“落霞”二句寄怀天末，离思与落霞、孤鹜齐飞矣。

满庭芳　中吕　夏日溧水无想山作

风老莺雏，雨肥梅子，午阴嘉树清圆。地卑山近，衣润费炉烟。人静乌鸢自乐，小桥外、新绿溅溅。凭阑久，黄芦苦竹，拟泛九江船。

年年。如社燕，飘流瀚海，来寄修椽。且莫思身外，长近樽前。憔悴江南倦客，不堪听、急管繁弦。歌筵畔，先安簟枕，容我醉时眠。

通首气脉之贯注，顿挫之蓄势，自是大家。下阕“身外”“樽前”数语，不着闲愁，自成馨逸，尤为超妙。谭复堂拈出“地卑山近”二句，谓是五代人语，为词家度尽金针。夏闰庵云：“换头处直贯篇终，有矫若游龙之势。”

少年游　黄钟

朝云漠漠散轻丝。楼阁淡春姿。柳泣花啼，九街泥重，门外燕飞迟。

而今丽日明金屋，春色在桃枝。不似当时，小楼冲雨，幽恨两人知。

此在荆州听雨怀旧之作。“不似当时”句淡语也，而得力全在此句，使通篇筋骨俱动。

秋蕊香　双调

乳鸭池塘水暖。风紧柳花迎面。午妆粉指印窗眼。曲里长眉翠浅。

问知社日停针线。探新燕。宝钗落枕春梦远。帘影参差满院。

次句确是春暮絮飞风景。“宝钗”二句能状春闺昼静之神。近人唐树义诗“行近小窗知睡稳，湘帘如水不闻声”，方斯词境。

法曲献仙音　大石

蝉咽凉柯，燕飞尘幕，漏阁签声时度。倦脱纶巾，困便湘竹，桐阴半侵朱户。向抱影，凝情处，时闻打窗雨。

耿无语。叹文园、近来多病，情绪懒、尊酒易成间阻。缥缈玉京人，想依然、京兆眉妩。翠幕深中，对徽容、空在纨素。待花前月下，见了不教归去。

前半将幽居景物闲闲写出，后始转入言情，纨素犹存，而玉京人远，在静境中易涉幽想。后阕虽寄怀宛转，而纯用疏朗之笔，绝无缋饰，见格调之高。

过秦楼 大石

水浴清蟾，叶喧凉吹，巷陌马声初断。闲依露井，笑扑流萤，惹破画罗轻扇。人静夜久凭阑，愁不归眠，立残更箭。叹年华一瞬，人今千里，梦沉书远。

空见说、鬓怯琼梳，容消金镜，渐懒趁时匀染。梅风地溽，虹雨苔滋，一架舞红都变。谁信无聊为伊，才减江淹，情伤荀倩。但明河影下，还看稀星数点。

上半写情景，皆以闲淡之语出之。转头三句遥想闺愁，下语深细。“梅风”三句状梅雨光阴，尤新颖动目。且有此旋折，转入旅怀，局势便有开合。结句相望千里，共此明河，与少陵“依斗望京”，用意相似。

塞翁吟　大石

暗叶啼风雨，窗外晓色珑璁。散水麝，小池东。乱一岸芙蓉。蕲州簟展双纹浪，轻帐翠缕如空。梦远别、泪痕重。淡铅脸斜红。

忡忡。嗟憔悴、新宽带结，羞艳冶、都消镜中。有蜀纸、堪凭寄恨，等今夜、洒血书词，剪烛亲封。菖蒲渐老，早晚成花，教见薰风。

夏闰庵云：“通首任笔直写，结语用宕笔，神味无穷。”

苏幕遮　般涉

燎沉香，消溽暑。鸟雀呼晴，侵晓窥檐语。叶上初阳干宿雨。水面清圆，一一风荷举。

故乡遥，何日去。家住吴门，久作长安旅。五月渔郎相忆否。小楫轻舟，梦入芙蓉浦。

“叶上”三句笔力清挺，极体物浏亮之致。

宴清都　中吕

地僻无钟鼓。残灯灭、夜长人倦难度。寒吹断梗，风翻暗雪，洒窗填户。宾鸿谩说传书，算过尽、千俦万侣。始信得、庾信愁多，江淹恨极须赋。

凄凉病损文园，徽弦乍拂，音韵先苦。淮山夜月，金城暮草，梦魂飞去。秋霜半入清镜，叹带眼、都移旧处。更久长、不见文君，归时认否。

通首情与景融成一片，合为凄异之音。此调当在浑灏流转处着眼。结句涉想悠然，怨入秋烟深处矣。

霜叶飞　大石

露迷衰草。疏星挂，凉蟾低下林表。素娥青女斗婵娟，正倍添凄悄。渐飒飒丹枫撼晓。横天云浪鱼鳞小。似故人相看，又透入、清辉半饷，特地留照。

迢递望极关山，波穿千里，度日如岁难到。凤楼今夜听秋风，奈五更愁抱。想玉匣哀弦闭了。无心重理相思调。见皓月、牵离恨，屏掩孤颦，泪流多少。

前段以清利之笔写秋色，已足制胜。后段言情，“秋风”“玉匣”四句凄清欲绝。虽上阕写景，下阕写情，而“清辉”与“皓月”句相映带，非情景前后判然，且句中复顿挫生姿。

花犯 小石 梅花

粉墙低，梅花照眼，依然旧风味。露痕轻缀。疑净洗铅华，无限佳丽。去年胜赏曾孤倚。冰盘同燕喜。更可惜，雪中高树，香篝熏素被。

今年对花最匆匆，相逢似有恨，依依愁悴。吟望久，青苔上，旋看飞坠。相将见、脆丸荐酒，人正在、空江烟浪里。但梦想、一枝潇洒，黄昏斜照水。

宋词中咏“梅花”者，侔色揣称，各极其工。此词论题旨，在“旧风味”三字而以“去年”“今年”分前、后段标明之。下阕自“吟望久”至结句，纯从空处落笔，非实赋梅花。闰庵云：“此数语极吞吐之妙。”

丁香结 商调

苍藓沿阶，冷萤黏屋，庭树望秋先陨。渐雨凄风迅。淡暮色、倍觉园林清润。汉姬纨扇在，重吟玩、弃掷未忍。登山临水，此恨自古，消磨不尽。

牵引。记试酒归时，映月同看雁阵。宝幄香缨，熏炉象尺，夜寒灯晕。谁念留滞故国，旧事劳方寸。唯丹青相伴，那更尘昏蠹损。

先写现时之景，而纨扇忍捐，已引起下文怀人之意。后半“试酒”以下五句，追写旧时之景，情态依依。结句凄韵绕梁，非特语有含蓄也。

氐州第一　商调

波落寒汀，村渡向晚，遥看数点帆小。乱叶翻鸦，惊风破雁，天角孤云缥缈。官柳萧疏，甚尚挂、微微残照。景物关情，川途换目，顿来催老。

渐解狂朋欢意少。奈犹被、思牵情绕。座上琴心，机中锦字，觉最萦怀抱。也知人、悬望久，蔷薇谢、归来一笑。欲梦高唐，未成眠、霜空已晓。

前八句状水天景物，“残照”二句为秋柳传神，而以“关情”“换目”承上八句，则所见景色，皆有“物换星移”之感。自转头至结句，如明珠走盘，一丝萦曳。夏闰庵以“曲而婉”三字评之，殊当。

解蹀躞　商调

候馆丹枫吹尽，面旋随风舞。夜寒霜月飞来伴孤旅。还是独拥秋衾，梦余酒困都醒，满怀离苦。

甚情绪。深念凌波微步。幽房暗相遇。泪珠都作秋宵枕前雨。此恨音驿难通，待凭征雁归时，带将愁去。

词有放笔为直干而亦有趣致者，此词上阕之抒写旅怀是也。歇拍二句，闰庵云："音驿难通，而征雁翻能带去，似不可解。而中有至情，词中措语之妙也。"

解语花　高平　元宵

风销焰蜡，露浥烘炉，花市光相射。桂华流瓦。纤云散，耿耿素娥欲下。衣裳淡雅。看楚女、纤腰一把。箫鼓喧，人影参差，满路飘香麝。

因念都城放夜。望千门如昼，嬉笑游冶。钿车罗帕。相逢处，自有暗尘随马。年光是也。惟只见、旧情衰谢。清漏移，飞盖归来，从舞休歌罢。

词因"元宵"而抚今追昔，分前、后段赋之，笔势流转，一往情深。张文潜序贺方回词，谓其"满心而发，肆口而成，虽欲已焉而不得者"。论者谓深得贺词之妙，余谓此词亦然。

水龙吟　越调　梨花

素肌应怯余寒，艳阳占立青芜地。樊川照日，灵关遮路，残红敛避。传火楼台，妒花风雨，长门深闭。亚帘栊半湿，一枝在手，偏勾引、黄昏泪。

别有风前月底。布繁英、满园歌吹。朱铅退尽，潘妃却酒，昭君乍起。雪浪翻空，粉裳缟夜，不成春意。恨玉容不见，琼妃漫好，与何人比。

前五句实赋“梨花”，其下“传火”二句从侧面写，“雪浪”二句从正面写，非特词笔妍秀，且以“长门”句、“春意”句承之，更觉情味不尽。结句“比”字韵语新而情重，洵芳悱善怀者。

西河　大石　金陵

佳丽地。南朝盛事谁记。山围故国绕清江，髻鬟对起。怒涛寂寞打孤城，风樯遥度天际。

断崖树，犹倒倚。莫愁艇子曾系。空余旧迹郁苍苍，雾沉半垒。夜深月过女墙来，赏心东望淮水。

酒旗戏鼓甚处市。想依稀、王谢邻里。燕子不知何世。向寻常巷陌人家相对。如说兴亡斜阳里。

闰庵评此词前二段云：“佳处在境界之高。若仅以点化唐人诗意论之，尚浅。”余谓第三段“燕子”“斜阳”数语，在神韵之远，若仅以点化“王谢堂前”诗意论之，尚浅。

品令　商调　梅花

夜阑人静。月痕寄、梅梢疏影。帘外曲角阑干近。旧携手处，花发雾、寒成阵。

应是不禁愁与恨。纵相逢难问。黛眉曾把春衫印。后期无定，肠断香消尽。

闰庵评云："此中有人，呼之欲出。"

玉楼春 仙吕 惆怅

玉琴虚下伤心泪。只有文君知曲意。帘烘楼迥月宜人，酒暖香融春有味。

萋萋芳草迷千里。惆怅王孙行未已。天涯回首一消魂，二十四桥歌舞地。

前半阕足当"深""稳"二字。

绮寮怨 中吕

上马人扶残醉，晓风吹未醒。映水曲、翠瓦朱檐，垂杨里、乍见津亭。当时曾题败壁，蛛丝罩、淡墨苔晕青。念去来、岁月如流，徘徊久、叹息愁思盈。

去去倦寻路程。江陵旧事，何曾再问杨琼。旧曲凄清。敛愁黛、与谁听。尊前故人如在，想念我、最关清。何须渭城。歌声未尽处、先泪零。

起二句工于发端，"败壁"二句凡昔年村店题墙，客子重过，自有一种征途怀旧之感，况蛛丝苔晕，极荒寒耶！下阕"旧曲"三句作一顿挫，以下如乘溜放舟，不须篙橹，其情词之幽咽，若清夜啼猿，令人不怡也。

拜星月慢　高平　秋思

夜色催更，清尘收露，小曲幽坊月暗。竹槛灯窗，识秋娘庭院。笑相遇，似觉琼枝玉树，暖日明霞光烂。水眄兰情，总平生稀见。

画图中、旧识春风面。谁知道、自到瑶台畔。眷恋雨润云温，苦惊风吹散。念荒寒、寄宿无人馆。重门闭、败壁秋虫叹。怎奈向、一缕相思，隔溪山不断。

起笔五句写景幽丽，仿佛见小姑居处。下阕“雨润云温”何等旖旎，“秋虫空馆”何等荒寒，两相写照，情孰能堪！人与寒蛩，同声叹息矣。

绕佛阁　大石　旅情

暗尘四敛，楼观迥出，高映孤馆。清漏将短。厌闻夜久签声动书幔。桂华又满。闲步露草，偏爱幽远。花气清婉。望中迤逦城阴度河岸。

倦客最萧索，醉倚斜桥穿柳线。还似汴堤虹梁横水面。看浪飐春灯，舟下如箭。此行重见。叹故友难逢，羁思空乱。两眉愁、向谁舒展。

“桂华”五句及下阕“浪飐”二句写景真切，语复俊逸，惟清真擅此，柳屯田差堪伯仲。后幅旧境重逢而故人不见，停云落月，今古同慨也。

一寸金 小石

州夹苍崖，下枕江山是城郭。望海霞接日，红翻水面，晴风吹草，青摇山脚。波暖凫鹥作。沙痕退、夜潮正落。疏林外、一点炊烟，渡口参差正寥廓。

自叹劳生，经年何事，京华信飘泊。念渚蒲汀柳，空归闲梦，风轮雨楫，终辜前约。情景牵心眼，流连处、利名易薄。回头谢、冶叶倡条，便入渔钓乐。

胜处全在上阕，写江路景物如画，好语穿珠，无懈可击。但此等词宋贤尚有能手，未见清真本色也。

蝶恋花 商调

月皎惊乌栖不定。更漏将残，轣辘牵金井。唤起两眸清炯炯。泪花落枕红绵冷。

执手霜风吹鬓影。去意徊徨，别语愁难听。楼上阑干横斗柄。露寒人远鸡相应。

此纪别之词。从将晓景物说起，而唤睡醒，而倚枕泣别，而临风执手，而临别依依，而行人远去，次第写出，情文相生，为自来录别者希有之作。结句七字神韵无穷，吟讽不厌，在五代词中，亦上乘也。

玉楼春 大石

桃溪不作从容住。秋藕绝来无续处。当时相候赤栏桥，今日独寻黄叶路。

烟中列岫青无数。雁背斜阳红欲暮。人如风后入江云，情似雨余黏地絮。

此调凡四首，以此首为最。上、下阕之后二句，寓情味于对偶句中，“江云”“雨絮”取譬尤隽。

夜飞鹊 道宫 别情

河桥送人处，凉夜何其。斜月远堕余辉。铜盘烛泪已流尽，霏霏凉露沾衣。相将散离会，探风前津鼓，树杪参旗。华骢会意，纵扬鞭、亦自行迟。

迢递路回清野，人语渐无闻，空带愁归。何意重红满地，遗钿不见，斜径都迷。兔葵燕麦，向残阳、欲与人齐。但徘徊班草，欷歔酹酒，极望天西。

“津鼓”二句写别时风景清峭，“华骢”二句善状离情。

下阕言别后独归，“重红”五句在景中写情，方见深厚，为后人度尽金针。

芳草渡　双调　别恨

昨夜里，又再宿桃源，醉邀仙侣。听碧窗风快，珠帘半卷疏雨。多少离恨苦。方留连啼诉。凤帐晓，又是匆匆，独自归去。

愁睹。满怀泪粉，瘦马冲泥寻去路。漫回首、烟迷望眼，依稀见朱户。似痴似醉，暗恼损、凭阑情绪。淡暮色，看尽栖鸦乱舞。

前半纪别而已。转头以下写别时情味，能宛转达意，其制胜尤在结末二句。闰庵云：“无此二句，则此词无可生色矣。”

蓦山溪　大石

楼前疏柳，柳外无穷路。翠色四天垂，数峰青、高城阔处。江湖病眼，偏向此山明，愁无语。空凝伫。两两昏鸦去。

平康巷陌，往事如花雨。十载却归来，倦追寻、酒旗戏鼓。今宵幸有，人似月婵娟。霞袖举。杯深注。一曲黄金缕。

下阕之叙事，不及上阕之寓情于景，江山城阙，极目飞鸦，托思在云天苍莽处。刘肃序《清真集》曰："辞不轻措，辞之工也。阅辞必详其所措。"此词擅胜在上阕，即其措意处，阅词者可以类推。

南乡子　商调　咏秋夜

户外井桐飘。淡月疏星共寂寥。恐怕霜寒初索被，中宵。已觉秋声引雁高。

罗带束纤腰。自剪灯花试彩毫。收起一封江北信，明朝。为问江头早晚潮。

纯以风韵胜，情味把挹弥永。

月下笛　越调

小雨收尘，凉蟾莹彻，水光浮璧。谁知怨抑。静倚官桥吹笛。映宫墙、风叶乱飞，品高调侧人未识。想开元旧谱，柯亭遗韵，尽传胸臆。

阑干四绕，听折柳徘徊，数声终拍。寒灯陋馆，最感平阳孤客。夜沉沉、雁啼正哀，片云尽卷清漏滴。黯凝魂，但觉龙吟万壑天籁息。

上阕赋笛，其辞高以洁；下阕赋闻笛，其思深而悲，结句有绕梁三日意，吹笛者当是能手。周郎亦善顾曲者，得此佳词，不数赵倚楼矣。美成集传世者，以汲古毛氏《片玉词》为最著。光绪间，王鹏运得明钞元本，编次体例，与《片玉词》异；又见元刻陈元龙注本，据以校订，于二卷外，见于毛刻者，为《集外词》一卷。惟卷中佳构，不若前二集之多。兹录其《蓦山溪》以下三调。而《南乡子》《月下笛》二调，尤为擅胜也。

司马槱一首

蝶恋花

妾本钱塘江上住。花落花开，不管流年度。燕子衔将春色去。纱窗几阵黄梅雨。

斜插犀梳云半吐。檀板轻敲，唱彻黄金缕。望断行云无觅处。梦回明月生南浦。

词因梦中见一女子所歌，为足成之。上阕写残春风景，下阕写凉夜情怀，皆代女子着想。琢句工妍，传情凄婉。欧阳永叔有《玉楼春》词咏妓馆云：“强将离恨倚江楼，江水不能流恨去。”《草堂诗余》录司马此词，谓其祖六一翁词意。

秦湛一首

谒金门

鸳鸯浦。春涨一江花雨。隔岸数声初过橹。晚风生碧树。

舟子相呼相语。载取暮愁归去。寒食江村芳草路。愁来无着处。

“隔岸”二句写水乡风物，有闲远之致。结句虽言“愁无着处”，而其上句“寒食”七字，即其愁来之处。盖以寒食之芳时，江村之行客，芳草之感人，凡思乡、怀友、伤春、羁泊之情，一时并集，触景纷来，转觉愁无着处。平子工愁，不是过也。

王安中二首

蝶恋花　桃花

秾艳夭桃春信漏。弄粉飘香，枫叶飞丹后。酒入冰肌红欲透。无言不许群芳斗。

楼外何人揎翠袖。剪落金刀，插处浓云覆。肯与刘郎仙去否。武陵曲路相思瘦。

安阳好

安阳好，曲水似山阴。咽咽清泉岩溜细，弯弯碧甃篆痕深。永昼坐披襟。

红袖小，歌扇画泥金。鸭绿波随双叶转，鹅黄酒到十分斟。重听绕梁音。

初寮长于制诰，李汉老叹为徽宗时第一人。周益公称其诗文“似坡公暮年之作”。又云：“黄、张、秦、晁既殁，……莫出公右。”有《初寮词》一卷，仅四十余调。其中《安阳好》六调，咏花六调，为当时所称，今各选其一调云。

叶梦得四首

贺新郎

睡起流莺语。掩苍苔、房栊向晓，乱红无数。吹尽残花无人见，惟有垂杨自舞。渐暖霭、初回轻暑。宝扇重寻明月影，暗尘侵、上有乘鸾女。惊旧恨，镇如许。

江南梦断蘅皋渚。浪黏天、蒲萄涨绿，半空烟雨。无限楼前沧波意，谁采蘋花寄取。但怅望、兰舟容与。万里云帆何时到，送孤鸿、目断千山阻。谁为我，唱金缕。

“残花”二句喻无限离怀，只堪独喻。下阕“楼前”五句写临江望远之神，寄情绵远，笔复空灵。词有以真气为尚者，如明镜中不着尘沙一点也。

念奴娇

中秋宴客，有怀壬午岁吴江长桥。

洞庭波冷，望冰轮初转，苍海沉沉。万顷孤光云阵卷，长笛吹破层阴。汹涌三江，银涛无际，遥带五湖深。酒阑歌罢，至今鼍怒龙吟。

回首江海平生，飘零容易散，佳会难寻。缥缈高城风露爽，独倚危槛重临。醉倒清尊，嫦娥应笑，犹有向来心。广寒宫殿，为余聊借琼林。

胜游佳伴，人生能有几回？明知佳会难寻，而事后追思，尚有余恋，此词能曲曲道出。“犹有向来心”，宜为嫦娥所笑也。结句更托想在琼楼玉宇，心为形役，但有神游，如庄子之以神为马，则天空海阔，任我翱翔耳。此调在宋人词中，多用仄韵。《石林词》一卷中，《念奴娇》凡三调，用平韵者二调。

水调歌头

九月望日，与客习射西园，余病不能射。

霜降碧天静，秋事促西风。寒声隐地初听，中夜入梧桐。起瞰高城回望，寥落关河千里，一醉与君同。叠鼓闹清晓，飞骑引雕弓。

岁将晚，客争笑，问衰翁。平生豪气安在，走马为谁雄。何似当筵虎士，挥手弦声响处，双雁落遥空。老矣真堪愧，回首望云中。

石林居士著书百卷，藏书万卷，其词与苏、柳并传，不作柔殢妇人语。此词上阕起、结句咸有峭劲之致。下阕清气往来，十句如一句写出，自谓豪气安在，其实字里行间，仍是百尺楼头气概也。

念奴娇

云峰横起，障吴关三面，真成尤物。倒卷回潮目尽处，秋水黏天无壁。绿鬓人归，如今虽在，空有千茎雪。追寻如梦，漫余诗句犹杰。

闻道尊酒登临，孙郎终古恨，长歌时发。万里云屯瓜步晚，落日旌旗明灭。鼓吹风高，画船遥想，一笑吞穷发。当时曾照，更谁重问山月。

起句写江上所见，从云峰着想，笔势亦如云峰突兀。“回潮”二句波长天阔，思接浑茫。“绿鬓”数句观河面皱，虽属恒情，而笔殊俊爽。下阕追慨孙郎，“落日”“云屯”二句英词壮采，颇似东坡。此调本和东坡韵也。

汪藻一首

点绛唇

新月娟娟，夜寒江静山衔斗。起来搔首。梅影横窗瘦。

好个霜天，闲却传杯手。君知否。乱鸦啼后。归思浓如酒。

彦章出守泉州，移知宣城，内不自得，乃作此词。或问彦章词中“乱鸦”句命意所在，答曰：“奈此群小何！”《能改斋漫录》云：“有改‘乱鸦’为‘晚鸦’，‘归思’为‘归梦’者，全乖本旨矣。”

曹组一首

蓦山溪

洗妆真态，不假铅华饰。竹外一枝斜，想佳人、天寒日暮。黄昏院落，无处着清香，风细细，雪垂垂，何况江头路。

月边疏影，梦到消魂处。结子欲黄时，又须作、廉纤细雨。孤芳一世，供断有情愁，消瘦损，东阳也，试问花知否。

咏梅之诗词夥矣。此调佳处，在不用侔色揣称及譬喻衬托，而纯在空处提笔描写，梅花品格之清高与赏梅者情怀之伊郁，于上、下阕后数句见之。结句沉腰瘦尽，惟有花知，而故以问花作结，具见词笔之生动。

蒋元龙一首

好事近

叶暗乳鸦啼，风定老红犹落。蝴蝶不随春去，入薰风池阁。

休歌金缕劝金卮，酒病煞如昨。帘卷日长人静，任杨花飘泊。

当春尽花飞，依然病酒，而绝不作伤春语，如诵渊明诗，气静神恬，令人意远。

程过一首

满江红　梅

春欲来时，长是与、江梅有约。还又向、竹林疏处，一枝开却。对酒渐惊身老大，看花应念人离索。但十分、沉醉祝东君，长如昨。

芳草渡，孤舟泊。山敛黛，天垂幕。黯消魂无奈，暮云残角。便好折来和雪戴，莫教酒醒随风落。待殷勤、留此寄相思，谁堪托。

宋名家词咏梅之作，每情景兼写，此词自“对酒”句以下，感怀之意，多于咏梅。下阕“暮云残角”句以下，人与梅合写，低回咏叹，格调清逸。

房舜卿一首

秦楼月

与君别。相思一夜梅花发。梅花发。凄凉南浦，断桥斜月。

盈盈微步凌波袜。东风笑倚天涯阔。天涯阔。一声羌管，暮云愁绝。

因梅花而怨别。“断桥”与“凌波”句临水看花，乃上、下阕联络处。“羌管”句以落梅曲承上梅花，兼含离思。

李玉一首

贺新郎　春情

篆缕消金鼎。醉沉沉、庭阴转午，画堂人静。芳草王孙知何处，惟有杨花糁径。渐玉枕、腾腾春醒。帘外残红春已透，镇无聊、殢酒厌厌病。云鬓乱，未恢整。

江南旧事休重省。遍天涯、寻消问息，断鸿难倩。月满西楼凭阑久，依旧归期未定。又只恐、瓶沉金井。嘶骑不来银烛暗，枉教人、立尽梧桐影。谁伴我，对鸾镜。

上阕咏中酒凡三见。后幅“嘶骑”四句善写离怀，盖醉后怀人，托诸绮思也。李玉词极少见，黄玉林云：“风流蕴藉，尽此篇矣。”

杨无咎一首

齐天乐　和周美成韵

后堂芳树阴阴见。疏蝉又还催晚。燕守朱门，萤粘翠幕，纹蜡啼红慵剪。纱帏半卷。记云弹瑶山，粉融珍簟。睡起援毫，戏题新句漫盈卷。

暌离鳞雁顿阻，似闻频念我，愁绪无限。瑞鸭香消，铜壶漏永，谁惜无眠展转。蓬山恨远。想月好风清，酒登琴荐。一曲高歌，为谁眉黛敛。

画梅始于五代，皆着色而俪以禽鸟。至逃禅翁，始以水墨作花，遂雅逸出群，世称江西墨梅，至今片纸兼金，为画苑秘宝。

遗词一卷，选家多未登录。此词和清真，意境略似，其绵丽工炼，则颇似梦窗。思陵闻其名，欲见之，竟不可得，其品节甚高也。

南宋词境浅说

曾觌五首

金人捧露盘　庚寅岁春，奉使过京师感怀作

记神京，繁华地，旧游踪。正御沟、春水溶溶。平康巷陌，绣鞍金勒跃青骢。解衣沽酒，醉弦管、柳绿花红。

到如今，余霜鬓，嗟前事，梦魂中。但寒烟、满目飞蓬。雕阑玉砌，空余三十六离宫。塞笳惊起，暮天雁、寂寞东风。

纯甫为东都故老，及见当年之盛，后奉使重过京师，作此词，凄然有《黍离》之悲焉。

念奴娇　席上赋林檎花

群花渐老，向晓来微雨，芳心初折。拂掠娇红香旖旎，浑欲不胜春色。淡月梨花，新晴繁杏，装点成标格。风光都在，半开深院人寂。

刚要买断东风，袅栾枝低映，舞茵歌席。记得当时曾共赏，玉人纤手轻摘。醉里妖娆，醒时风韵，

比并堪端的。谁知憔悴，对花空凭思忆。

上阕咏花，梨杏得淡月、新晴为之装点，而标格益显，咏梨杏各得其当。“半开深院”六字真善赏花者。下阕咏花而兼怀人，花与人合写。结句笔情绵丽。

忆秦娥　邯郸道上望丛台有感

风萧瑟。邯郸古道伤行客。伤行客。繁华一瞬，不堪思忆。

丛台歌舞无消息。金尊玉管空陈迹。空陈迹。连天草树，暮云凝碧。

此词格老气清，有唐人风范。论者谓与《金人捧露盘》一调皆凄然有宗国之思。

壶中天慢

素飙漾碧，看天衢稳送、一轮明月。翠水瀛壶人不到，比似世间秋别。玉手瑶笙，一时同色，小按霓裳叠。天津桥上，有人偷记新阕。

当日谁幻银桥，阿瞒儿戏，一笑成痴绝。肯信群仙高宴处，移下水晶宫阙。云海尘清，山河影满，桂冷吹香雪。何劳玉斧，金瓯千古无缺。

此进御赏月词也。上皇览之大喜曰："从来月词，不曾用金瓯事，可谓新奇。"赐金束带、紫香罗、水晶碗。是夕登高玩月，即以此词被之管弦，隔江西兴亦闻天乐焉。纯甫为建王内知客，孝宗以其为潜邸旧人，觞咏赏锡，字而不名。纯甫恃宠，为虞允文等所劾。毛晋刻海野词，评此调曰："西兴共闻天乐，岂天神亦不以人废言耶？"

感皇恩　重到临安

依旧惜春心，花枝常好。只恐尊前被花笑。少年青鬓，耐得几番重到。旧欢重记省，如天杳。

绮陌青门，斜阳芳草。今古消沉送人老。帝城春事，又是等闲来了。乱红随过雨，莺声悄。

此殆放逐后重返都门而作。调倚《感皇恩》，追怀知遇，感慨系之矣。

陆游二十一首

念奴娇　招韩无咎游金山

禁门钟晓，忆君来朝路，初翔鸾鹄。西府中台推独步，行对金莲宫烛。蹙绣华鞯，仙葩宝带，看即飞腾速。人生难料，一尊此地相属。

回首紫陌青门，西湖闲院，锁千梢修竹。素壁栖鸦应好在，残梦不堪重续。岁月惊心，功名看镜，短鬓无多绿。一欢休惜，与君同醉浮玉。

前八句皆言无咎趋朝时驰驱皇路，转眼腾霄，接以“人生难料”二句，一折到题，笔力健劲，转头处追忆旧游，别开一境，功名易老，惟有及时行乐，一醉方休耳。下阕之感叹，本上文“人生难料”句，“一尊”“同醉”，前后之结句相呼应，章法周密。无咎殆康衢误蹶，放翁特招其漫游。观“岁月”“功名”三句，言春梦易醒，而慰藉之意自见。

浣溪沙　和无咎韵

漫向寒炉醉玉瓶。唤君同赏小窗明。夕阳吹角最关情。

忙日苦多闲日少，新愁常续旧愁生。客中无伴怕君行。

首二句秀婉有致。“夕阳”句于闲处写情，意境并到。“忙日”“新愁”二句真率有唐人诗格。结句乃客中送客，人人意中所难堪者，作者独能道出之，殆无咎将有远行也。

前调

浴罢华清第二汤。红绵扑粉玉肌凉。娉婷初试藕丝裳。

凤尺裁成猩血色，螭奁熏透麝脐香。水亭幽处捧霞觞。

通首由出浴后次第写妆饰之丽，其人之妍妙自见。末句仅以捧觞作结，含情在无言处也。

浪淘沙

绿树暗长亭。几把离尊。阳关常恨不堪闻。何况今朝秋色里，身是行人。

清泪浥罗巾。各自消魂。一江离思恰平分。安得千寻横铁锁，截断烟津。

长亭把酒，自古伤离，身是行人，谁能堪此！下阕言居者、行者，同是江水量愁。铁锁横江，本以断东下之师，今以断愁来之路，句新与情挚兼之，与永叔之陌上寻人，倩他燕子；玉田之相思一点，寄与孤鸿，皆词人幽邃之思。

南乡子

归梦寄吴樯。水驿江程去路长。想见芳洲初系缆，斜阳。烟树参差认武昌。

愁鬓点新霜。曾是朝衣染御香。重到故乡交旧少，凄凉。却恐他乡胜故乡。

入手处仅写舟行，已含有客中愁思。“斜阳”二句秀逸入画。继言满拟以还乡之乐，偿恋阙之怀，而门巷依然，故交零落，转不若寂寞他乡，尚无睹物怀人之感，乃透进一层写法。

好事近

华表又千年，谁记驾云孤鹤。回首旧曾游处，但山川城郭。

纷纷车马满人间，尘土污芒屩。且访葛仙丹井，看岩花开落。

此调凡十二首，皆官待制后致仕归来所作。其中类似游仙者四首。此词用丁令威事，直以身化鹤，如庄子之以身化蝶，在空际着想，下视山川城郭，皆在尘土中，所谓不见长安，只见尘雾也。高想入云，有昌黎“举瓢酌天浆”之意。

前调

平旦出秦关，雪色驾车双鹿。借问此行安往，赏清伊修竹。

汉家宫殿劫灰中，春草几回绿。君看变迁如许，况纷纷荣辱。

关中为古帝王州，凡策马秦原者，黄叶汉宫，绿芜秦苑，每有怀古苍凉之慨。放翁感遗殿之消沉，思帝王之烜赫，尚结局如斯，区区一身荣辱，安足论耶？此调游览之词凡五首，惟此首发思古之幽情，笔亦有俊爽气。

鹧鸪天

懒向青门学种瓜。只将渔钓送年华。双双新燕飞春岸，片片轻鸥落晚沙。

歌缥缈，橹呕哑。酒如清露鲊如花。逢人问道归何处，笑指船儿此是家。

此作虽笔少回旋，而襟怀闲适，纵笔写来，有清空之气。“新燕”“轻鸥”二句，言心无挂碍，如鸥、燕之去住无心，即景以见意也。

前调

南浦舟中两玉人。谁知重见楚江滨。凭教后苑红牙板，引上西川绿锦茵。

才浅笑，却轻颦。淡黄杨柳又催春。情知言语难传恨，不似琵琶道得真。

此在薛公肃席上逢旧时歌妓而作。质言之，不过云英重见，未免有情耳。结句乃借琵琶传意，以纡回之笔写之，盖一落言诠，便无余味，不若空中传恨，见声音之感人。故白香山之悲商妇琵琶，不在整衣自言之际，而在急弦转拨之时、为之青衫泪湿也。

采桑子

宝钗楼上妆梳晚，懒上秋千。闲拨沉烟。金缕衣宽睡髻偏。

鳞鸿不寄辽东信，又是经年。弹泪花前。愁入春风十四弦。

放翁词多放笔为直干。此词独顿挫含蓄，从彼美一面着想，不涉欢愁迹象，而含凄无限，结句尤余韵悠然，集中所希有也。

朝中措　梅

幽姿不入少年场。无语只凄凉。一个飘零身世，十分冷淡心肠。

江头月底，新诗旧梦，孤恨清香。任是春风不管，也曾先识东皇。

首二句咏花而见本意，余皆借梅自喻，飘零孤恨，其冷淡绝似寒梅。但梅花虽未逮秾春，而东皇先识，胜于百花，尽有江上芙蓉，一生未见春风者。放翁受知于孝宗，褒其多闻力学，授枢密院编修。虽出知外州，书生遭际，胜于槁项牖下多矣。故其结句自伤亦以自慰也。

前调

怕歌愁舞懒逢迎。妆晚托春酲。总是向人深处，当时枉道无情。

关心近日，啼红密诉，剪绿深盟。杏馆花阴恨浅，画堂银烛嫌明。

一片凄怨之意，写景在迷离之际，含思在幽渺之中，复以妍辞出之。杨升庵谓其“纤丽处似淮海”，殆谓《采桑子》及此调也。

蝶恋花

陌上箫声寒食近。雨过园林，花气浮芳润。千里斜阳钟欲暝。凭高望断南楼信。

海角天涯行略尽。三十年间，无处无遗恨。天若有情终欲问。忍教霜点相思鬓。

前半首写景，略见怀远之意。清丽而兼倜傥，颇类

《六一词》。后半首写怀，浪迹天涯，历三十年之久，而皆留遗恨，其平生潦倒可知。而天公仍不见怜，任其秋霜满鬓。集中《鹧鸪天》词所谓“原知造物心肠别，老却英雄似等闲”，秋肃春温，天意本视同平等，则此老呵壁问天，果何益耶？

水龙吟　荣南作

尊前花底寻春处，堪叹心情全减。一身萍寄，酒徒云散，佳人天远。那更今年，瘴烟蛮雨，夜郎江畔。漫倚楼横笛，临窗看镜，时挥涕，惊流转。

花落月明庭院。悄无言、魂消肠断。凭肩携手，当时曾效，画梁栖燕。见说新来，网萦尘暗，舞衫歌扇。料也羞憔悴，慵行芳径，怕啼莺见。

上阕“酒徒云散”三句以三层意叠用之，便觉气厚而情深。亦有于三句用侧笔，以见纡回之致者，皆词家之句法也。若絮飞春尽，天远书沉，日长人倦，则三句写六层意，更为精粹。

放翁诗集中有“酒徒云散无消息，水榭凭阑泪数行”句，即此上阕之意。其后“凭肩携手”三句承上之“佳人天远”而言。芳尘凝榭，深锁画楼，观“栖燕”“啼莺”句，殆恐旧日啼莺，曾见其梁燕双栖，今芳径重来，燕双而人独也。

汉宫春 初自南郑来成都作

羽箭雕弓，忆呼鹰古垒，截虎平川。吹笳暮归，野帐雪压青毡。淋漓醉墨，看龙蛇、飞落蛮笺。人误许，诗情将略，一时才气超然。

何事又作南来，看重阳药市，元夕灯山。花时万人乐处，敧帽垂鞭。闻歌感旧，尚时时、流涕尊前。君记取，封侯事在，功名不信由天。

人当少年气满，视青紫如拾芥，几经挫折，便颓废自甘。放翁独老犹作健，当其上马打围，下马草檄，何等豪气！迨漫游蜀郡，人乐而我悲，怆然怀旧，而封侯夙志，尚欲以人定胜天，可谓壮矣。此词奋笔挥洒，其才气与东坡、稼轩相似。汲古阁刻其词集，谓“超爽处更似稼轩耳”。

月上海棠

斜阳废苑朱门闭。吊兴亡、遗恨泪痕里。淡淡宫梅，也依然、点酥剪水。凝愁处，似忆宣华旧事。

行人别有凄凉意。折幽香、谁与寄千里。伫立江皋，杳难逢、陇头归骑。音尘远，楚天危楼独倚。

词为成都蜀王旧苑而作。中有古梅二百余本。不言过客之凭吊兴亡，而凝愁忆旧，托诸宫梅，词境便觉灵秀。下阕因梅花而忆远人，与本题怀古，全不相属。故转头处用“别有凄凉意”之句以申明之，以下即畅发己意矣。蜀王故苑，放翁入蜀时，老木颓垣，尚存残状。余于光绪间入蜀，过成都城外昭觉寺，即词中宣华苑故址，摩诃之池，迎仙之观，及古梅百本，遗迹全消，所余者惟柱础轮囷，散卧于茂林芳草间。词中所谓凭吊朱门斜日，又隔悠悠千载矣。蜀中燕王故宫，海棠极盛，为成都第一。放翁犹及见之，赋《柳梢青》一首，不及此词之佳。

真珠帘

山村水馆参差路。感羁游、正似残春风絮。掠地穿帘，知是竟归何处。镜里新霜空自悯，问几时、鸾台鳌署。迟暮。漫凭高怀远，书空独语。

自古。儒冠多误。悔当年、早不扁舟归去。醉下白蘋洲，看夕阳鸥鹭。菰菜鲈鱼都弃了，只换得、青衫尘土。休顾。早收身江上，一蓑烟雨。

通首大意不过言羁旅无聊，亟思归去耳。以放翁之才气，不难奋笔疾书，乃上阕以身世托诸风絮，下阕“蘋州”三句以隐居之绝好风景，设想在抗尘走俗之前，复归到一蓑烟雨，知词境之顿挫胜于率直也。放翁生平，初无谪逐之事，而词中深感羁游，殆在任夔、严二州时所作。唐、宋人之官京朝者，出知外郡，便嗟沦谪，香山、东坡皆同此感也。

苏武慢

淡霭空濛，轻阴清润，绮陌细尘初静。平桥系马，画阁移舟，湖水倒空如镜。掠岸飞花，傍檐新燕，都似学人无定。叹连年戎帐，经春边垒，暗凋颜鬓。

空记忆、杜曲池台，新丰歌管，怎得故人音信。羁怀易感，老伴无多，谈麈久闲犀柄。惟有翛然，笔床茶灶，自适笋舆烟艇。待绿荷遮岸，红蕖浮水，更乘幽兴。

首六句写临水风物，清丽如绘。“飞花”“新燕”三句寓情于景，咏物而人在其中，顿有情致。“戎帐”句盖时正参成都戎幕也。此下因伤老而及怀友，人生知己，能有几人？当中年以后，世事变迁，故交零落，欲依依话旧，而素心人远，放翁深有此感。“柄”字韵语尤隽婉。以后六句惟有自适其乐，以遣有涯之生耳。其中“杜曲”“新丰”句怀人而兼恋阙，寄慨尤深。

洞庭春色

壮岁文章，暮年勋业，自昔误人。算英雄成败，轩裳得失，难如人意，空丧天真。请看邯郸当日梦，待炊罢黄粱徐欠伸。方知道、许多时富贵，何处关身。

人间定无可意，怎换得玉鲙丝莼。且钓竿渔艇，笔床茶灶，闲听荷雨，一洗衣尘。洛水情关千古后，尚棘暗铜驼空怆神。何须更，慕封侯定远，图象麒麟。

放翁早年为秦桧所忌，后受知于孝宗，扬历中外，以宝章阁待制致仕。故起笔有“壮岁”“暮年”二语。久涉仕途，深尝甘苦，至卢生梦醒，始欠伸而起，自悔而兼自悟，“欠伸”句洵传神之笔。下阕盱衡今古，铜驼荆棘，帝室且然，又何论封侯事业！深知富贵之不如闲放，宜其以放翁自号也。

鹊桥仙

一竿风月，一蓑烟雨，家在钓台西住。卖鱼生怕近城门，况肯到、红尘深处。

潮生理棹，潮平系缆，潮落浩歌归去。时人错把比严光，我自是、无名渔父。

首三句如题之量。“怕近城门”二句未必实有其事，而可见托想之高，愤世疾俗者，每有此想。“潮生”三句描写江海浮家之情事，句法累如贯珠。“无名渔父”四字尤妙，觉烟波钓徒之号，犹着色相也。《渔父》词以张志和数首为最著，此作可夺席矣。

诉衷情

青衫初入九重城。结友尽豪英。蜡封夜半传檄，驰骑谕幽并。

时易失，志难成。鬓丝生。平章风月，弹压江山，别是功名。

集中感怀身世之作凡数见。此调仅四十余字，而豪气霜横，逸情云上。“风月”“江山”三语，尤峭劲有味。杨升庵评其词，谓“雄慨处似东坡”，此作颇近之。

范成大六首

醉落魄

栖乌飞绝。绛河绿雾星明灭。烧香曳簟眠清樾。花影吹笙，满地淡黄月。

好风碎竹声如雪。昭华三弄临风咽。鬓丝撩乱纶巾折。凉满北窗，休共软红说。

“淡黄月”句已颇清新，更有吹笙人在花影中，风情绝妙。近人鸥堂词“月要被他，愁作酒般黄”，着意描写，不若“满地淡黄月”五字融浑。

朝中措

长年心事寄林扃。尘鬓已星星。芳意不如水远，归心欲与云平。

留连一醉，花残日永，雨后山明。从此量船载酒，莫教闲却春情。

“芳意”二句较唐人“水流心不竞”“云在意俱迟”句同就云水写怀，而别有意味。

眼儿媚

萍乡道中乍晴，卧舆中，困甚，小憩柳塘。

酣酣日脚紫烟浮。妍暖试轻裘。困人天气，醉人花底，午梦扶头。

春慵恰似春塘水，一片縠纹愁。溶溶泄泄，东风无力，欲皱还休。

上阕“午梦扶头”句领起下文。以下五句借东风皱水，极力写出春慵，笔意深透，可谓入木三分。

忆秦娥

楼阴缺。阑干影卧东厢月。东厢月。一天风露，杏花如雪。

隔烟催漏金虬咽。罗帏暗淡灯花结。灯花结。片时春梦，江南天阔。

上阕言室外之景，月斜花影，境极幽俏。下阕言室内之人，灯昏欹枕，梦更迷茫，善用空露之笔，不言愁而愁随梦远矣。

霜天晓角

晚晴风歇。一夜春威折。脉脉花疏天淡，云来去、数枝雪。

胜绝。愁亦绝。此情谁共说。惟有两行低雁，知人倚、画楼月。

此调末二句最为擅胜，若言倚楼人托孤愁于征雁，便落恒蹊。此从飞雁所见，写倚楼之人，语在可解不可解之间，词家之妙境，所谓如絮浮水，似沾非着也。

南柯子

怅望梅花驿，凝情杜若洲。香云低处有高楼。可惜高楼、不近木兰舟。

缄素双鱼远，题红片叶秋。欲凭江水寄离愁。江已东流、那肯更西流。

上、下阕之后二句，高楼而移傍兰舟，东流而挽使西注，皆事理所必无者，借以为喻，见虚愿之难偿。此与前首之“两行低雁”二句，虽设想不同，而皆从侧面极力濬发，本意遂显呈于言外矣。此词载刘克庄《后村诗话》。

赵长卿五首

临江仙　暮春

过尽征鸿来尽燕，故园消息茫然。一春憔悴有人怜。怀家寒食夜，中酒落花天。

见说江头春浪渺，殷勤欲送归船。别来此处最萦牵。短篷南浦雨，疏柳断桥烟。

长卿以宗室之贵，而安心风雅，其词以春、夏、秋、冬四景，编成六卷，为词家所希有。殆居高声远，较易流传。录其春景一首，上、下阕结句皆能情寓景中。《惜香集》中和雅之音也。

水龙吟

仙源居士有武林之行，因与一二友携酒赏月，饮于县桥之中，乃即事为之词。

危楼横枕清江上，两岸碧山如画。夕烟幂幂，晚灯点点，楼台新夜。明月当天，白沙流水，冷光连野。浸阑干万顷，琉璃软皱，打渔艇、相高下。

何处一声羌管，是谁家、倚楼人也。多情对景，无言有恨，欲歌还罢。把酒临筵，阿谁知我，此怀难写。忍思量后夜，芳容不似，暗尘随马。

《惜香集》中长调，虽转折分明而少蕴蓄，此词清空一气，“阑干”“渔艇”句写水边风物如画。下阕结句愿作“暗尘随马”，似《闲情赋》之“愿在丝而为履”，皆情至之语，誉之者谓视徽宗“则迥出云霄”。然如徽宗词之“和梦也新来不做”，其情文不让长卿也。

声声慢　草词

浓芳满地，秀色连天，和烟带雨萋萋。几许芳心，还解报得春晖。当时谢郎梦里，似殷勤、传与新诗。却为甚，动长门怨感，南浦伤离。

追想天涯行客，应解拥车轮，步步相随。惆怅如丝，正是欲断肠时。凭高望中不见，路悠悠、南北东西。春去也，怨王孙、犹自未归。

上阕运用春草故事，藻不妄抒。下阕虽咏本题，而纯从送远、怀人着笔，一气贯注，与上阕散整相间，自成章法。

虞美人　江乡对景

雨声破晓催行桨。拍拍溪流长。绿杨绕岸水痕斜。恰似画桥西畔那人家。

人家楼阁临江渚。应是停歌舞。珠帘整日不闲钩。目断征帆犹未识归舟。

偶写舟行所见，与唐人诗“正是客心孤迥处，谁家红袖倚江楼”其闲情相似。但诗则仅言倚楼人，此则并为楼中人设想。结句有温飞卿“过尽千帆皆不是”之意。前、后段贯注一气。是其胜处。

眼儿媚

楼上黄昏杏花寒。斜月小阑干。一双燕子，两行归雁，画角声残。

绮窗人在东风里，无语对春闲。也应似旧，盈盈秋水，淡淡春山。

上阕“燕子”三句写景浑成。结句“秋水”喻眼，“春山”喻眉，后人习用之，遂成俗调。在作者觅句时，固情态两得。宋词中每以柳叶喻眉，梨花喻面，与此同也。

辛弃疾三十一首

贺新郎

把酒长亭说。看渊明、风流酷似，卧龙诸葛。何处飞来林间鹊，蹴踏松梢残雪。要破帽、多添华发。剩水残山无态度，被疏梅、料理成风月。两三雁，也萧瑟。

佳人重约还轻别。怅清江、天寒不渡，水深冰合。路断车轮生四角，此地行人销骨。问谁使、君来愁绝。铸就而今相思错，料当初、费尽人间铁。长夜笛，莫吹裂。

稼轩与陈同甫别后，意殊恋恋，往追之，雪深不得前，赋词见意。越日，同甫书来索词，两心相同，有如此者。稼轩与同甫，为并世健者，交谊之深厚，文章之振奇，可称词坛瑜、亮。此词为惬心之作。首三句言渊明之高逸，而以卧龙为比。如尚父之磻溪把钓，景略之扪虱清谈，避世而未忘用世也。“飞鹊”三句写景幽峭，兼有伤老之意。“剩水”二句见春色无私，不以陵谷沧桑而易态。兼有举目河山之异，惟寒梅聊可慰情耳。下阕言车轮生角，自古伤离，孰使君来，铸此相思大错。铸错语而用诸相思，句新而情更挚。通首劲气直达中不使一平笔，学稼轩者，非徒放浪通脱，便能学步也。

前调 赋琵琶

凤尾龙香拨。自开元、霓裳曲罢，几番风月。最苦浔阳江头客，画舸亭亭待发。记出塞、黄云堆雪。马上离愁三万里，望昭阳、宫殿孤鸿没。弦解语，恨难说。

辽阳驿使音尘绝。琐窗寒、轻拢慢捻，泪珠盈睫。推手含情还却手，一抹梁州哀彻。千古事、云飞烟灭。贺老定场无消息，想沉香、亭北繁华歇。弹到此，为呜咽。

稼轩曾为忠义军书记，精炼甲士数千，有揽辔澄清之志。此调借琵琶以写怀。起笔“开元”句即追想汴京之盛。以下用商妇、明妃琵琶故事，借以写怨。转头处承上阕“万里离愁”句，接以辽阳望远，慨宫车之沙漠沉沦。“琐窗”“推手”四句咏琵琶正面，中含一片哀情。

转笔“云飞烟灭”句笔势动宕。结句沉香亭废，贺老飘零，自顾亦沦落江东，如龟年之琵琶仅在，宜其罢弹呜咽，不复成声矣。

前调　赋水仙

云卧衣裳冷。看萧然、风前月下，水边幽影。罗袜生尘凌波去，汤沐烟波万顷。爱一点、娇黄成晕。不记相逢曾解佩，甚多情、为我香成阵。待和泪，收残粉。

灵均千古《怀沙》恨，记当时、匆匆忘把，此仙题品。烟雨凄迷僝僽损，翠袂摇摇谁整。漫写入、瑶琴幽愤。弦断招魂无人赋，但金杯、的皪①银台润。愁殢酒，又独醒。

首五字即隐含水仙神态。以下五句实赋水仙，中用“汤沐”二字颇新。“解佩”二句无情而若有情，自是隽句。下阕因水仙而涉想灵均，犹白石之《暗香》《疏影》，咏梅而涉想寿阳明妃，咏花而兼咏古，便有寄托。水仙在百花中，高洁与梅花等，而不入楚词，作者特拈出之。以下“烟雨凄迷”等句皆幽怨之音。“招魂”句非特映带上句“怀沙”，且用琴中《水仙操》，而悲愤弦断，当有蒙尘绝望之感。结句借水仙之花承金盏，联想及众皆殢酒而我独醒耳。

前调　别茂嘉十二弟

绿树听鹈鴂。更那堪、鹧鸪声住，杜鹃声切。

① 的皪：光亮、鲜明貌。

啼到春归无寻处，苦恨芳菲都歇。算未抵、人间离别。马上琵琶关塞黑，更长门、翠辇辞金阙。看燕燕，送归妾。

将军百战身名裂。向河梁、回头万里，故人长绝。易水萧萧西风冷，满座衣冠似雪。正壮士、悲歌未彻。啼鸟还知如许恨，料不啼、清泪长啼血。谁共我，醉明月。

首三句既言鹈鴂，又言杜鹃。按鹈鴂与杜鹃实两种，见《离骚补注》。上阕叙送别，春归可伤，而别离尤苦，乃透进一层写法。观“关塞”“金阙”句，盖其弟奉使北庭。下阕因送弟，联想及当年上将专征，出师未捷，声情悲壮，但不知所指何人。谢枋得云：“（稼轩）精忠大义，不在张忠献、岳武穆下。”南宋初长驱北伐者，以武穆为最烈，“将军百战”六句，殆为岳家军而发，有袍泽同仇之感耶？“啼鸟”二句回应起笔，词极沉痛。歇拍二句归到送弟，章法完密。集中赋《贺新郎》词凡二十二调，录其精粹者四调。

念奴娇　书东流村壁

野塘花落，又匆匆过了、清明时节。刬地东风欺客梦，一枕云屏寒怯。曲岸持觞，垂杨系马，此地曾轻别。楼空人去，旧游飞燕能说。

闻道绮陌东头，行人曾见，帘底纤纤月。旧恨春江流不尽，新恨云山千叠。料得明朝，樽前重见，镜里花难折。也应惊问，近来多少华发。

客途遇艳，瞥眼惊鸿，村壁醉题，旧游回首，乃赋此闲情之曲。前四句写景轻秀，“曲岸”五句寄思婉渺。下阕伊人尚在，而陌头重见，托诸行人，笔致便觉虚灵。“明朝”五句不言重遇云英，自怜消瘦，而由对面着想，镜里花枝，相见争如不见，老去相如，羞入文君之顾盼。以幼安之健笔，此曲化为绕指柔矣。

前调 瓢泉酒酣和东坡韵

倘来轩冕，问还是、今古人间何物。旧日重城愁万里，风月而今坚壁。药笼功名，酒垆身世，可惜蒙头雪。浩歌一曲，坐中人物三杰。

休叹黄菊凋零，孤标应也有，梅花争发。醉里重揩西望眼，惟有孤鸿明灭。万事从教，浮云来去，枉了冲冠发。故人何在，长庚应伴残月。

《念奴娇》词共二十首。此作和东坡，其激昂雄逸，颇似东坡，故录之。起笔破空而来，有俯视余子之概。“药笼”三句早知身世功名，终付与酒垆药笼，直至霜雪盈头，始期思卜筑，深悔其迟也。后言黄菊虽凋，而梅花尚在，犹可结岁寒之侣。“孤鸿明灭”句有消沉今古在长空飞鸟中意。视万事若浮云，则当年一怒冲冠，宁非无谓。但此意知已无多，伴我者已如残月，为可伤耳。

水龙吟　登建康赏心亭

楚天千里清秋，水随天去秋无际。遥岑远目，献愁供恨，玉簪螺髻。落日楼头，断鸿声里，江南游子。把吴钩看了，阑干拍遍，无人会，登临意。

休说鲈鱼堪脍，尽西风、季鹰归未。求田问舍，怕应羞见，刘郎才气。可惜流年，忧愁风雨，树犹如此。倩何人唤取，红巾翠袖，揾英雄泪。

前四句写登临所见，起笔便有浩荡之气。“落日”句以下，由登楼说到旅怀，而仍不说尽，仅以吴钩独看，略露其不平之气。下阕写旅怀，即使归去奇狮卜筑，而生平未成一事，亦羞见刘郎。“流年”二句以单句旋折，弥见激昂。结句言英雄之泪，未要人怜，倘揾以红巾，或可破颜一笑，极言其潦倒，仍不减其壮怀也。

摸鱼儿

淳熙己亥，自湖北漕移湖南，同官王正之置酒小山亭，为赋。

更能消、几番风雨。匆匆春又归去。惜春长怕花开早，何况落红无数。春且住。见说道、天涯芳草无归路。怨春不语。算只有殷勤，画檐蛛网，尽日惹飞絮。

长门事，准拟佳期又误。蛾眉曾有人妒。千金纵买相如赋，脉脉此情谁诉。君莫舞。君不见、玉环飞燕皆尘土。闲愁最苦。休去倚危阑，斜阳正在，烟柳断肠处。

幼安自负天下才，今薄宦流转，乃借晚春以寄慨。上阕笔势动荡，留春不住，深惜其归，但芳草天涯，春去苦无归处，见英雄无用武之地。蛛网罥花，隐寓同官多情，为置酒少留之意。当其在理宗朝曾拥节钺，后之奉身而退，殆有谗扼之者，故上阕写不平之气。下阕"蛾眉曾有人妒"更明言之：玉环飞燕，皆归尘土，则妒人者果何益耶？结句斜阳肠断，无限牢愁，即以词句论，亦绝妙之语。《鹤林玉露》云："词意殊怨。'斜阳''烟柳'之句，其与'未须愁日暮，天际乍轻阴'者异矣。使在汉唐时，宁不贾种豆种桃之祸哉！愚闻寿皇见此词，颇不悦，然终不加罪。"帝之宽大，过于汉唐矣。

永遇乐　京口北固亭怀古

千古江山，英雄无觅，孙仲谋处。舞榭歌台，风流总被，雨打风吹去。斜阳草树，寻常巷陌，人道寄奴曾住。想当年，金戈铁马，气吞万里如虎。

元嘉草草，封狼居胥，赢得仓皇北顾。四十三年，望中犹记，烽火扬州路。可堪回首，佛狸祠下，一片神鸦社鼓。凭谁问，廉颇老矣，尚能饭否。

此词登京口北固山亭而作。人在江山雄伟处，形胜依然，而英雄长往，每发思古之幽情。况磊落英多者，当其凭高四顾，烟树人家，夕阳巷陌，皆孙、刘角逐之场，放眼古今，别有一种苍凉之思。况自胡马窥江去后，烽火扬州，犹有余恸。下阕慨叹佛狸，乃回应上文“寄奴”等句。当日鱼龙战伐，只赢得“神鸦社鼓”，一片荒寒。往者长已矣，而当世岂无健者？老去廉颇，犹思用赵，但知我其谁耶？英词壮采，当以铁绰板歌之。

满江红　江行简杨济翁周显先

过眼溪山，怪都似、旧时曾识。还记得、梦中行遍，江南江北。佳处径须携杖去，能消几两平生屐。笑尘劳、三十九年非，长为客。

吴楚地，东南坼。英雄事，曹刘敌。被西风吹尽，了无尘迹。楼观甫成人已去，旌旗未卷头先白。叹人生、哀乐转相寻，今犹昔。

《满江红》词易于纵笔，以稼轩之才气，更如阵马风樯，但豪放则易近粗率，此作独疏爽而兼低回之思。“佳处”二句深表同情。余生平所历胜境，回味犹甘，而重游无望，知佳处径须携杖，不可使清景如追逋也。下阕非特俯仰兴亡，即寻常之丹雘未竟，已钟鼓全非者，不知凡几，真阅世之谈。“今犹昔”三字尤隽。后之感今，犹今之感昔耳。

祝英台近　晚春

宝钗分，桃叶渡，烟柳暗南浦。怕上层楼，十日九风雨。断肠片片飞红，都无人管，倩谁劝、流莺声住。

鬓边觑。试把花卜归期，才簪又重数。罗帐灯昏，哽咽梦中语。是他春带愁来，春归何处，却不解、带将愁去。

《贵耳集》云吕正己“有女事辛幼安，因以微事触其怒，竟逐之。今稼轩‘桃叶渡’词因此而作”。首三句言送别之地，后五句言别后之怀，万点飞花，离愁亦万点也。下阕明指伊人，归期屡卜，而消息沉沉，惟有索之梦中，孤灯独语，其深悔杨枝之遣耶？结处“春带愁来”三句，伤春纯是自伤。前之《摸鱼儿》词借送春以寄慨，有抑塞磊落之气；此借伤春以怀人，有徘回宛转之思，刚柔兼擅之笔也。

临江仙

金谷无烟宫树绿，嫩寒生怕春风。博山微透暖熏笼。小楼春色里，幽梦雨声中。

别浦鲤鱼何日到，锦书封恨重重。海棠花下去年逢。也应随分瘦，忍泪觅残红。

前半一片幽丽之景，以轻笔写之，而愁人自在其中。下阕始言望远怀人。歇拍二句自伤耶？抑为人着想耶？深情秀句，当以红牙按拍歌之。刘后村评其词，谓“其秾纤绵密者，亦不在小晏、秦郎之下”。此调与上之《祝英台近》，颇合后村评语。

鹧鸪天

陌上柔桑破嫩芽。东邻蚕种已生些。平冈细草鸣黄犊，斜日寒林点暮鸦。
山远近，路横斜。青旗沽酒有人家。城中桃李愁风雨，春在溪头荠菜花。

稼轩集中多雄慨之词，纵横之笔，此调乃闲放自适，如听雄笳急鼓之余，忽闻渔唱在水烟深处，为之意远。

浣溪沙　常山道中即事

北陇田高踏水频。西溪禾早已尝新。隔墙沽酒煮纤鳞。
忽有微凉何处雨，更无留影霎时云。卖瓜人过竹边村。

咏乡村风物，潇逸出尘。稼轩于荣利之场，能奉身勇退，其高洁本于天性，故其写野趣弥真也。

菩萨蛮　书江西造口壁

郁孤台下清江水。中间多少行人泪。西北是长安。可怜无数山。

青山遮不住。毕竟东流去。江晚正愁余。山深闻鹧鸪。

词仅四十四字，举怀人恋阙，望远思归，悉纳其中，而以清空出之，复一气旋折，深得唐贤消息。集中之高格也。

鹧鸪天

有客慨然谈功名，因追念少年时事戏作。

壮岁旌旗拥万夫。锦襜突骑渡江初。燕兵夜娖银胡䩮，汉箭朝飞金仆姑。

追往事，叹今吾。春风不染白髭须。却将万字平戎策，换得东家种树书。

金国初乱，稼轩率数千骑，渡江而南，高宗录用之。归田后有客过访，慨然谈功名，因追述少年时事，有英雄种菜之感。生平宦游南北，江统平戎之策，橐驼种树之书，一身兼之。词中不言何去何从，观其以家事付儿曹，赋《西江月》词以见志，有“宜醉宜游宜睡”“管竹管山管水”之句，知其天性淡泊，东郊戢影，固义命自安也。

沁园春　将止酒戒酒杯使勿近

杯汝前来，老子今朝，点检形骸。甚长年抱渴，咽如焦釜，于今喜睡，气似奔雷。汝说刘伶，古今达者，醉后何妨死便埋。浑如许，叹汝于知己，真少恩哉。

更凭歌舞为媒。算合作、人间鸩毒猜。况怨无小大，生于所爱，物无美恶，过则为灾。与汝成言，勿留亟退，吾力犹能肆汝杯。杯再拜，道麾之即去，招亦须来。

稼轩词使其豪迈之气，荡决无前，几于喜笑怒骂，皆可入词。宋人评东坡之词为“以诗为词”，稼轩之词为“以论为词”。集中此类词颇多，录此阕以见词中之一格。

哨遍

一壑自专，五柳笑人，晚乃归田里。问谁知，几者动之微。望飞鸿、冥冥天际。论妙理。浊醪正堪长醉。从今自酿躬耕米。嗟美恶难齐，盈虚如代，天耶何必人知。试回头、五十九年非。似梦里、欢娱觉来悲。夔乃怜蚿，谷亦亡羊，算来何异。

嘻。物讳穷时。丰狐文豹罪因皮。富贵非吾愿，皇皇乎、欲何之。正万籁都沉，月明中夜，心弥万里清如水。却自觉神游，归来坐对，依稀淮岸江涘。

看一时、鱼鸟忘情喜。会我已、忘机更忘已。又何曾、物我相视。非鱼濠上遗意。要是吾非子。但教河伯休惭海若，大小均为水耳。世间喜愠更何其。笑先生、三仕三已。

稼轩生平，由绚烂归于平淡，集中多作达语，此词尤为了悟，当在奇狮归后所作。“五十九年”数语，悲欢之境，因醒梦而顿殊，但醒后生悲，仍是梦中之梦，又安用悲耶？“豊狐文豹”句荣利累人，诚如皮之为累。但老子云：“吾所以有大患者，为吾有身。”无身则皮将焉附？后言清夜澄观，而归来则淮雨江云，依然尘世，仍是上阕之梦欢而醒悲耳。结处云物我两忘，则真有濠上非鱼之意，又何论三仕三已乎！

木兰花慢　滁州送范倅

老来情味减，对别酒，怯流年。况屈指中秋，十分好月，不照人圆。无情水都不管，共西风、只管送归船。秋晚莼鲈江上，夜深儿女灯前。

征衫。便好去朝天。玉殿正思贤。想夜半承明，留教视草，却遣筹边。长安。故人问我，道愁肠、殢酒只依然。目断秋霄落雁，醉来时响空弦。

“风水无情”二句为送友言，离思黯然。即接以“秋晚”二句，为行人着想，乃极写家庭之乐。论句法，浑成而兼倜傥。下阕“长安”二句有唐人“归去朝端如有问，玉门关外老班超”诗意。结处言壮心未已，闻秋雁尚欲以虚弦下之，如北平飞将，老去犹思射虎也。

摸鱼儿　观潮上叶丞相

望飞来、半空鸥鹭。须臾动地鼙鼓。截江组练驱山去，鏖战未收貔虎。朝又暮。悄惯得、吴儿不怕蛟龙怒。风波平步。看红旆惊飞，跳鱼直上，蹙踏浪花舞。

凭谁问，万里长鲸吞吐。人闲儿戏千弩。滔天力倦知何事，白马素车东去。堪恨处。人道是、属镂怨愤终千古。功名自误。漫教得陶朱，五湖西子，一舸弄烟雨。

前半叙述观潮，未见警动。下阕笔势纵横，借江潮往事为喻。钱王射弩，固属雄夸，即前胥后种，泄怒银涛，亦功名自误，不若范大夫知机，掉头烟雾也。词为上叶丞相而作，其蒿目时艰，意有所讽耶？

汉宫春　立春

春已归来，看美人头上，袅袅春旛。无端风雨，未肯收尽余寒。年时燕子，料今宵、梦到西园。浑未办，黄柑荐酒，更传青韭堆盘。

却笑东风从此，便熏梅染柳，更没些闲。闲时又来镜里，转变朱颜。清愁不断，问何人、会解连环。生怕见，花开花落，朝来塞雁先还。

上阕铺叙“立春”而已。转头处向东风调笑，已属妙语。更云人盼春来，我愁春至，因其暗换韶光，老却多少朱颜翠鬓，语尤隽妙。然则岁岁之花开花落，春固徒忙，人亦徒增惆怅耳。

前调　会稽蓬莱阁怀古

秦望山头，看乱云急雨，倒立江湖。不知云者为雨，雨者云乎。长空万里，被西风、变灭须臾。回首听，月明天籁，人间万窍号呼。

谁向若耶溪上，倩美人西去，麋鹿姑苏。至今故国人望，一舸归欤。岁云暮矣，问何不、鼓瑟吹竽。君不见，王亭谢馆，冷烟寒树啼乌。

前半写景，后半书感，皆极飞动之致。写风雨数语，有云垂海立气概。下阕慨叹西子，徒沼吴宫而美人不返，悲吴宫兼惜美人，此意颇新警。后更言“王亭谢馆”同付消沉，宁独五湖人远！感叹尤深。蓬莱阁为越中胜地，秦少游、周草窗皆赋诗词。此作高唱入云，当以铜琵铁板和之。

醉翁操

长松。之风。如公。肯余从。山中。人心与吾兮谁同。湛湛千里之江。上有枫。噫送子于东。望君之门兮九重。女无悦己，谁适为容。

不龟手药，或一朝兮取封。昔与游兮皆童。我独穷兮今翁。一鱼兮一龙。劳心兮忡忡。噫命与时逢。子之所食兮万钟。

此赠范先之作。范为世臣之后，与稼轩交甚久。其时廷旨录用元祐党籍后裔，先之将趋朝应仕，稼轩因其长于楚辞，且工琴，为赋《醉翁操》以赠别。上阕言与其仕隐殊途，故有人心不同之句。后言昔童而今叟，子龙而我鱼，言之慨然。此词为《稼轩集》中别调，亦庄亦谐，似骚似雅，固见交谊深久，亦见感怀激越也。原词有长序，未录。

青玉案　元夕

东风夜放花千树。更吹落、星如雨。宝马雕车香满路。凤箫声动，玉壶光转，一夜鱼龙舞。

蛾儿雪柳黄金缕。笑语盈盈暗香去。众里寻他千百度。蓦然回首，那人却在，灯火阑珊处。

《武林旧事》纪临安灯市之盛，火树银花，自宵达旦。此词自起笔至“笑语”句，皆纪“元夕”之游观。惟结末三句别有会心。其回首欲见之人，岂避喧就寂耶？或人约黄昏，有城隅之俟耶？含意未申，戛然而止，盖待人寻味也。

踏莎行　和赵国兴知录韵

吾道悠悠，忧心悄悄。最无聊处秋光到。西风林外有啼鸦，斜阳山下多衰草。

长忆商山，当年四老。尘埃也走咸阳道。为谁书到便幡然，至今此意无人晓。

西风斜日，已极荒寒，更兼衰草啼鸦，愈形凄黯，摧颜长望，正翛然有遁世之怀。忽忆及汉时四皓，以箕颍高名，乃弃商山之芝，而索长安之米，世之由终南捷径者，固有其人，宿德如园、绮，而亦幡然应聘，意诚莫晓。稼轩特拈出之，意固何属，亦莫能晓也。

定风波

少日春怀似酒浓。插花走马醉千钟。老去逢春如病酒。唯有。茶瓯香篆小帘栊。

卷尽残花风未定。休恨。花开元自要春风。试问春归谁得见。飞燕。来时相遇夕阳中。

上阕回忆年少春游，迨老去而瀹茗垂帘，不作伤春之语，自乐其天。下阕言菀枯之感，人有同情，但造物者春温秋肃，亦循例之乘除耳。试观花之繁茂，方受春风嘘拂而生，旋复收拾而去，风从何来，遽归何处？人不能见，飞燕来自空中，或与之相遇，作不解语解之，稼翁其静观有悟耶？

鹧鸪天　代人赋

晚日寒鸦一片愁。柳塘新绿却温柔。若教眼底无离恨，不信人间有白头。

肠已断，泪难收。相思重上小红楼。情知已被云遮断，频倚阑干不自由。

人生容易白头，大抵怨别伤离所致。故下阕言相思不已，重上楼头，明知江上峰青，已曲终人远，而阑干独倚，极目云天，与东坡“天一方”之歌，同其寓感。

前调

唱彻阳关泪未干。功名余事且加餐。浮天水送无穷树，带雨云埋一半山。

今古恨，几千般。只应离合是悲欢。江头未是风波恶，别有人间行路难。

此阕写景而兼感怀，江树则尽随水远，好山则半被云埋，人生欲望，安有满足之时。况世途艰险，过于太行、孟门，江间波浪，未极其险也。

前调　鹅湖归病起作

枕簟溪堂冷欲秋。断云依水晚来收。红莲相倚浑如醉，白鸟无言定自愁。

书咄咄，且休休。一丘一壑也风流。不知筋力衰多少，但觉新来懒上楼。

人之由壮而衰，积渐初不自觉，迨懒上高楼，始知老之将至，如一叶落而知秋至矣。故“红莲”“白鸟”，风物本佳，而自倦眼观之，觉花鸟皆逊前神采。吾浙谭仲修丈，喜诵其“懒上楼”二句，谓学词者，当于此等句意求消息也。

醉太平　春晚

态浓意远。眉颦笑浅。薄罗衣窄絮风软。鬓云欺翠卷。

南园花树春光暖。红香径里榆钱满。欲上秋千又惊懒。且归休怕晚。

集中作《金荃》丽句者无多，此作情态俱妍。结句有絮飞春昼、日长人倦之意，且有少陵“一卧沧江惊岁晚”“扁舟一系故园心”之感。

锦帐春　席上和杜叔高

春色难留，酒杯常浅。更旧恨新愁相间。五更风，千里梦，看飞红几片。这般庭院。

几许风流，几般娇懒。问相见何如不见。燕飞忙，莺语乱，恨重帘不卷。翠屏平远。

此词以“旧恨新愁”四字总绾全篇。绝好之春光庭院，而眼前只见几片飞红，况昔梦随风，何堪追忆，旧恨与新愁并写。下阕一重帘幕，如隔蓬山，“别时容易见时难”，则由旧恨而动新愁矣。稼轩伤春、怨别之词，大都有感而发。光绪间王鹏运校刊《稼轩词》十二卷，列之《四印斋集》中，题其后云：“层楼风雨黯伤春。烟柳斜阳独怆神。多少江湖忧乐意，漫呼青兕作词人。”稼轩于千载后，得词苑知音矣。

连久道一首

清平乐　渔父

阵鸿惊处。一网沉江渚。落叶乱风和细雨。拨棹不如归去。

芦花轻泛微澜。蓬窗独自清闲。一觉游仙好梦，任他竹冷松寒。

可久十二岁时，其父携之见熊曲肱，适有渔父过前，命赋词，援笔立成此调，一座叹服。此词误入洪瑹《空同词》中。

刘过十首

贺新郎 怀旧

老去相如倦。向文君、说似而今，怎生消遣。衣袂京尘曾染处，空有香红尚软。料彼此、魂消肠断。一枕新凉眠客舍，听梧桐、疏雨秋声颤。灯晕冷，记初见。

楼低不放珠帘卷。晚妆残、翠钿狼藉，泪痕凝脸。人道愁来须殢酒，无奈愁深酒浅。但寄兴、焦琴纨扇。莫鼓琵琶江上曲，怕荻花、枫叶俱凄怨。云万叠，寸心远。

上阕起结二句当老去而回忆初逢，则昔年之东京梦华，事事皆堪肠断，况在秋灯客舍中耶！下阕代伊人写怀，殢酒调琴，借作排愁之具。结处自感，与“枫叶”“荻花”同其凄韵矣。

前调

多病刘郎瘦。最伤心、天寒岁晚，客他乡久。大舸翩翩何许至，元是高阳旧友。便一笑、相欢携手。为问武昌城下月，定何如、扬子江头柳。追往事，两眉皱。

烛花细剪明于昼。唤青娥、小红楼上，殷勤劝酒。昵昵琵琶恩怨语，春笋轻笼翠袖。看舞彻、金钗微溜。若见故乡吾父老，道长安、市上狂如旧。重会面，几时又。

他乡遇故知，开尊话旧、排闷征歌以及惜别之怀，当时情事，振笔写来，性情自见，不仅才气横溢也。

念奴娇　自述

知音者少，算乾坤许大、着身何处。直待功成方肯退，何日可寻归路。多景楼前，垂虹亭下，一枕眠秋雨。虚名相误，十年枉费辛苦。

不是奏赋明光，上书北阙，无惊人之语。我自匆忙天未许，赢得衣裾尘土。白璧堆前，黄金买笑，付与君为主。莼鲈江上，浩然明日归去。

尽道休官好而林下曾无足迹，上阕“功成”“归路”二句洵警世之语。十年误尽虚名，作者盖深悔之。彼黄金白璧，荣利场中，自有人在。但未可语莼鲈江上之客，故以“自述”标题也。

唐多令 再过武昌

芦叶满汀洲。寒沙带浅流。二十年、重过南楼。柳下系船犹未稳，能几日、又中秋。

黄鹤断矶头。故人曾到不。旧江山、都是新愁。欲买桂花同载酒，终不似、少年游。

胜地重经，旧情易感，况二十年之久，故友凋零，新愁重叠，人何以堪！结句感喟尤深，章良能所谓旧游可寻，而少年心难觅也。

水调歌头 春半

春事能几许，密叶着青梅。日高花困，海棠风暖想都开。不惜春衣典尽，只怕春光归去，片片点苍苔。能得几时好，追赏莫徘徊。

雨飘红，风换翠，苦相催。人生行乐，且须痛饮莫辞杯。坐则高谈风月，醉则恣眠芳草，醒后亦佳哉。湖上新亭好，何事不曾来。

容易春残，及时行乐，使笔如舌，纯以气行，不在造句之工，王简卿侍郎称为近世所无。改之为稼轩客，人谓其词多壮语，盖学稼轩者也。

沁园春

风雪中欲诣稼轩，久寓湖上，未能一往，因赋此词以自解。

斗酒彘肩，风雨渡江，岂不快哉。被香山居士，约林和靖，与坡仙老，勒驾吾回。坡谓西湖，正如西子，浓抹淡妆临镜台。二公者，皆掉头不顾，只恁传杯。

白云天竺去来。看金碧、崔巍楼观开。况一涧萦迂，东西水绕，两山南北，高下云堆。逋曰不然，暗香浮动，何似孤山先探梅。须晴去，访稼轩未晚，且此徘徊。

借苏、白、林三人之语，往复成词，逸气纵横。如宜僚弄丸，靡不如意，虽非正调，自是创格。

前调　美人指甲

销薄春冰，碾轻寒玉，渐长渐弯。见凤鞋泥污，偎人强剔，龙涎香断，拨火轻翻。学抚瑶琴，时时欲剪，更掬水鱼鳞波底寒。纤柔处，试摘花香满，镂枣成斑。

时将粉泪偷弹。记绾玉曾教柳傅看。算恩情相着，搔便玉体，归期暗数，画遍阑干。每到相思，沉吟静处，斜倚朱唇皓齿间。风流甚，把仙郎暗掐，莫放春闲。

以龙洲才气雄杰，而为此侧艳之词，亦殊工整。“朱唇皓齿”三句，尤为传神。近人作美人形况词者，皆倚《沁园春》调，以工切为能，此词乃江源滥觞也。

醉太平

情深意真。眉长鬓青。小楼明月调筝。写春风数声。

思君忆君。魂牵梦萦。翠绡香暖云屏。更那堪酒醒。

宋子虚称改之“以气义撼当世，其词激烈”“为天下奇男子”。若此调之绵丽多情，《唐多令》之低回善感，颇与《画眉》《天仙》诸咏相似，不仅能作豪放语也。

小桃红　在襄州作

晓入纱窗静。戏弄菱花镜。翠袖轻匀，玉纤弹去，小妆红粉。画行人、愁外两青山，与尊前离恨。

宿酒醺难醒。笑记香肩并。暖借莲腮，碧云微透，晕眉斜印。最多情、生怕外人猜，拭香津微揾。

原注云："咏美人画扇。"词中惟"行人""青山"二句系咏画扇。下阕纯咏绮情，与咏扇无涉。花庵词客谓其词学幼安，如《别妾》及《小桃红》调，《稼轩集》中，能有此纤秀语耶？

贺新郎　赠张彦功

晓印霜花步。梦半醒、扶上雕鞍，马嘶人去。岚湿青丝双辔冷，缓鞚野梅江路。听画角、吹残更鼓。悲壮寒声撩客恨，甚貂裘、重拥愁无数。斜月白，照离绪。

青楼回首家何处。早山遥、水阔天低，断肠烟树。谁念天涯牢落况，轻负暖烟浓雨。记酒醒、香消时语。客里归鞯须早发，怕天寒、风急相思苦。应为我，翠眉聚。

上阕极写晓寒旅行风物，情景兼到。"离绪"句引起下文。下阕言离绪，而天寒客况，从翠眉人语中传出，更见情致缠绵。龙洲为一时名手，以上四调，皆句意并得，周草窗所选《绝妙好词》，未免遗珠。

姜夔二十二首

扬州慢

淮左名都，竹西佳处，解鞍少驻初程。过春风十里，尽荠麦青青。自胡马、窥江去后，废池乔木，犹厌言兵。渐黄昏清角，吹寒都在空城。

杜郎俊赏，算而今、重到须惊。纵豆蔻词工，青楼梦好，难赋深情。二十四桥仍在，波心荡、冷月无声。念桥边红药，年年知为谁生。

此词极写兵后名都荒寒之状。“春风”二句其自序所谓“四顾萧条”也。“胡马”句言坏劫曾经，追思犹恸，况空城入暮，戍角吹寒，如李陵所谓“胡笳互动，……只令人悲增忉怛耳”。下阕过扬州者，以杜牧文词为最著，因以自况，言百感填膺，非笔墨所能罄。“冷月”二句诵之若商声激楚，令人心倒肠回。篇终“红药”句言春光依旧，人事全非，哀郢怀湘，同其沉郁矣。凡乱后感怀之作，词人所恒有，白石之精到处，凄异之音，沁入纸背，复能以浩气行之，由于天分高而蕴酿深也。近人蒋鹿潭乱后过江诸作，哀音秀句，略能似之。

长亭怨慢

渐吹尽、枝头香絮。是处人家，绿深门户。远浦萦回，暮帆零乱、向何许。阅人多矣。谁得似、长亭树。树若有情时，不会得、青青如此。

日暮。望高城不见，只见乱山无数。韦郎去也，怎忘得、玉环分付。第一是、早早归来，怕红萼、无人为主。算空有并刀，难剪离愁千缕。

此词颇有桓司马江潭之感。虽似怨别之辞，而实则乱愁无次，触绪纷来。凡怀人恋阙，抚今追昔，悉寓其中。首言春望景物，即紧接以“暮帆零乱”句发挥本意。望接天帆影，其中思妇离人，不知凡几，何忍入愁人之眼。惟亭树则冷漠无情，虽长年送尽行人，而青青依旧，与李白之“春风知别苦，不遣柳条青”皆伤心人语。下阕言举目河山，高城阻绝，望远而兼有“浮云蔽日”之感。以下叙离情，临歧片语，历久难忘，凝望早归而托言红萼，以雅逸之笔，致缠绵之思，犹《楚辞》之山间采秀，怅公子之忘归，深人无浅语也。

暗香

旧时月色。算几番照我，梅边吹笛。唤起玉人，不管清寒与攀摘。何逊而今渐老，都忘却、春风词笔。但怪得、竹外疏花，香冷入瑶席。

江国。正寂寂。叹寄与路遥，夜雪初积。翠樽易泣。红萼无言耿相忆。长记曾携手处，千树压、西湖寒碧。又片片、吹尽也，几时见得。

疏影

苔枝缀玉。有翠禽小小，枝上同宿。客里相逢，篱角黄昏，无言自倚修竹。昭君不惯胡沙远，但暗忆、江南江北。想珮环、月夜归来，化作此花幽独。

犹记深宫旧事，那人正睡里，飞近蛾绿。莫似春风，不管盈盈，早与安排金屋。还教一片随波去，又却怨、玉龙哀曲。等恁时、重觅幽香，已入小窗横幅。

白石词仅数十首，而流传勿替，可见词贵精不贵多也。其《暗香》《疏影》二首，尤脍炙人口。但用其调和韵者多，而宣发其本意者少。张叔夏云："二曲前无古人，后无来者。"《疏影》曲前段用少陵诗，后段用寿阳公主事，此皆"用事不为事所使"。今寻绎《暗香》词意，乃发怀旧之思，而托诸美人香草。起笔"旧时月色"句已标明本旨，"何逊渐老"二句有"同学少年多不贱，五陵裘马自轻肥"之慨，通篇一往情深。"翠樽""红萼"四句在西湖千树幽香中与玉人携手，如见绿萼仙人，一笑嫣然，在残雪轻冰之外，词意清迥，不得以妮子语视之。况"寄与路遥"句与《疏影》曲"胡沙忆远"同意，则咏花而兼有人在也。《疏影》曲叔夏言其"用事不为事所使"，诚然。但其意不仅用明妃、寿阳事，殆以两宫北狩，有故主蒙尘之感，故云花片随波，胡沙忆远，寓霜塞玉鞭之慨。转头处即言深宫旧事，与《暗香》曲“旧时月色”相应。否则落花随水及“玉龙哀曲”句与寿阳何涉耶？白石之《小重山令》咏红梅云：“九疑云杳断魂啼。相思血，都沁绿筠枝。”殆亦此意。二曲借花写怨，一片神行，宜推绝唱也。

齐天乐　蟋蟀

庾郎先自吟愁赋。凄凄更闻私语。露湿铜铺，苔侵石井，都是曾听伊处。哀音似诉。正思妇无眠，起寻机杼。曲曲屏山，夜凉独自甚情绪。

西窗又吹暗雨。为谁频断续，相和砧杵。候馆吟秋，离宫吊月，别有伤心无数。豳诗漫与。笑篱落呼灯，世间儿女。写入琴丝，一声声更苦。

起笔振裘挈领，未闻蟋蟀，先已赋愁，则以下所咏，处处皆含愁意，一线贯注。若由蟋蟀起笔，便无意味，学词者可悟起句之一种用笔也。咏正面仅“露湿”“苔侵”三句，此后砧韵机声，皆人与物夹写。“候馆”三句局势开拓，寄情绵邈，与咏蝉之汉苑秦宫，同一意境。结笔灯影琴丝，仍由侧面着想，首尾无一滞笔。时人称其全章精粹，不留滞于物，洵然也。

念奴娇　荷花

闹红一舸，记来时、尝与鸳鸯为侣。三十六陂人未到，水珮风裳无数。翠叶吹凉，玉容消酒，更洒菰蒲雨。嫣然摇动，冷香飞上诗句。

日暮。青盖亭亭，情人不见，争忍凌波去。只恐舞衣寒易落，愁入西风南浦。高柳垂阴，老鱼吹浪，留我花间住。田田多少，几回沙际归路。

此调工于发端。“闹红”四字，花与人皆在其中。以下三句咏荷及赏荷之人，皆从空际着想。“翠叶”三句略点正面。接以“嫣然”二句，诗意与花香俱摇漾于水烟渺霭之中。下阕怀人而兼惜花，低回不去，而留客赏荷者，托诸“柳阴”“鱼浪”，仍在空处落笔。通首如仙人行空，足不履地，宜叔夏读之，“神观飞越”也。

点绛唇　过吴淞

燕雁无心，太湖西畔随云去。数峰清苦。商略黄昏雨。

第四桥边，拟共天随住。今何许。凭阑怀古。残柳参差舞。

欲雨而待“商略”，“商略”而在“清苦”之“数峰”，乃词人幽渺之思。白石泛舟吴江，见太湖西畔诸峰，阴沉欲雨，以此二句状之。“凭阑”二句其言往事烟消，仅余残柳耶？抑谓古今多少感慨，而垂柳无情，犹是临风学舞耶？清虚秀逸，悠然骚雅遗音。

翠楼吟

月冷龙沙，尘清虎落，今年汉酺初赐。新翻胡部曲，听毡幕、元戎歌吹。层楼高峙。看槛曲萦红，檐牙飞翠。人姝丽。粉香吹下，夜寒风细。

此地。宜有词仙，拥素云黄鹤，与君游戏。玉梯凝望久，叹芳草、萋萋千里。天涯情味。仗酒祓清愁，花消英气。西山外。晚来还卷，一帘秋霁。

此词为武昌安远楼初成而赋。观前五句“龙沙”“毡幕”“赐酺”等辞，当是奉敕宴北使于斯楼。“槛曲”五句言高楼之壮丽，歌妓之娟妍，皆平叙之笔。转头处因地在武昌，故用黄鹤仙人事。“素云”二句有奇气青霞之想。其下接以望远生愁，楼俯鹦鹉洲，故言“芳草千里”，藻不妄抒。“清愁”“英气”二句隐有少陵“看镜”“倚楼”之感，句法倜傥而深郁，自是名句。

霓裳中序第一

亭皋正望极。乱落江莲归未得。多病却无气力。况纨扇渐疏，罗衣初索。流光过隙。叹杏梁、双燕如客。人何在、一帘淡月，仿佛照颜色。

幽寂。乱蛩吟壁。动庾信、清愁似织。沉思年少浪迹。笛里关山，柳下坊陌。坠红无信息。漫暗水、涓涓溜碧。飘零久、而今何意，醉卧酒垆侧。

白石于楚中祝融峰得祀神之曲，曰《黄帝盐》。又于乐工故书中得《商调·霓裳曲》十八调，皆存虚谱而无辞。乃作《霓裳中序》一曲，以传古意。但谱虽仿古，而词则写怀。前五句言秋风人倦，“流光”二句叹急景之不居，“人何在”三句望伊人之宛在。月到旧时明处，与谁同倚阑干，白石殆同此感也。下阕回首当年，关河浪迹，坊陌春游，旧梦重重，逐暗水流花而去，赢得飘零词客，一醉埋愁。李后主所谓“醉乡路稳宜频到，此外不堪行”也。

庆宫春

双桨莼波，一蓑松雨，暮愁渐满空阔。呼我盟鸥，翩翩欲下，背人还过木末。那回归去，荡云雪、孤舟夜发。伤心重见，依约眉山，黛痕低压。

采香径里春寒，老子婆娑，自歌谁答。垂虹西望，飘然引去，此兴平生难遏。酒醒波远，正凝想、明珰素袜。如今安在，惟有阑干，伴人一霎。

白石于冬夜偕友过吴江，卮酒御寒，想与赓和，乃赋此调。起笔即秀逸而工，承以“盟鸥”三句，着笔轻灵。此下回首前游，凄然凝望，山压眉低，此中当有人在。故下阕言旧地重过，已明珰人去，酒醒波远，倚阑之惆怅可知。白石曾在吴江垂虹亭谱一曲新词，付小红低唱，传为韵事。观“如今安在”句，当是小红去后之作，虽无词序言明，以重过垂虹相证，或非虚造之谈也。白石赋此词，几经涂稿而成。知吟安一字之难，以横溢之天才，而审慎如是，学词者未可以轻心掉之。

满江红

仙姥来时，正一望、千顷翠澜。旌旗共、乱云俱下，依约前山。命驾群龙金作轭，相从诸娣玉为冠。向夜深、风定悄无人，闻珮环。

神奇处，君试看。奠淮右，阻江南。遣六丁雷电，别守东关。却笑英雄无好手，一篙春水走曹瞒。又怎知、人在小红楼，帘影间。

旧调《满江红》多用仄韵，白石谓于律不协。尝舟过巢湖，赋平韵《满江红》，为迎神、送神之曲，刻于神姥祠柱间。上阕“玉冠诸娣”句谓神姥旁列十三女神。下阕之意谓其地即濡须口，当江湖之冲，孙权与曹操书所谓“春水方生，公宜速去”，即此地也。此调用平韵，为白石所创，格调高亮，后来词家每效之。而汲古阁刻《白石词》及皋文《词选》《续词选》均未选录，杨诚斋评白石诗，谓有“敲金戛玉之奇声”，此词音节，颇类其评语。

探春慢

衰草愁烟，乱鸦送日，风沙回旋平野。拂雪金鞭，欺寒茸帽，还记章台走马。谁念飘零久，漫赢得、幽怀难写。故人清沔相逢，小窗闲共情话。

长恨离多会少，重访问竹西，珠泪盈把。雁碛波平，渔汀人散，老去不堪游冶。无奈苕溪月，又唤我扁舟东下。甚日归来，梅花零乱春夜。

白石久寓于沔上，行将东下，赋此志别。毛晋所刻本标题云：“过苕霅，别郑次皋诸君。”“过”字语未明了。盖由沔将作吴兴之游，非经过苕霅，观词中“清沔相逢”及“唤舟东下”句可证之。通首序事录别，笔气高爽，自是白石本色。

水龙吟

夜深客子移舟处，两两沙禽惊起。红衣入桨，青灯摇浪，微凉意思。把酒临风，不思归去，有如此水。况茂陵游倦，长干望久，芳心事，箫声里。

屈指归期尚未。鹊南飞、有人应喜。画阑桂子，留香小待，提携影底。我已情多，十年幽梦，略曾如此。甚谢郎也恨飘零，解道月明千里。

此乃和友人鉴湖怀归之作。借杯酒自浇块垒，言愁欲愁，曲折写来，绝无平衍之笔。“鹊南飞”四句从对面着想，便饶情致。

角招

为春瘦。何堪更、绕西湖尽是垂柳。自看烟外岫。记得与君，湖上携手。君归未久。早乱落、香红千亩。一叶凌波缥缈，过三十六离宫，遣游人回首。

犹有。画船障袖。青楼携扇，相映人争秀。翠翘光欲溜。爱着宫黄，而今时候。伤春似旧。荡一点、春心如酒。写入吴丝自奏。问谁识、曲中心，花前后。

此调为重过西湖，梅花已落，怀人而作。独客伤春之际，花落人遥，旧欢回首，谁能遣此！前半首随笔写来，含思凄婉。转头六句皆追写伊人情态。至“春心如酒”句为题珠所在，旧欢则甘如蜀荔，新愁则酸若江梅，两味相荡，浑如中酒。后主所谓“别有一般滋味在心头”也。以“花前后”三字结束全篇，悲愉之境，前后迥殊矣。

徵招

潮回却过西陵浦，扁舟仅容居士。去得几何时，黍离离如此。客途今倦矣。漫赢得、一襟诗思。记忆江南，落帆沙际，此行还是。

迤逦剡中山，重相见、依依故人情味。似怨不来游，拥愁鬟十二。一丘聊复尔。也孤负、幼舆高致。水荭晚，漠漠摇烟，奈未成归计。

曲中自古少徵调。大晟府尝制徵招，而音节近驳。白石乃自制此曲，虽兼用母声，较大晟为无病。因忆越中水乡风景，赋此寄兴，音谐而辞婉。“依依故人”三句尤摇曳生姿。

汉宫春 次韵稼轩

云曰归欤。纵垂天曳曳，终返衡庐。扬州十年一梦，俯仰差殊。秦碑越殿，悔旧游、作计全疏。分付与，高怀老尹，管弦丝竹宁无。

知公爱山入剡，若南寻李白，问讯何如。年年雁飞波上，愁亦关余。临皋领客，向月边、携酒携鲈。今但借、秋风一榻，公歌我亦能书。

前调 次韵稼轩蓬莱阁

一顾倾吴。苎萝人不见，烟杳重湖。当时事如对弈，此亦天乎。大夫仙去，笑人间、千古须臾。有倦客，扁舟夜泛，犹疑水鸟相呼。

秦山对楼自绿，怕越王故垒，时下樵苏。只今倚阑一笑，然则非欤。小丛解唱，倩松风、为我吹竽。更坐待、千岩月落，城头眇眇啼乌。

白石学清真，心摹手追，犹觉挽强命中而未能穿札。和辛稼轩二首，则工力相等。宜杜少陵评诗谓材力未能跨越，有“鲸鱼”“翡翠”之喻也。

琵琶仙

双桨来时，有人似、旧曲桃根桃叶。歌扇轻约飞花，蛾眉正奇绝。春渐远、汀洲自绿，更添了、几声啼鴂。十里扬州，三生杜牧，前事休说。

又还是、宫烛分烟，奈愁里匆匆换时节。都把一襟芳思，与空阶榆荚。千万缕，藏鸦细柳，为玉尊、起舞回雪。想见西出阳关，故人初别。

此在客吴兴时感遇而作。首四句叙往事，“春渐远”三句叙别后光阴，写愁中闻见，以疏秀之笔出之。下阕感节序而伤离，榆钱柳絮，皆借物怀人，便无滞相，其佳处在空灵也。

惜红衣

簟枕邀凉，琴书换日，睡余无力。细洒冰泉，并刀破甘碧。墙头唤酒，谁问讯、城南诗客。岑寂。高树晚蝉，说西风消息。

虹梁水陌。鱼浪吹香，红衣半狼藉。维舟试望，故国渺天北。可惜渚边沙外，不共美人游历。问甚时同赋，三十六陂秋色。

此首与《念奴娇》词原题皆云吴兴荷花，但《念奴娇》词通首咏荷，惟“凌波”二句略见怀人。此调倚《惜红衣》，应赋本体，而词则前半阕但言逭暑追凉，寂寥谁语！下阕始有“红衣狼藉”一句点题，余皆言望远怀人，与《念奴娇》同一咏荷，而情随事迁，此调则言情多于写景，下阕尤佳。其俊爽绵远处，正如词中之并刀破碧，方斯意境。

隔溪梅令

好花不与殢香人。浪粼粼。又恐春风归去、绿成阴。玉钿何处寻。

木兰双桨梦中云。小横陈。漫向孤山山下、觅盈盈。翠禽啼一春。

此词原题云“自无锡归，作此寓意”，实则忆西湖看梅往事，观词中“双桨”“孤山”等句可见，与《角招》词之忆孤山梅花，同一感怀。此言玉钿难觅，即《角招》词翠翘罗袖之感。结句不着边际，含情无限，如赵师雄之罗浮梦醒，但闻翠羽飞鸣耳。

凄凉犯

绿杨巷陌。西风起、边城一片离索。马嘶渐远，人归甚处，戍楼吹角。情怀正恶。更衰草、寒烟淡薄。似当时、将军部曲。迤逦度沙漠。

追念西湖上，小舫携歌，晚花行乐。旧游在否，想如今、翠凋红落。漫写羊裙，等新雁、来时系着。怕匆匆、不肯寄与误后约。

词在合肥秋夕作。上阕汴洛回看，慨收京之无望；下阕临安南望，叹俊赏之难追。合肥本属江淮腹地，以其时南北分疆，其地遂为防秋边徼，故“边城”“戍角”等句，宛如塞上也。度漠雄师，徒劳追念，则南朝之不振可知。下阕忆当日小舫清歌之乐，换客中西风画角之悲，情怀更劣矣。

小重山令　潭州红梅

人绕湘皋月坠时。斜横花树小，浸愁漪。一春幽事有谁知。东风冷，香远茜裙归。

鸥去昔游非。遥怜花可可，梦依依。九疑云杳断魂啼。相思血，都沁绿筠枝。

梅苑人归，蘅皋月冷，感怀吊古，愁并毫端。其凄丽之致，颇似东山、淮海。

戴复古一首

望江南

壶山好，文字满胸中。诗律变成长庆体，歌词绰有稼轩风。最会说穷通。

中年后，虽老未成翁。儿大相传书种在，客来不放酒尊空。相对醉颜红。

复古之父东皋，以诗自娱，每叹儿幼，不能承其诗学。复古既长，承遗训，刻苦为诗词，吴荆溪称其能“固穷继志”。南渡后以诗鸣于时，为江湖四灵之一。著有《石屏词》，赋《沁园春》及《望江南》诸词自述生平。兹录其《望江南》一首，以见其概。

史达祖三十首

绮罗香　咏春雨

做冷欺花，将烟困柳，千里偷催春暮。尽日冥迷，愁里欲飞还住。惊粉重、蝶宿西园，喜泥润、燕归南浦。最妨他、佳约风流，钿车不到杜陵路。

沉沉江上望极，还被春潮晚急，难寻官渡。隐约遥峰，和泪谢娘眉妩。临断岸、新绿生时，是落红、带愁流处。记当日、门掩梨花，剪灯深夜语。

此词体物殊工，与碧山之咏蝉，玉田之咏春水，白石之咏蟋蟀，皆能融情景于一篇者。虞山毛晋心醉其《双双燕》词，但“柳昏花暝”自是名句，而全篇多咏燕，仅于结处见意，不若此调之情文并茂也。起三句吸春雨之神。四、五句关合听雨之情。“蝶”“燕”二句从侧面写题，“惊”“喜”二字为蝶燕设想，殊妙。“佳约”句承愁雨之意，写到怀人，以领起后辐。转头处言临江望远，意境开拓。以山喻眉，以雨喻泪，常语也，眉黛与泪痕合写，便成隽语。上阕言近处庭院之雨，后言远处江湖之雨。“新绿”二句非特江干风景，而送春念远，皆在其中。“落红”句造语尤工。结句听雨西窗，虽意所易到，而回首当年，以“梨花门掩”，点染生姿，觉余音绕梁也。

万年欢 春思

两袖梅风，谢桥边、岸痕犹带阴雪。过了匆匆灯市，草根青发。燕子春愁未醒，误几处、芳音辽绝。烟溪上、采绿人归，定应愁沁花骨。

非干厚情易歇。奈燕台句老，难道离别。小径吹衣，曾记故里风物。多少惊心旧事，第一是、侵阶罗袜。如今但、柳发晞春，夜来和露梳月。

落梅风里，残雪未消，写初春风景。四、五句点明初春，以后归到“春思”，而托诸燕子，乃用笔轻倩处。“采绿”本属怀人，“烟溪”二句从对面着想，颇似清真词格。下阕“燕台”句用玉溪生与柳枝娘事，言非我忘情，以相别未能相见，重重旧梦，悉付飘风，惟有玉阶罗袜，第一难忘，与“采绿”之人，同是低回“春思”，赢得露寒月冷，抚萧疏潘鬓，与柳发同梳耳。结句炼字亦工。

杏花天 清明

软波拖碧蒲芽短。画桥外、花晴柳暖。今年自是清明晚。便觉芳情较懒。

春衫瘦、东风剪剪。过花坞、香吹醉面。归来立马斜阳岸。隔岸歌声一片。

“软波”二句及“春衫”二句写清明景色，以秀丽之笔，句斟字酌出之。余皆写情，言春物骀荡，正寻芳坊曲之时，乃人乐而我归，夕阳驻马，听隔岸笙歌，欣戚之怀迥异。而通首惟一“懒”字，略露本意，此词笔之高处。

南浦

玉树晓飞香，待倩他、和愁点破妆镜。轻嫩一天春，平白地、都护雨昏烟暝。幽花露湿，定应独把阑干凭。谢屐未蜡，安排共文鸳，重游芳径。

年来梦里扬州，怕事随歌残，情趁云冷。娇眄隔东风，无人会、莺燕暗中心性。深盟纵约，尽同晴雨全无定。海棠梦在，相思过西园，秋千红影。

首二句即借景以怀人。以下言嫩春时节，将与倚阑人安排佳约，皆在虚处着笔。下阕分为三折，“扬州”三句乃追感往事；“东风”二句言倚阑人之临风凝睇，莫慰幽情；“深盟”二句则两面合写，言人事难料，纵有盟约，同晴雨之无凭。分三叠写情，皆一片凄迷之境。迨“重过西园”，剩有“秋千红影”，则“娇眄东风”，徒劳望眼耳。

临江仙 闺思

愁与西风应有约，年年同赴清秋。旧游帘幕记扬州。一灯人着梦。双燕月当楼。

罗带鸳鸯尘暗淡，更须整顿风流。天涯万一见温柔。瘦应因此瘦，羞亦为郎羞。

秋士善怀，首二句联合写之，便标新异。唐人诗如“暝色赴春愁”及“群山万壑赴荆门”句，皆善用“赴”字，此言愁与风同赴，洵君房语妙也。“灯”“月”句以对语结束上阕，旧梦扬州，托辞双燕，见燕双而人独，句法浑成而兼韵致，殊耐微吟。“罗带”二句姑作重逢之想。“天涯”句摇曳生姿。结句极写缠绵，“瘦”字承罗带而言，“羞”字承见面而言。吴梅村诗“当时对面忧吾瘦，即便多情见却羞”，殆有同感。青衫憔悴，红粉飘零，果羞属谁边耶？此调集中凡三首，尚有“莫教无用月，来照可怜宵”及“向来箫鼓地，犹见柳婆娑”，四语咸有思致。

双双燕 咏燕

过春社了，度帘幕中间，去年尘冷。差池欲住，试入旧巢相并。还相雕梁藻井。又软语、商量不定。飘然快拂花梢，翠尾分开红影。

芳径。芹泥雨润。爱贴地争飞，竞夸轻俊。红楼归晚，看足柳昏花暝。应自栖香正稳。便忘了、天涯芳信。愁损翠黛双蛾，日日画阑独凭。

归来社燕，回忆去年，题前着笔，便留旋转之地。巢痕重拂，犹征人之返故居，咏燕亦隐含人事。欧阳永叔爱诵咏燕诗“晓窗惊梦语匆匆”句，此词云“商量不定”，为燕语传神尤妙。“芳径”四句赋题正面。“柳昏花暝”传为名句，多少朱门兴废，皆在“看足”两字之中。毛晋云“余幼读《双双燕》词，便心醉梅溪”。于刻《梅溪词》后，特标出之。结句因燕书未达，念及倚阑人，余韵悠然。

夜行船　闻卖杏花

不剪春衫愁意态。过收灯、有些寒在。小雨空帘，无人深巷，已早杏花先卖。

白发潘郎宽沈带。怕看山、忆他眉黛。草色拖裙，烟光惹鬓，长记故园挑菜。

此词着意在结句。杏花时节，正故园昔日挑菜良辰，顿忆鬓影裙腰之当年情侣，乃芳序重临而潘郎憔悴，其感想何如耶？上阕咏卖花，款款写来，风致摇曳。春阴门巷，在幽静境中，益觉卖花声动人凄听也。

过龙门

一带古苔墙。多听寒蛩。篋中针线早消香。燕尾宝刀窗下梦，谁剪秋裳。

宫漏莫添长。空费思量。鸳鸯难得再成双。昨夜楚山花簟里，波影先凉。

秋宵虫语，最易感人，“针线”三句，意殊凄异。“花簟”句与玉溪生“长簟空床”同感。况言鸳鸯不再成双，此盖悼亡之作。“宝刀窗下”句即《寿楼春》词“金刀晴窗”之意，“谁剪秋裳”句即《寿楼春》“谁念无裳”之意。

前调　春愁

醉月小红楼。锦瑟箜篌。夜来风雨晓来收。几点落花饶柳絮，同为春愁。

寄信问晴鸥。谁在芳洲。绿波迎处有兰舟。独对旧时携手地，情思悠悠。

起笔即有“锦瑟华年”之慨，不仅伤春，故接以“同为春愁”句。以下“芳洲绿波”句，忆仙侣之同舟。郭频伽词“伤心逝水滔滔，当时同渡，却双桨归来人独”，殆古今伤心人同此怀抱。前首秋怀，此首春思，“旧时携手”句即《寿楼春》词“晴窗素手”之意。“兰舟”句即《寿楼春》“湘云人散”“蘋藻相思”之意，作者触处生悲也。

鹧鸪天

搭柳阑干倚伫频。杏帘蝴蝶绣床春。十年花骨东风泪，几点螺香素壁尘。

箫外月，梦中云。秦楼楚殿可怜身。新愁换尽风流性，偏恨鸳鸯不念人。

“花骨”二字颇新，惟《梅溪集》中两用之。“东风”句较《万年欢》调“愁沁花骨”尤为凄艳欲绝。吟此两句，如闻“落叶哀蝉”之歌。昔人咏鸳鸯者，或羡其双飞，或愿为同命，此独言其不复念人，但既言“换尽风流”，则绮习划除，愿归枯衲，安用恨为！恨耶情耶？殆自问亦莫辨也。

燕归梁

独卧秋窗桂未香。怕雨点飘凉。玉人只在楚云旁。也着泪，过昏黄。

西风今夜梧桐冷，断无梦，到鸳鸯。秋钲二十五声长。请各自，耐思量。

上阕用一“也”字，则着泪者不独“玉人”，故结句言“各自思量”，语殊隽妙。与“同向春风各自愁”“小簟单衾各自寒”皆善用“各自”二字者。

东风第一枝 咏春雪

巧沁兰心，偷黏草甲，东风欲障新暖。漫疑碧瓦难留，信知暮寒较浅。行天入镜，做弄出、轻松纤软。料故园、不卷重帘，误了乍来双燕。

青未了、柳回白眼。红欲断、杏开素面。旧游忆着山阴，后盟遂妨上苑。熏炉重暖，便放慢、春衫针线。恐凤鞋、挑菜归来，万一灞桥相见。

起五句咏题面，格局与《绮罗香·咏春雨》相似。"轻松纤软"四字写"春雪"入细。"重帘""双燕"二句因雪而从归燕着想，虽与《咏春雨》上阕"钿车"句人与物不同，而其从本题别开思路则同。转头处笔渐开拓，亦与《咏春雨》同。后段四句用"灞桥"以点缀"雪"字，而恐归人怯雪后余寒，为重温炉火，一往情深，忘其为咏雪余波矣。

前调

草脚愁苏，花心梦醒，鞭香拂散牛土。旧歌空忆珠帘，彩笔倦题绣户。黏鸡贴燕，想占断、东风来处。暗惹起、一掬相思，乱若翠盘红缕。

今夜觅、梦池秀句。明日动、探花芳绪。寄声沽酒人家，预约俊游伴侣。怜他梅柳，乍忍俊、天街酥雨。待过了、一月灯期，日日醉扶归去。

原题云 :“壬戌开腊望，雨中立癸亥春，与高宾王各赋。”此作视前《咏春雨》《咏春雪》二题，思路较窘。其章法先赋本题，后展笔势，仍与咏雨雪相似。“翠盘红缕”句借贺春品物、从无情处生情，自是词手。下阕“梅柳”句从题中“雨”字着想，“灯期”句从年前立春、由腊月望日至元宵着想。既发挥本题，句复妍秀，由其工力之深也。

蝶恋花

二月东风吹客袂。苏小门前，杨柳如腰细。蝴蝶识人游冶地。旧曾来处花开未。

几夜湖山生梦寐。评泊寻芳，只怕春寒里。今岁清明逢上巳。相思先到溅裙水。

此词赋春景，若实赋春游，便少余味。上阕蝴蝶寻芳，而言花开犹未，后言水上溅裙，正“有女如云”之际，乃时犹未届祓禊之辰，而相思先达，前后皆空际盘旋，不沾边际。姜白石评梅溪词，谓“奇秀清逸，有李长吉之韵”。此调可当“清逸”二字。

玉蝴蝶

晚雨未摧宫树，可怜闲叶，犹抱凉蝉。短景归秋，吟思又接愁边。漏初长、梦魂难禁，人渐老、风月俱寒。想幽欢。土花庭甃，虫网阑干。

无端。啼蛄搅夜，恨随团扇，苦近秋莲。一笛当楼，谢娘悬泪立风前。故园晚、强留诗酒，新雁远、不致寒暄。隔苍烟。楚香罗袖，谁伴婵娟。

以凉蝉而犹抱闲叶，身世之萧飒可知。“风月俱寒”句与贺方回之“清风明月休论价，卖与愁人值几钱”皆感叹风月，一伤老，一言愁，各极其深郁之致。“土花”二句琼楼金谷，转眼荒残，不独往迹幽欢，向空园凭吊也。下阕“谢娘”之句哀感顽艳，白石翁称其“奇秀”，此七字足当之。《梦窗四稿》亦载此词。宋人词集，每有他人稿误入者。

喜迁莺

月波疑滴。望玉壶天近，了无尘隔。翠眼圈花，冰丝织练，黄道宝光相直。自怜诗酒瘦，难应接、许多春色。最无赖，是随香趁烛，曾伴狂客。

踪迹。漫记忆。老了杜郎，忍听东风笛。柳院灯疏，梅厅雪在，谁与细倾春碧。旧情拘未定，犹自学、当年游历。怕万一，误玉人、夜寒帘隙。

前六句咏月色。以下自嘲无赖，亦自叹衰迟，以耽诗、病酒、消瘦之身，而逐三五少年，东涂西抹，宁不可笑。但杜郎虽老，亦当年临风听笛之人，乃重至清幽之地，梅厅柳院，陈迹依依，而酒边人远，余情未了，冀万一之相逢，作无聊之自慰耳。

寿楼春　寻春服感念

裁春衫寻芳。记金刀素手，同在晴窗。几度因风残絮，照花斜阳。谁念我，今无裳。自少年、消磨疏狂。但听雨挑灯，攲床病酒，多梦睡时妆。

飞花去，良宵长。有丝阑旧曲，金谱新腔。最恨湘云人散，楚兰魂伤。身是客，愁为乡。算玉箫、犹逢韦郎。近寒食人家，相思未忘蘋藻香。

百余字之长调，惟《寿楼春》有一句全用平声字者，有七字中五平声者，有四字三平声者，词意易为拘滞。此词因寻春服悼逝而作，当日剪刀声里，回针密缕，皆密意之回肠，是何等田居情味！惜年少清狂，疏于领略，迨湘兰香散，剩有愁边羁客，谁念无裳，再世玉箫，徒存虚愿，赢得涧南蘋藻，长此相思耳。情与文一气旋转，忘其为声调所拘，转觉助其凄韵，自是名手。

探芳信

谢池晓。被酒滞春眠，诗萦芳草。正一阶梅粉，都未有人扫。细禽啼处东风软，嫩约关心早。未收灯，怕有残寒，故园稀到。

说道试妆了。也为我相思，占他怀抱。静数窗棂，最欢听鹊声好。半年白玉台边话，屡见银钩小。指芳期，夜月花阴梦老。

写景与言情，分前、后段赋之。上阕言春寒懒出，嗟芳约之蹉跎；下阕言鹊信晨占，料伊人之眷念。观其句法若香篆之萦回，风度若柔丝之摇曳，乃梅溪擅胜处。“花阴梦老”四字尤有新致。

祝英台近

柳枝愁，桃叶恨，前事怕重记。红药开时，新梦又溱洧。此情老去须休，春风多事。便老去、越难回避。

阻幽会。应念偷剪酴醾，柔条暗萦系。节物移人，春暮更憔悴。可堪竹院题诗，藓阶听雨，寸心外、安愁无地。

人至老去，则绮障消除。乃春不饶人，洧曲芳菲，偏向白日钩惹，诚君房妙语也。唐人诗“此中方寸地，容得几多愁”，言愁多而心窄。此言愁如江水，齐赴心头，言愁来之专注，平子工愁，无以过之。

西江月

西月淡窥楼角，东风暗落檐牙。一灯初见影窗纱。又是重帘不下。

幽思屡随芳草，闲愁多似杨花。杨花芳草遍天涯。绣被春寒夜夜。

时已月上灯明，而卷上珠帘，所思不至，其惆怅可知。继言杨花芳草，已尽足撩人，况天涯遍是，欲排遣而无从。“绣被”六字句殊凄艳。读王丽真“床头锦衾斑复斑”诗，知独旦之悲矣。集中此调凡四首，今录一首。其第三首有“一片秋香世界，几层凉雨阑干”二句，秀雅而浑成。吴下有宋时网师园，老桂数株，先祖尝取此二句，以隶体书作楹联，悬于亭上。

解佩令

人行花坞。衣沾香雾。有新词、逢春分付。屡欲传情，奈燕子、不曾飞去。倚珠帘、咏郎秀句。

相思一度。浓愁一度。最难忘、遮灯私语。淡月梨花，借梦来、花边廊庑。指春衫、泪曾溅处。

凡言情之作，每先言我之怀人，而及人之念我。此作乃言重行花坞之人，先念我而吟旧句，其下始言我之相忆难忘。“淡月”三句言梨花院落，为当日别泪同弹处，今踪迹遥分，只能借一缕梦痕，向旧日回廊绕遍，重认衫边泪点。此三语情辞俱到。张功甫称其“织绡泉底，……夺苕艳于春景”者也。

点绛唇

六月十四夜，与社友泛湖过西陵桥，已子夜矣。

山月随人，翠蘋分破秋山影。钓船归尽。桥外诗心迥。

多少荷花，不盖鸳鸯冷。西风定。可怜潘鬓。偏浸秦台镜。

山影分波，写诗境之幽悄；观河面皱，感潘鬓之萧疏。荷花不护鸳鸯，犹广厦难庇寒士。四十字无字不工，如手折琼枝，片片皆美玉也。

青玉案

蕙花老尽离骚句。绿染遍、江头树。日暝酒消听骤雨。青榆钱小，碧苔钱古。难买东君住。

官河不碍遗鞭路。被芳草、将愁去。多定红楼帘影暮。兰灯初上，夜香初炷。犹是听鹦鹉。

同在春风骀荡之中，牢愁者榆苔钱小，难买春光；欢娱者香暖灯明，闲调鹦鹉，欣戚之不同如是。犹之“冠盖满京华，斯人独憔悴”，不知红楼帘影中人，其念及酒消听雨者耶？

湘江静

暮草堆青云浸浦。记匆匆、倦篙曾驻。渔榔四起，沙鸥未落，怕愁沾诗句。碧袖一声歌，石城怨、西风随去。沧波荡晚，菰蒲弄秋，还重到、断魂处。

酒易醒，思正苦。想空山、桂香悬树。三年梦冷，孤吟意短，屡烟钟津鼓。屐齿厌登临，移灯后、几番凉雨。潘郎渐老，风流顿减，闲居未赋。

此词纯写旅怀。“碧袖”二句如寒江闻笛，声声哀怨。下阕以作客之孤身，况历三年之久，烟钟津鼓，屡换关河，倦登王粲之楼，未卜潘郎之宅，烟尘长望，衰飒摧颜矣。

玲珑四犯

雨入愁边，翠树晚无人，风叶如剪。竹尾通凉，却怕小帘低卷。孤坐便怯诗悭，念俊赏、旧曾题遍。更暗尘、偷锁鸾镜，心事屡羞团扇。

卖花门馆生秋草，怅弓弯、几时重见。前欢尽属风流梦，天共朱楼远。闻道秀骨病多，难自任、从来恩怨。料也和前度，金笼鹦鹉，说人情浅。

值凉风如剪之时，孤吟感旧，已觉伤怀，况扇掩镜昏，愈形依黯。下阕不言己之负人，乃言对方怨我情浅，且托诸鹦鹉，而恩怨尔汝，又出于多病之人。屈曲写来，如帆随湘转，可见词心之细。

八归

秋江带雨，寒沙萦水，人看画楼愁独。烟蓑散响惊诗思，还被乱鸥飞去，秀句难续。冷眼尽归图画上，认隔岸、微茫云屋。想半属、渔市樵村，欲暮竟然竹。

须信风流未老，凭谁持酒，慰此凄凉心目。一鞭南陌，几篙官渡，赖有歌眉舒绿。只匆匆远眺，早觉闲愁挂乔木。应难禁、故人天际，望彻淮山，相思无雁足。

旅泊怀人之际，烟蓑响雨，惊起闲鸥，搅人诗思，写景幽悄。诗既未成，惟有远眺江山天然图画，以消遣闷怀。“微茫云屋”四字有东坡“屋小如渔舟，濛濛云水外”诗意。下阕虽换一境，亦即前意。频岁山程水驿，到处迁流，野店闻歌，孤篷听水，同是解客途之岑寂；但望断淮山，而故人天际，仍莫慰其客愁也。

齐天乐　白发

秋风早入潘郎鬓，斑斑遽惊如许。软雪侵梳，晴丝拂领，栽满愁城深处。瑶簪漫妒。便羞插宫花，自怜衰暮。尚想春情，旧吟凄断茂陵女。

人间公道惟此，叹朱颜也恁，容易堕去。涅了重缁，搔来更短，方悔风流相误。郎潜几缕。渐疏了铜驼，俊游俦侣。纵有黟黟，奈何诗思苦。

上、下阕之前五句，皆专咏“白发”，其感怀皆在后幅。“宫花”二句春婆梦醒，功名同内翰之悲；“春情”二句卓女炉空，遗迹等黄门之悼，旧愁并赴，宜其满鬓星星矣。下阕“风流”四句，老年则朋辈无存，欲如昔日之铜驼巷陌，载酒寻芳，安得重招俊侣耶？

前调　赋橙

犀纹隐隐莺黄嫩，篱落翠深偷见。细雨重移，新霜试摘，佳处一年秋晚。荆江未远。想橘友荒凉，木奴嗟怨。就说风流，草泥来趁蟹螯健。

并刀寒映素手，醉魂沉夜饮，曾倩排遣。沆瀣含酸，金罂裹玉，蔌蔌吴盐轻点。瑶姬齿软。待惜取团圆，莫教分散。入手温存，帕罗香自满。

咏物词宜虚实兼写，此调上段前五句、下段前六句皆实赋“橙”字。“橘友”“蟹螯”四句借宾陪主，“瑶姬”五句寓人于物，便生情思，兼写闺情入细，下语殊精。

前调　中秋宿真定驿

西风来劝凉云去，天东放开金镜。照野霜凝，入河桂湿，一一冰壶相映。殊方路永。更分破秋光，尽成悲境。有客踌躇，古庭空自吊孤影。

江南朋旧在许，也怜天际远，诗思谁领。梦断刀头，书开蛩尾，别有相思随定。忧心耿耿。对风鹊残枝，露蛩荒井。斟酌姮娥，九秋宫殿冷。

南宋词人，在渡江初者，每有汴洛之思。在末造者，每有周原之感。梅溪宦辙，未尝奉使北行，此殆客途经真定而作。既怀江左朋交，更凭吊秋风遗殿，残枝荒井，一片凄音，为集中所仅有。

秋霁

江水苍苍，望倦柳愁荷、共感秋色。废阁先凉，古帘空暮，雁程最嫌风力。故园信息。爱渠入眼南山碧。念上国。谁是、脍鲈江汉未归客。

还又岁晚、瘦骨临风，夜闻秋声、吹动岑寂。露蛩悲、清灯冷屋。翻书愁上鬓毛白。年少俊游浑断得。但可怜处，无奈冉冉魂惊，采香南浦，剪梅烟驿。

因秋至而动归思，集中《满江红》有“好领青衫”句，

《齐天乐》有“郎潜几缕”句，此词亦在宦游时思归而作耶？废阁古帘，写景极苍凉之思。下阕冷屋摊书，故交零落，虽剪梅采绿，风物依然，而俊游云散，惟孤秀自馨耳。《梅溪词》一卷，毛氏丛刻外，绝少单行。临桂王鹏运取周稚圭、戈顺卿二家所选，校订重刻之。卷首有嘉泰时张功甫序，称其词有“瑰奇、警迈、清新、闲婉之长，而无訑荡[1]污淫之失，端可以分镳清真，平睨方回”。其推许甚至。今所选释外，尚有佳句。如《恋绣衾》词云：“愁便是、秋心也，又随人、来到画楼。”“瘦骨怕、红绵冷，记年时、斗帐夜分。”《玲珑四犯》云：“轻梦听彻风蒲，又散入、楚空清晓。问世间、愁在何处，不离淡烟芳草。”《贺新郎》云：“匝岸烟霏吹不断，望楼阴、欲带朱桥影。和草色，入轻暝。”“落日年年宫树绿，堕新声、玉笛西风劲。”为摘录于后。

高观国十六首

临江仙

风月生来人世，梦魂飞堕仙津。青春日日醉芳尘。一鞭花陌晓，双桨柳桥春。

前度诗留醉袖，昨宵香浥罗巾。小姬飞燕是前

---

① 訑荡：浅薄放荡。

身。歌随流水咽，眉学远山颦。

作绮艳语须含雅度，此作后二句情景交融，不加雕缋，尤有余味。

齐天乐

碧云缺处无多雨，愁与去帆俱远。倒苇沙闲，枯兰砌冷，寥落寒江秋晚。楼阴纵览。正魂怯清吟，病多依黯。怕挹西风，袖罗香自去年减。

风流江左久客，旧游得意处，朱帘曾卷。载酒春情，吹箫夜约，犹忆玉娇香软。尘栖故苑。叹璧月空檐，梦云飞观。送绝征鸿，楚峰烟数点。

竹屋词无一平笔，跃冶精金，字字皆锤炼而出。此调起笔便迥绝恒蹊，以下语皆秀峻。“袖罗”“西风”句新思密意，尤为擅场。下阕追忆旧游，有小杜扬州之感。结句废苑尘凝，楚峰烟淡，望彼美于遥天，对苍茫而独立，宜其“魂怯清吟”也。

贺新郎 赋梅

月冷霜袍拥。见一枝、年华又晚，粉愁香冻。云隔溪桥人不度，的皪春心未纵。清影怕、寒波摇动。更没纤毫尘俗态，倚高情、预得春风宠。沉冻蝶，挂幺凤。

一杯正要吴姬捧。想见那、柔酥弄白，暗香偷送。回首罗浮今在否，寂寞烟迷翠栊。又争奈、桓伊三弄。开遍西湖春意烂，算群花、正作江山梦。吟思怯，暮云重。

赋梅花者，白石之《暗香》《疏影》，群推绝调。宋人咏梅词夥矣，各有侔色揣称之工。此词如太华霜钟，发尘外清响。上阕写梅之将开，押“拥”“纵”“宠”三韵，独标新警。下阕咏梅开，而罗浮惊翠羽之啼，江上感桓伊之弄，若即若离，寄情绵远。“群花”句致慨尤深，当严风盛雪，玉骨孤撑，俯视春山万卉，皆在酣梦之中，作者其借梅自喻耶！

玉蝴蝶 秋思

唤起一襟凉思，未成晚雨，先做秋阴。楚客悲残，谁解此意登临。古台荒、断霞斜照，新梦黯、微月疏砧。总难禁。尽将幽恨，分付孤斟。

从今。倦看青镜，既迟勋业，可负烟林。断梗无凭，岁华摇落又惊心。想莼汀、水云愁凝，闲蕙帐、猿鹤悲吟。信沉沉。故园归计，休更侵寻。

因秋至而感怀，不作怨尤语，亦不作出世想，归志浩然，句工而音雅，宜《草堂集》选此一调。人谓竹屋与邦卿相伯仲。陈造序其词，谓妙处即少游、美成亦未及。余谓可拟

“翡翠兰苕”，未可“掣鲸鱼于碧海”也。

齐天乐　中秋夜怀梅溪

晚云知有关山念，澄霄卷开清霁。素影分中，冰盘正溢，何啻婵娟千里。危阑静倚。正玉管吹凉，翠觞留醉。记约清吟，锦袍初唤醉魂起。

孤光天地共影，浩歌谁与舞，凄凉风味。古驿烟寒，幽垣梦冷，应念秦楼十二。归心对此。想斗插天南，雁横辽水。试问姮娥，有愁能为寄。

竹屋词非特措语精粹，诵此调令人增友谊之重。张叔夏极称其词，谓可与白石、梦窗、梅溪并驾。其《金人捧露盘》词“新愁万斛，为春瘦、却怕春知”，《祝英台近》词“惊愁搅梦，更不管、庾郎心碎”，皆称警句。

兰陵王　春雨

洒尘阁。幂幂天垂似幕。春寒峭，吹断万丝，湿影和烟暗帘箔。清愁晓来觉。佳景愔愔过却。芳郊外，莺恨燕愁，不管秋千冷红索。

行云楚台约。念今古凝情，朝暮如昨。啼红湿翠春情薄。漫一犁江上，半篙堤外，勾引轻阴趁暮角。正孤绪寂寞。

斑驳。止还作。听点点檐声，沉沉春酌。只愁

入夜东风恶。怕催教花放，趁将花落。溟濛烟草，
梦正远，恨怎托。

赋春雨而景与人合咏。前段“晓来”句惜春色之蹉跎，尚是虚写。中段起句已转入怀人。“啼红”句更进一层。“江上”“堤外”二句写离思兼带雨意，情景并到。三段“入夜东风”句笔意开拓。清真《兰陵王》词中段之“梨花榆火催寒食”、三段之“斜阳冉冉春无极”皆用顿挫之笔，其下自迎刃而解。此调“啼红”及“东风”二句皆在中段着力，与清真相似。且“楚台”句用襄王事，“春酌”句用杜陵诗，以“暮”字、“檐”字点明之，关合“雨”字，可见词心之细。

御街行　赋轿

藤筠巧织花纹细。称稳步、如流水。踏青陌上雨初晴，嫌怕湿、文鸳双履。要人送上，逢花须住，才过处、香风起。

裙儿挂在帘儿底。更不把、窗儿闭。红红白白簇花枝，恰称得、寻春芳意。归来时晚，纱笼引道，扶下人微醉。

此题咏之者绝少。“稳步流水”句状舁夫之技能，“逢花须住”与开窗四盼等句，状乘轿者之闺情，且陌上遇雨及归途扶醉，皆需轿之由也。

前调　赋帘

香波半窣深深院。正日上、花阴浅。青丝不动玉钩闲，看翠额、轻笼葱茜。莺声似隔，篆烟微度，爱横影、参差满。

那回低挂朱阑畔。念闷损、无人卷。窥春偷倚不胜情，仿佛见、如花娇面。纤柔缓揭，瞥然飞去，不似春风燕。

赋本题仅“玉钩”“翠额”及“横影”三句，余皆从旁面着想。“莺声”二句在虚处咏“帘”入细。转头处虽仅言帘垂不卷，而笔意已注帘内之人，故下云仿佛见之，神光离合，仍由“帘”字生情。结句余思尤长。

玲珑四犯

水外轻阴，做弄得飞云，吹断晴絮。驻马桥西，还系旧时芳树。不见翠陌寻春，漫问着、小桃无语。恨燕莺、不识闲情，却隔乱红飞去。

少年曾失春风意，到如今、怨恨难诉。魂惊冉冉江南远，烟草愁如许。此意待写翠笺，奈断肠、都无新句。问甚时、舞凤歌鸾，花里再看仙侣。

驻马重游，而言还系芳树；旧人不见，而言问花无语，皆见词心婉妙。转头处“少年”以下四句，寄怀缥缈，朱竹坨所谓“空中传恨”也。“翠笺”“断肠”二句为此篇擅胜处。结句虽应有之意，稍嫌说尽。

解连环 柳

露条烟叶。惹长亭旧恨，几番风月。爱细缕、先窣轻黄，渐拂水藏鸦，翠阴相接。纤软风流，眉黛浅、三眠初歇。奈年华又晚，萦绊游蜂，絮飞晴雪。

依依灞桥怨别。正千丝万绪，难禁愁绝。怅岁久、应长新条，念曾系花骢，屡停兰楫。弄影摇晴，恨闲损、春风时节。隔邮亭、故人望断，舞腰瘦怯。

凡咏物词，大都先赋物，后言情。此调上阕固专咏柳，下阕因柳感怀，而仍由“柳”字发挥。结句怀友而归至本题，不黏不脱。咏柳题本非难，佳处在细腻熨贴而仍萦拂有情也。

烛影摇红

别浦潮平，远村帆落烟江冷。征鸿相唤着行飞，不耐霜风紧。雪意垂垂未定。正惨惨、云横疏影。酒醒情绪，日晚登临，凄凉谁问。

行乐京华，软红不断香尘喷。试将心事卜归期，终是无凭准。寥落年华将尽。误玉人、高楼凝恨。第一休负，西子湖边，江梅春信。

前半虽仅言水程风物，而云寒风紧，正客心孤迥之时。竹屋为山阴人，故下阕之起、结句，皆追忆临安，况归计稽迟，而伊人洄溯，宜其日晚登临，客愁未际矣。结处“江梅”二句与姜白石《长亭怨慢》调“第一是、早早归来，怕红萼、无人为主”思致相似。

喜迁莺

凉云归去。再约着，晚来西楼风雨。水静帘阴，鸥闲菰影，秋到露汀烟浦。试省唤回幽恨，尽是愁边新句。倦登眺，动悲凉还在，残蝉吟处。

凄楚。空见说，香锁雾扃，心似秋莲苦。宝瑟弹冰，玉台窥月，浅黛可怜偷聚。几时翠沟题叶，无复绣帘吹絮。鬓华晚，念庾郎情在，风流谁与。

上阕残秋风雨，一片凄迷，有愁到鸥边之感。下阕为伊人写怨，已极哀艳，况绣帘人远，应愁损庾郎矣。玉田评宾王词云：“特立清新之意，删削靡曼之词，自成一家。”

卜算子 泛西湖坐间寅斋同赋

屈指数春来，弹指惊春去。檐外蛛丝网落花，也要留春住。

几日喜春晴，几夜愁春雨。十二雕窗六曲屏，题遍伤春句。

前四句未脱送春恒径，其着意在末句题遍屏窗，可见乱愁无次，不仅伤春也。

少年游　草

春风吹碧，春云映绿，晓梦入芳裀。软衬飞花，远随流水，一望隔香尘。

萋萋多少，江南旧恨，翻忆翠罗裙。冷落闲门，凄迷古道，烟雨正愁人。

“飞花”“流水”三句咏草固工，兼寓“春随人远”之感。后幅闲门古道，怀古伤今，百端交集，若平子之工愁矣。

祝英台近　荷花

拥红妆，翻翠盖，花影暗南浦。波面澄霞，兰艇采香去。有人水溅红裙，相招晚醉，正月上、凉生风露。

两凝伫。别后歌断云闲，娇姿黯无语。魂梦西风，端的此心苦。遥想芳脸轻颦，凌波微步，镇输与、沙边鸥鹭。

此借荷花而忆赏荷之人。“兰艇”句以下才逢旋别，去住关情。“西风”“心苦”句仍映带荷花。结处“微步”“轻颦”，能领略者，惟香边鸥鹭，亦人与花关合，非专咏荷花也。

清平乐

春芜雨湿。燕子低飞急。云压前山群翠失。烟水满湖轻碧。

小莲相见湾头。清寒不到青楼。请上琵琶弦索，今朝破得春愁。

燕因避雨而急飞，押“急”字韵颇工。“云压”句有少陵“归云拥树失山村”诗意。下阕纵极清寒，而青楼人不觉，一拂冰弦，万愁尽破，弹者可字作莫愁，听曲者亦破颜一笑矣。

林正大一首

满江红

为忆当时，沉醉里、青楼弄月。闲想像、绣帷珠箔，魂飞心折。羞向姮娥谈旧事，几经三五盈还缺。望翠眉、蝉鬓一天涯，伤离别。

寻昨梦，巫云结。流别泪，湘江咽。对花深两岸，忽添悲切。试与含愁弹绿绮，知音不遇弦空绝。

忽窗前、一夕寄相思，梅花发。

林著有《风雅遗音》，为嘉泰间词人。此词括卢仝《有所思》诗意，笔颇清老，而少骀荡夷犹之致。

岳珂二首

满江红

小院深深，悄镇日、阴晴无据。春未足、闺愁难寄，琴心谁与。曲径穿花寻蛱蝶，虚阑傍日教鹦鹉。笑十三、杨柳女儿腰，东风舞。

云外月，风前絮。情与恨，长如许。想绮窗今夜，与谁凝伫。洛浦梦回留珮客，秦楼声断吹箫侣。正黄昏、时候杏花寒，廉纤雨。

作《满江红》词者，多咏事感怀。倦翁乃倚高抗之调，写掩抑之意。上阕就彼姝着想，“曲径”“虚阑”等句见春昼之无聊。下阕彼此两面合写，风情凄婉。歇拍处与清真《瑞龙吟》结句“纤纤池塘飞雨”意境相似。

祝英台近　登多景楼

瓮城高，盘径近。十里筝舆稳。欲驾还休，风雨苦无准。古来多少英雄，平沙遗恨。又总被、长江流尽。

倩谁问。因甚衣带中分，吾家自畦畛。落日潮头，漫写属镂愤。断肠烟树扬州，兴亡休论。正愁尽、河山双鬓。

《京口三山志》谓此词系登多景楼作。珂为忠武王之孙，宜其北望神州，有属镂遗恨也。珂与张功甫、张叔夏皆以南渡王孙而工词翰，珂著述尤富。

严仁八首

水龙吟　题盱江伟观

城头杰观峥嵘，重阑下瞰苍龙脊。镂珉盘础，雕檀竦栾，玲珑金碧。华子冈头，麻源谷口，神仙窟宅。道至今清夜，月明风冷，常隐隐、闻笙笛。

翠壁烟霞缥缈，更寒泉、飞空千尺。数峰江上，孤舟天际，夕阳红湿。抖擞征尘，浩然长啸，跨青鸾翼。向凤冈西望，遥酾斗酒，酹文章伯。

先就伟观之建筑及地望仙踪，次第写来，应有尽有，笔亦朗健。下阕气局展拓，“数峰”三句写景浑成，“夕阳红湿”四字尤佳。结句乃为山下故友之墓而作也。

鹧鸪天 闺情

高杏酣酣出短墙。垂杨袅袅蘸池塘。文鸳藉草眠春昼，金鲫吹波弄夕阳。

闲倚镜，理明妆。自翻银叶炷衙香。鸣鞭已过青楼曲，不是刘郎定阮郎。

词为闺情而作，故“文鸳”“金鲫”等句写景妍秀，与题相称。下阕结句有“过尽千帆皆不是”之感，宜其倚镜焚香，不胜怅惘也。

南柯子

柳陌通云径，琼梳启翠楼。桃花纸薄渍冰油。记得年时，诗句为君留。

晓绿千层出，春红一半休。门前溪水泛花流。流到西州，犹是故家愁。

花笺留句，有“长毋相忘”之意。“晓绿”二句状残春景物颇工。结句含情无际。尚有《一落索》调，结句云：“一春不忍上高楼，为怕见、分携处。”黄叔旸谓次山词“极能道闺闱之趣”。

菩萨蛮　双溪亭

征鸿点破空云碧。丹霞染出新秋色。返照落平洲。半江红锦流。

风清渔笛晚。寸寸愁肠断。寄语笛休横。只消三两声。

“返照”二句有“一道残阳铺水中，半江瑟瑟半江红”诗意。结句工于言愁，如听巫峡哀猿之啸，所谓不待第三声也。

玉楼春

春风只在园西畔。荠菜花繁蝴蝶乱。冰池晴绿照还空，香径落红吹已断。

意长翻恨游丝短。尽日相思罗带缓。宝奁如月不欺人，明日归来君试看。

明镜照愁，常语也。作者“宝奁”七字，古意深思，独标新警。

一落索

清晓莺啼红树。又一双飞去。日高花气扑人来，独自价、伤春无绪。

别后暗宽金缕。倩谁传语。一春不忍上高楼，为怕见、分携处。

黄叔旸谓次山词“极能道闺闱之趣”。观此调后二句，洵如其评语。

鹧鸪天

一曲危弦断客肠。津桥捩柁转牙樯。江心云带蒲帆重，楼上风吹粉泪香。

瑶草碧，柳芽黄。载将离恨过潇湘。请君看取东流水，方识人间别意长。

以“江心”“楼上”对举，离怀自见。以句法论，在晚唐律诗中亦是佳联。结处“东流水”二句虽从唐人“请君试问东流水，别意与之谁短长”诗句脱化，而用其意作此词结句，颇有远韵。

前调

行尽春山春事空。别愁离恨满江东。三更鼓润官楼雨，五夜灯残客舍风。

寒淡淡，晓胧胧。黄鸡催断丑时钟。紫骝嚼勒金街响，冲破飞花一道红。

“鼓润”“灯残”二语浑成而含凄韵。结处二语写送别而以新丽出之，自非弱手。

严参一首

沁园春　题吴明仲竹坡

竹焉美哉，爱竹者谁，曰君子欤。向佳山水处，筑宫一亩，好风烟里，种玉千余。朝引轻霏，夕延凉月，此外尘埃一点无。须知道，有乐其乐者，吾爱吾庐。

竹之清也何如。应料得、诗人清矣乎。况满庭秀色，对拈彩笔，半窗凉影，伴读残书。休说龙吟，莫言凤啸，且道高标谁胜渠。君试看，正绕坡云气，似渭川图。

通首咏竹坡，一气旋折，与稼轩、龙洲相似。

刘克庄九首

满江红

夜雨凉甚，忽动从戎之兴。

金甲雕戈，记当日、辕门初立。磨盾鼻、一挥千纸，龙蛇犹湿。铁马晓嘶营壁冷，楼船夜渡风涛急。有谁怜、猿臂故将军，无功级。

平戎策，从军什。零落尽，慵收拾。把《茶经》《香传》，时时温习。生怕客谈榆塞事，且教儿诵《花间集》。叹臣之壮也不如人，今何及。

后村在淳祐间，邀文名久著，史学尤精，受宸赏，负一时人望。所撰《别调》一卷，杨升庵谓其“壮语足以立懦”。此词上阕言功成不赏，下阕言老厌谈兵，雕戈、铁马，曾夸射虎之英雄；《香传》《茶经》，愿作骑驴之居士，应笑拔剑斫地者，未消块垒也。

清平乐

顷枉维扬，陈师文参议家舞姬绝妙，赋此。

宫腰束素。只怕能轻举。好筑避风台护取。莫遣惊鸿飞去。

一团香玉温柔。笑颦俱有风流。贪与萧郎眉语，不知舞错伊州。

上阕惜其轻盈，有杜牧诗“向春罗袖薄，谁念舞台风”之意。下阕窥其衷曲，有李端诗“欲得周郎顾，时时误拂弦”之意。后村词大率与辛稼轩相类，人称其雄力足以排奡，此词独标妩媚，殆如忠简梨涡、欧阳江柳耶？

沁园春 梦方孚若

何处相逢，登宝钗楼，访铜雀台。唤厨人斫就，东溟鲸鲙，圉人呈罢，西极龙媒。天下英雄，使君与操，余子谁堪共酒杯。车千乘，载燕南代北，剑客奇材。

饮酣鼻息如雷。谁信被、晨鸡催唤回。叹年光过尽，功名未立，书生老去，机会方来。使李将军，遇高皇帝，万户侯何足道哉。推衣起，但凄凉感旧，慷慨生哀。

人若具此健笔，胸中当磊落不平时，即泼墨倾写，亦一快事。宋人评东坡词，为以作论之笔为词，后村殆亦同之。

前调　寄九华叶贤良

一卷阴符，二石硬弓，百斤宝刀。更玉花骢喷，鸣鞭电抹，乌丝阑展，醉墨龙跳。牛角书生，虬须豪客，谈笑皆从折简招。依稀记，曾请缨系粤，草檄征辽。

当年目视云霄。谁信道凄凉今折腰。怅燕然未勒，南归草草，长安不见，北望迢迢。老去胸中，有些磊块，歌罢犹须着酒浇。休休也，但帽边鬓减，镜里颜凋。

笔锋犀利，若并刀剪水；音节高抗，若霜夜鸣笳，临风高咏，千载下如闻叹息声也。

贺新郎　郡会闻妓歌有感

妾出于微贱。少年时、朱弦弹绝，玉笙吹遍。粗识国风关雎乱，羞学流莺百啭。总不涉、闺情春怨。谁向西邻公子说，要珠鞍、迎入梨花院。身未动，意先懒。

主家十二楼连苑。那人人、靓妆按曲，绣帘初卷。道是画堂箫管唱，笑杀街坊拍衮。回首望、侯门天远。我有平生离鸾操，颇哀而不愠微而婉。聊一奏、更三叹。

以天涯沦落之身，而申礼自持若是，似寒梅一枝，独立于盛雪严风之际，较商妇琵琶，别有一种感叹。托彼美以通辞，表余心之高洁，如怨如诉，绝妙词也。

满江红　二月二十四夜，饮海棠花下作

老子年来，颇自许、心肠铁石。尚一点、消磨未尽，爱花成癖。懊恼每嫌寒勒住，丁宁莫被晴烘坼。奈暄风、烈日太无情，如何得。

张画烛，频频惜。凭素手，轻轻摘。更一番风过，彩云无迹。今夕不来花下饮，明朝空向枝头觅。对残红、满院杜鹃啼，添愁寂。

起四句便表出惜花本意，下阕有莫折空枝之感。以抗爽之笔，写芳悱之怀，若剑器舞公孙，刚健与婀娜相杂也。

清平乐　五月十五夜玩月

风高浪快。万里骑蟾背。曾识姮娥真体态。素面元无粉黛。

身游银阙珠宫。俯看积气濛濛。醉里偶摇桂树，人间唤作凉风。

一扫咏月陈言，奇逸之气，见于楮墨。

长相思　惜梅

寒相催。暖相催。催了开时催谢时。丁宁花放迟。
角声吹。笛声吹。吹了南枝吹北枝。明朝成雪飞。

花开便落，莫如不开，佛氏所谓无得亦无失也。词为惜花，而殊有悟境。转头处二句以角声、笛声中皆有落梅之曲，词家屡用之。

生查子　元夕戏陈敬叟

繁灯夺霁华，戏鼓侵明发。物色旧时同，情味中年别。
浅画镜中眉，深拜楼西月。人散市声收，渐入愁时节。

后村序《陈敬叟集》云："旷达如列御寇、庄周，饮酒如阮嗣宗、李太白，笔札如谷子云，行草篆隶如张颠、李潮，乐府如温飞卿、韩致光。"推许甚至。此词云戏赠者，殆以敬叟之旷达，而情入中年，易萦旧感，人归良夜，渐入愁乡，其襟怀亦不异常人，故戏赠之。

郑觉斋一首

扬州慢　琼花

弄玉轻盈，飞琼淡泞，袜尘步下迷楼。试新妆才了，炷沉水香球。记晓剪、春冰驰送，金茎露湿，缇骑星流。甚天中月色，被风吹梦南州。

樽前相见，似羞人、踪迹萍浮。问弄雪飘枝，无双亭上，何日重游。我欲缠腰骑鹤，烟霄远、旧事悠悠。但凭阑无语，烟花三月春愁。

此调与施芸隐作同工而异曲。起数语即由本题发挥，且人与花合写。“缇骑”“驰送”数句，隋宫逸事，类蜀道之送荔支[1]。下阕无双亭上陈迹依依，“樽前”及“烟花”等句隐有人在，殆名花倾国，皆在回忆中也。

---

① 荔支：即“荔枝”。

宋自逊一首

蓦山溪　自述

壶山居士，未老心先懒。爱学道人家，办竹几、蒲团茗碗。青山可买，小结屋三间，开一径，俯清溪，修竹栽教满。

客来便请，随分家常饭。若肯小留连，更薄酒、三杯两盏。吟诗度曲，风月任招呼，身外事，不关心，自有天公管。

作旷达语，宋词中每见之。此词擅胜者，在笔气疏爽直达，结句尤为见道语，惟其信天任命，始能达观，非矫情也。

刘子寰一首

沁园春　西岩三涧

云壑泉泓，小者如杯，大者如罂。更石筵平莹，宽容数客，淙流回激，环绕飞觥。三涧交流，两崖悬瀑，捣雪飞霜落翠屏。经行处，有丹荑碧草，古木苍藤。

徘徊却倚山楹。笑山水、娱人若有情。见旁回侧转，峰峦叠叠，欲穷还有，岩谷层层。仰视云间，茅茨鸡犬，疑有仙家来避秦。青林表，望烟霞缥缈，隐隐鸾笙。

上阕咏泉源飞瀑，能曲状泉石之胜。下阕但写山景。昔年行秦、晋深山中，峰回路转，百折不穷，仰见山民屋宇，参差出烟霭中，此词能写出之。

李昴英一首

兰陵王

燕穿幕。春在深深院落。单衣试、龙沫旋薰，又怕东风晓寒薄。别来情绪恶。瘦得腰围柳弱。清明近、正似海棠，怯雨芳踪任飘泊。

钗留去年约。恨易老娇莺，多误灵鹊。碧云杳渺天涯各。望不断芳草，更迷香絮，回文强写字屡错。泪欲注还阁。

孤酌。住春脚。便彩局谁伙，宝轸慵学。阶除拾取飞花嚼。是多少春恨，等闲吞却。猛拍阑干，叹命薄，悔旧诺。

文溪以送王太守词得名，叔旸称为“词家射雕手”。杨用修则极称《兰陵王》一首，谓“可并秦、周”。

吴文英五十四首

八声甘州　陪庾幕诸公游灵岩

渺空烟四远，是何年、青天坠长星。幻苍崖云树，名娃金屋，残霸宫城。箭径酸风射眼，剑水染花腥。时靸双鸳响，廊叶秋声。

宫里吴王沉醉，倩五湖倦客，独钓醒醒。问苍波无语，华发奈山青。水涵空、阑干高处，送乱鸦、斜日落渔汀。连呼酒，上琴台去，秋与云平。

梦窗词近三百首，《绝妙好词》选十六调，以此调冠首。弁阳翁题句以“犹想乌丝醉墨，惊俊语香红围绕”及“依旧故人怀抱”称之，可见相知之深。此调起笔警拔，谓奇峰自天际飞来。第三句以“幻”字点醒之，其笔势亦如长星坠空也。“名娃”二句有儿女英雄同归冥漠之感。其地有箭径、剑水，故用“射”字、“腥”字以映带之，而归到响屧，以秋声寓怀古之意。

其下咏吴宫往事，醒醉相形，写以轻笔，即承以水碧山青，发苍凉之慨。结尾四句如霜天晓角，愈转愈高，宜“秋与云平”二语，推为警句也。

霜花腴 重阳前一日泛石湖

翠微路窄，醉晚风、凭谁为整欹冠。霜饱花腴，烛消人瘦，秋光做也都难。病怀强宽。恨雁声、偏落歌前。记年时、旧宿凄凉，暮烟秋雨野桥寒。

妆靨鬓英争艳，度清商一曲，暗坠金蝉。芳节多阴，兰情稀会，晴晖称拂吟笺。更移画船。引佩环、邀下婵娟。算明朝、未了重阳，紫萸应耐看。

此自度曲也。起三句有英俊气。“霜饱”句凡咏菊者无人道及。“烛消”句善写秋怀，此八字为篇中骊珠，“花腴”而“人瘦”，故以“秋光难做”承之。“野桥秋雨”乃追忆旧游。下阕赋舟中歌妓。“芳节”数语谓九日每多阴雨，喜值新晴，小舫听歌，更饶逸兴。篇终述及明朝，为纪重阳前一日也。张玉田“题霜花腴卷后”谓“独怜水楼赋笔”“润墨空题”，殊有“曲终人远”之思。《梦窗四稿》首录此二词者，为公谨、玉田所推重也。

风入松

听风听雨过清明。愁草瘗花铭。楼前绿暗分携路，一丝柳、一寸柔情。料峭春寒中酒，交加晓梦啼莺。

西园日日扫林亭。依旧赏新晴。黄蜂频扑秋千索，有当时、纤手香凝。惆怅双鸳不到，幽阶一夜苔生。

“丝柳”七字写情而兼录别，极深婉之思。起笔不遽言送别，而伤春惜花，以闲雅之笔引起愁思，是词手高处。“黄蜂”二句于无情处见多情，幽想妙辞，与“霜饱花腴”“秋与云平”皆稿中有数名句。结处“幽阶”六字，在神光离合之间，非特情致绵邈，且余音袅袅也。

西江月 赋瑶圃青梅枝上晚花

枝袅一痕雪在，叶藏几豆春浓。玉奴最晚嫁东风。来结梨花幽梦。

香力添熏罗被，瘦肌犹怯冰绡。绿阴青子老溪桥。羞见东邻娇小。

词借晚花为喻，言着花已过芳时，纵勉及残春，自惜香微而肌瘦，乃隐寓士不遇之感。老去冯唐，鬓丝看镜，遇娇小邻姬，能无羞见耶？

声声慢

陪幕中饯孙无怀于郭希道池亭，闰重九前一日。

檀栾金碧，婀娜蓬莱，游云不蘸芳洲。露柳霜莲，十分点缀成秋。新弯画眉未稳，似含羞、低护墙头。愁送远，驻西台车马，共惜临流。

知道池亭多宴，掩庭花长是，惊落秦讴。腻粉阑干，犹闻凭袖香留。输他翠涟拍甃，瞰新妆、时浸明眸。帘半卷，带黄花、人在小楼。

此调为闰重九饮郭园而作。《梦窗乙稿·绛都春》自序云：“余往来清华池馆六年，……感昔伤今，益不堪怀。”其词有“尚追想凌波微步。小楼重上，凭谁为唱，旧时金缕”句。又《花心动》调咏“郭清华新轩”有“应时锁蛛丝，浅虚尘榻”“半窗掩，日长困生翠睫”句。郭园当即郭清华池馆，人与地俱不可考。此词上阕叙残秋风物，归到送远。转头处追忆池馆歌筵之盛，翠水秋寒，朱阑人远，剩有一泓澄碧，曾照明眸，极写其怅惘之怀。歇拍二句为时传诵，“帘半卷”见境之幽悄，“带黄花”言人之淡逸，不仅以黄花映带重九。“小楼”句即《绛都春》之“小楼重上”，当是郭园实有此楼，今楼空人去，惆怅吴郎矣。

玉漏迟

絮花寒食路。晴丝罥日，绿阴吹雾。客帽欺风，愁满画船烟浦。彩挂秋千散后，怅尘锁、燕帘莺户。从闲阻。梦云无准，鬓霜如许。

夜久绣阁藏娇，记掩扇传歌，剪灯留语。月约星期，细把花须频数。弹指一襟怨恨，漫空倩、啼鹃声诉。深院宇。黄昏杏花微雨。

前半平叙芳春送别，笔轻而辞丽。后半“剪灯”“掩扇”，写情致之缠绵，“月约星期”怅归舟之迢递。“花须”句与“试把花卜归期，才簪又重数”词意相似，而以“弹指”两字承上五句，则旧情无数，刹那间已化春烟，积感重重，焉得逢人而语，诉愁者惟有啼鹃耳。“黄昏”六字作结句，能情景兼融，传神空际，乃词家秘钥也。○按此词或作赵闻礼词。

惜秋华　重九

细响残蛩，傍灯前似说，深秋怀抱。怕上翠微，伤心乱烟残照。西湖镜掩尘沙，翳晓影、秦鬟云绕。新鸿，唤凄凉、渐入红萸乌帽。

江上故人老。视东篱秀色，依然娟好。晚梦趁，邻杵断，乍将愁到。秋娘泪湿黄昏，又满城、雨轻风小。闲了。看芙蓉、画船多少。

此调佳处在起结。秋夜虫声，寻常意境，从残蛩着想，顿尔灵动。接以“乱烟残照”句，托想空阔。下阕“秋娘”四句，悲秋者泪洒黄昏，赏秋者画船闲却，皆若“吹皱一池春水，干卿底事”，而言愁欲愁，多情人别有怀抱也。

青玉案

短亭芳草长亭柳。记桃叶、烟江口。今日江村重载酒。残杯不到，乱红青冢，满地闲春绣。

翠阴曾摘梅枝嗅。还忆秋千玉葱手。红索倦将春去后。蔷薇花落，故园蝴蝶，粉薄残香瘦。

旗亭往事，已紫玉烟消，昔人“一滴何曾到九泉”句，语固沉痛，此词“残杯”“青冢”三句，同一荒茔酹酒，以蕴藉出之，沈伯时所谓词家“用字不可太露”也。下阕“秋千”句与稿中《风入松》之“黄蜂频扑秋千索”句同感。合两词观之，纤手曾扶，乃忆当年实事。余昔在巨宅，曾见庭院秋千之架，今都邑间久无此戏矣。结句五字殊雅。《乐府指迷》云：“（填词）下字欲其雅，不雅则近乎缠令之体”矣。

前调

新腔一唱双金斗。正霜落、分甘手。已是红窗人倦绣。春词裁烛，夜香温被，怕减银壶漏。

吴天雁晓云飞后。百感情怀顿疏酒。彩扇何时翻翠袖。歌边拚取，辞魂和梦，化作梅边瘦。

上阕回首当年之事。对酒闻歌以后，更红烛温香，何等风怀旖旎！乃雁断云飞以后，百感都来，既酒边人去，醉魂无着，只堪寄与梅花。与“约个梅魂，轻怜细语”句皆写无聊之思，绮语而兼幽想也。

好事近

飞露洒银床，叶叶怨梧啼碧。蕲竹粉连香汗，是秋来陈迹。

藕丝空缆宿湖船，梦阔水云窄。还系鸳鸯不住，老红香月白。

“飞露”二句寻常露滴梧桐，以字字矜炼出之，固经意之句，亦南宋名家之异于北宋处。“竹粉”二句陈迹犹存，而伊人已渺，故下阕接以怀人。柳丝系舟，词中所恒用，此“藕丝”二字殊新，只系湖船而不系鸳鸯。至香老月寒，长劳梦想，烟岛寒塘，自伤只影，等一鸾之羞舞矣。

唐多令

何处合成愁。离人心上秋。纵芭蕉、不雨也飕飕。都道晚凉天气好，有明月、怕登楼。

年事梦中休。花空烟水流。燕辞归、客尚淹留。

垂柳不萦裙带住，漫长是、系行舟。

首二句以“心上秋”合成“愁”字，犹古乐府之“山上复有山”，合成征人之“出”字。金章宗之“二人土上坐”，皆借字以传情，妙语也。“垂柳”二句与《好事近》词“藕丝缆船”同意。“明月”及“燕归”二句，虽诗词中恒径，而句则颇耐吟讽。张叔夏以“疏快”两字评之，殊当。

高阳台　落梅

宫粉雕痕，仙云堕影，无人野水荒湾。古石埋香，金沙锁骨连环。南楼不恨吹横笛，恨晓风、千里关山。半飘零、庭院黄昏，月冷阑干。

寿阳宫里愁鸾镜，问谁调玉髓，暗补香瘢。细雨归鸿，孤山无限春寒。离魂难倩招清些，梦缟衣、解珮溪边。最愁人、啼鸟晴明，叶底青圆。

起二句字字锤炼。以下“野水”三句言山野之“落梅”，“黄昏”二句言庭院之“落梅”。下阕言“寿阳”，言“孤山”，皆用梅花故事以渲染之。凡咏落花者，每借花以怀人，此则但赋“落梅”，虽词意凄然，正如《曝书亭词》所谓“一半是空中传恨”也。但“千里关山”句寓离索之思，“叶底青圆”句发蹉跎之悔，兼有“绿叶成阴子满枝”之感。论者谓梦窗言情诸作，皆为所眷彼姝而发，虽未必尽然，但此词当有所指。

朝中措

晚妆慵理瑞云盘。针线傍灯前。燕子不归帘卷，海棠一夜孤眠。

踏青人散，遗钿满路，雨打秋千。尚有落花寒在，绿杨未褪青绵。

“晚妆”二句就闺中而言，见孤闷之无俦；“踏青”二句就春游而言，见繁华之易散。两段皆后二句见本意。燕去空劳帘卷，有“锦衾独旦”之悲；青绵尚有余寒，有“翠袖佳人”之感。作者长于怨悱矣。

浪淘沙

灯火雨中船。客思绵绵。离亭春草又秋烟。似与轻鸥盟未了，来去年年。

往事一潸然。莫过西园。凌波香断绿苔钱。燕子不知春事改，时立秋千。

前半写作客情怀，宛转动人。况旧梦西园，凌波香断，则劳薪双足，益自伤矣。“燕立秋千”与“黄蜂频扑秋千索”句一若有知，一若无知，而感人怀抱则同。唐人诗“飞鸟不知陵谷变，朝来暮去弋阳溪”“庭树不知人去尽，春来还发旧时花”，一兴禾黍之悲，一寓故家之感。此词咏燕，则有悱恻之怀。无情之燕子，久看世态，似胜于人之有情；但万有终归寂灭，则无情与有情，亦彭殇一例耳。

高阳台　丰乐楼分韵得如字

修竹凝妆，垂杨驻马，凭阑浅画成图。山色谁题，楼前有雁斜书。东风紧送斜阳下，弄旧寒、晚酒醒余。自消凝、能几花前，顿老相如。

伤春不在高楼上，在灯前欹枕，雨外熏炉。怕舣游船，临流可奈清癯。飞红若到西湖底，搅翠澜、总是愁鱼。莫重来、吹尽香绵，泪满平芜。

此在丰乐楼与客分韵而作。楼居城市，而揽湖山之胜，为临安都中裙屐歌舞最盛处。前五句写登楼之景。“东风”数句言频年欢宴，竟日沉酣，不意容易春光，相如渐老。转头处以劲笔一折，承上老去意，推进一层，言不仅伤春易逝，而夜雨剪灯，怀人更切，倘有画舸人来，其奈此清癯之态何！“飞红”二句写愁极幽邃之思。昔人评韩昌黎“赤手拔鲸牙”句，谓诗心深入九渊，此句颇似之。楼为登临繁盛地，而词笔凄清如是，梦窗其秋士多悲耶？

思佳客

迷蝶无踪晓梦沉。寒香深闭小庭心。欲知湖上春多少，但看楼前柳浅深。

愁自遣，酒孤斟。一帘芳景燕同吟。杏花宜带斜阳看，几阵东风晚又阴。

梦窗词喜雕镌字句，间有晦滞处；亦尽有不着气力而含情韵者，此类是也。首二句不过事矜炼，遂觉深婉有味。下阕“燕同吟”三字颇新。花映夕阳，最为妍妙之景，而东风不许，掩以暮阴，令人怅悒。芳景易失，犹华年易老，题为《思佳客》，其咏花而有人在耶？

三姝媚　过都城旧居有感

湖山经醉惯。渍春衫啼痕，酒痕无限。又客长安，叹断襟零袂，涴尘谁浣。紫曲门荒，沿败井、风摇青蔓。对语东邻，犹是曾巢，谢堂双燕。

春梦人间须断。但怪得当年，梦缘能短。绣屋秦筝，傍海棠偏爱，夜深开宴。舞歇歌沉，花未减、红颜先变。伫久河桥欲去，斜阳泪满。

梦窗曾久客临安，重过故居，感而赋此。“啼痕”“酒痕”句与“泪痕和酒。占了双罗袖”词意正同。酒与泪并，为频年悲欢交集之证，语殊恻怆。“长安”三句素衣化缁，有少陵“憔悴京华”之慨。“紫曲”句以下，重过旧居，如梁燕还巢，井废蔓荒，写一片萧寥之状。下阕言早知春梦难长，但梦何太促。以下“秦筝”“夜宴”等语，乃追写春梦方酣之事，今独立斜阳，河桥花影依然，而朱颜老去，历历前尘，安得不感时溅泪耶！

齐天乐

新烟初试花如梦，疑收楚峰残雨。茂苑人归，秦楼燕宿，同惜天涯为旅。游情最苦。早柔绿迷津，乱莎荒圃。数树梨花，晚风吹堕半汀鹭。

流红江上去远，翠尊曾共醉，云外别墅。淡月秋千，幽香巷陌，愁结伤春深处。听歌看舞。驻不得当时，柳蛮樱素。睡起恹恹，洞箫谁院宇。

起二句写春暮风景，秀丽若奇花初胎。以燕喻客，寻常词意，用“茂苑”“秦楼”对偶语出之，顿不薄弱。“游情”句以下，“乱莎”“柔绿”，极状荒凉，正写出游情之苦。下阕皆言情。“秋千”“巷陌”，即当日共醉翠樽之地，而“淡月”“幽香”，徒留想象，眼底之舞衫歌扇，已非昔之樊口蛮腰，况别院箫声，如怨如慕，益枨触伤春情绪矣。“愁结”句回应上文春暮之景，章法周密。

前调

烟波桃叶西陵路，十年断魂潮尾。古柳重攀，轻鸥聚别，陈迹危亭独倚。凉飔乍起。渺烟碛飞帆，暮山横翠。但有江花，共临秋镜照憔悴。

华堂烛暗送客，眼波回盼处，芳艳流水。素骨凝冰，柔葱蘸雪，犹忆分瓜深意。清尊未洗。梦不湿行云，漫沾残泪。可惜秋宵，乱蛩疏雨里。

人当旧地重过，每生惆怅。况十年往事，潮上心头，古柳危亭，处处皆怀陈迹。以下若即咏怀人，便少回旋之地。“凉飔”五句从空际着笔，写临江风景，所谓情景两得也。下阕追忆别时，临歧千万语，只赢得青眸回盼。偶忆分瓜往事，细细写来，见余情之犹恋。后幅梦魂不到，清酯慵斟，但闻夜雨蛩声，洒一襟残泪耳。哀而不伤，自成雅调。

扫花游　送春古江村

水园沁碧，骤夜雨飘红，竟空林岛。艳春过了。有尘香坠钿，尚遗芳草。步绕新阴，渐觉交枝径小。醉深窈。爱绿叶翠圆，胜看花好。

芳架雪未扫。怪翠被佳人，困迷清晓。柳丝系棹。问阊门自古，送春多少。倦蝶慵飞，故扑簪花破帽。酹残照。掩重城、暮钟不到。

送春之句，稿中屡见。前六句写残春情景，工而不滞。“小”字韵咏新阴入细，“好”字韵有“绿阴幽草胜花时”之意。下阕意境开展，分三段写送春。晓窗慵起，言佳人之春倦；垂柳系舟，言春江之行客。而己则当此暮春，破帽簪花，孤踪寥落，惟有倦蝶相随，潦倒中有闲放之致。酹酒斜阳，乃结束全首，兼回应“醉深窈”句也。

浣溪沙

门隔花深梦旧游。夕阳无语燕归愁。玉纤香动小帘钩。

落絮无声春堕泪，行云有影月含羞。东风临夜冷于秋。

句法将纵还收，似沾非着，以蕴酿之思，运妍秀之笔，可平睨方回，揽裾小晏矣。结句尤凄韵悠然。

玉楼春　京市舞女

茸茸狸帽遮梅额。金蝉罗剪胡衫窄。乘肩争看小腰身，倦态强随闲鼓笛。

问称家住城东陌。欲买千金应不惜。归来困顿殢春眠，犹梦婆娑斜趁拍。

词纪京师灯市舞女之情状。南宋时，都城当岁暮，天街茶肆，已罗列灯球求售。三桥等处，客邸最盛，明灯初上，即有乘肩小女，鼓吹舞绾者数十队，纷然集于楼下。自此日盛一日，直至元宵以后。酒边一笑，所费殊不多。词中云："狸帽""胡衫""乘肩""趁拍"，皆当时舞女状态，想见南都繁盛之一斑。后幅写舞女之堪怜，当鼓笛娱宾时，已难支倦困，归后梦犹趁拍，贫女之飘零身世，梦窗盖深悯之也。

点绛唇　试灯夜初晴

卷尽愁云，素娥临夜新梳洗。暗尘不起。酥润凌波地。

辇路重来，仿佛灯前事。情如水。小楼熏被。春梦笙歌里。

此词亦纪灯市之游。雨后月出，以素娥梳洗状之，语殊妍妙。下阕回首前游，辇路笙歌，犹闻梦里，今昔繁华之境，皆在梨云漠漠中，词境在空际描写。

祝英台近

春日客龟溪，游废园。

采幽香，巡古苑，竹冷翠微路。斗草溪根，沙印小莲步。自怜两鬓清霜，一年寒食，又身在、云山深处。

昼闲度。因甚天也悭春，轻阴便成雨。绿暗长亭，归梦趁风絮。有情花影阑干，莺声门径，解留我、霎时凝伫。

以霜鬓词人，当禁烟芳序，在冷香荒圃间独自行吟，况莲步沙痕，曾是丽人游处，自有一种凄清之思。时值春阴酿雨，花影絮香，作片时留恋，于无情处生情，词客每有此遐想。“长亭”二句风度翛然。“花影”三句为废圃顿添情致，到底不懈。

朝中措 题阑室道女扇

楚皋相遇笑盈盈。江碧远山青。露重寒香有恨，月明秋珮无声。

银灯炙了，金炉烬暖，真色罗屏。病起十分清瘦，梦阑一寸春情。

五代词人多有赠女冠之作。梦窗稿中赠道女词凡四首。其《醉落魄·题藕花洲尼扇》有“偷掷金钱，重把寸心卜”句，《蝶恋花·题华山道女扇》有“莺羽衣轻，腰减青丝剩”及“十二阑干和笑凭”等句，此调有“一寸春情”句，殆当时黄絁入道者，有托而逃禅，虽梵贝香灯，而未能寂灭，否则春情闲恨，安能上静里眉痕而形诸词笔耶！词中“露重”“月明”二语殊隽，神光在离合之间，丽句而未乖贞则也。

极相思 题陈藏一水月梅扇

玉纤风透秋痕。凉与素怀分。乘鸾归后，生绡净剪，一片冰云。

心事孤山春梦在，到思量、犹断诗魂。水清月冷，香消影瘦，人立黄昏。

观词中“乘鸾归后”句，殆亦为道女题扇而作。“凉与素怀分”五字咏扇妙绝。“水清月冷”三句水月梅合写，格高而韵远，一洗南宋慢体之习。

忆旧游 别黄淡翁

送人犹未苦，苦送春、随人去天涯。片红都飞尽，阴阴润绿，暗里啼鸦。赋情顿雪双鬓，飞梦逐尘沙。叹病渴凄凉，分香瘦减，两地看花。

西湖断桥路，想系马垂杨，依旧欹斜。葵麦迷烟处，问离巢孤燕，飞过谁家。故人为写深怨，空壁扫秋蛇。但醉上吴台，残阳草色归思赊。

稿中赠友之词，凡题中用“饯”字者皆送友，此用“别”字，及末句言“吴台归思”，知此作为留别，非送行也。首三句伤春与伤别合写，“片红”三句赋送春，“赋情”二句言将别去，“病渴”三句居者与行者夹写而兼送春。下阕因远行而回忆西湖旧游，如离巢之孤燕，故人情重，为题壁写我深悲，他日吴台回望，益动归思矣。梦窗服膺片玉，此词开合顿挫处，颇似片玉也。

点绛唇

时霎清明，载花不过西园路。嫩阴绿树。正是春留处。

燕子重来，往事东流去。征衫贮。旧寒一缕。泪湿风帘絮。

旧感犹存而托诸旧寒犹贮，见词心之灵妙。结句与清真词之《瑞龙吟》结句“一帘风絮”情味同而风韵亦同。

蝶恋花　化度寺池莲一花最晚有感

湘水烟中相见早。罗盖低笼，红拂犹娇小。妆镜明星争晚照。西风日送凌波杳。

惆怅来迟羞窈窕。一霎留连，相伴阑干悄。今夜西池明月到。余香翠被空秋晓。

咏花而兼怀人，花与人合写。结句言闹红已过，只余翠盖田田，虽仍咏晚莲，而翠被秋寒，隐有人在，有手挥目送之妙。

采桑子慢　侍云麓先生登飞翼楼观云

东风未起，花上纤尘无影。峭云湿、凝酥深坞，乍洗梅清。钓卷愁丝，冷浮虹气海波明。若耶门闭，扁舟去懒，客思鸥轻。

几度问春，倡红冶翠，空媚阴晴。看真色、千岩一素，天淡无情。醒眼重开，玉钩帘外晓峰青。

相扶轻醉，越王台上，更最高层。

夏闰庵云先从未有云说到云起。“虹气”七字状云殊新警。“若耶”三句托思清迥。下阕“千岩一素”四字咏云能涵盖一切。“醒眼”二句又说到云散，于观云本题，十分写足。

前调　双清楼

空蒙乍敛，波影帘花晴乱。正西子、梳妆楼上，镜舞青鸾。润逼风襟，满湖山色入阑干。天虚鸣籁，云多易雨，长带秋寒。

远望翠凹，隔江时见，越女低鬟。算堪羡、烟沙白鹭，暮往朝还。歌管重城，醉花春梦半香残。乘风邀月，持杯对影，云海人间。

起笔及“鸣籁”三句锤炼入细。下阕写临江风景，笔轻而意远。“歌管”二句人海沉酣，辜负佳景者不知凡几，以“醉花春梦”讽之，雅人无浅语也。

满江红　淀山湖

云气楼台，分一派、沧浪翠蓬。开小景、玉盆寒浸，巧石盘松。风送流花时过岸，浪摇晴练欲飞空。算鲛宫、只隔一红尘，无路通。

神女驾，凌晓风。明月佩，响丁东。对两蛾犹锁，怨绿烟中。秋色未教飞尽雁，夕阳长是坠疏钟。又一声、欸乃过前岩，移钓篷。

前半铺序游湖景色。下阕“两蛾”二句谓洞庭东西二山。通首惟“怨绿”二字景中有情，句亦深秀。“疏钟”二句极有疏隽之味，是词句，非七律中句，且系宋人佳咏，非唐人风格。

古香慢 赋沧浪看桂

怨蛾坠柳，离佩摇荭，霜讯南浦。漫忆桥扉，倚竹袖寒日暮。还问月中游，梦飞过、金风翠羽。把残云剩水万顷，暗熏冷麝凄苦。

渐浩渺、凌山高处。秋淡无光，残照谁主。露粟侵肌，夜约羽林轻误。剪碎惜秋心，更肠断、珠尘藓路。怕重阳，又催近、满城风雨。

梦窗殁于理宗时，未及宋之末造，故集中感怀君国之思，与碧山、玉田、草窗异。但此词既非怀人，又非自感，而一片凄苦之音，将何所指？观其“剩水残云”“残照谁主”等句，殆感汴京往事耶？上阕“月中游”四句、下阕“秋心”二句用笔幽邃，情韵复哀而弥长，是梦窗擅胜处。

天香　蜡梅

蝉翼黏霜，蝇苞缀冻，生香远带风峭。岭上寒多，溪头月冷，北枝瘦、南枝小。玉奴有姊，先占立、墙阴春早。初试宫黄淡薄，偷分寿阳纤巧。

银烛泪深未晓。酒钟悭、贮愁多少。记得短亭归马，暮衙蜂闹。豆蔻钗梁恨袅。但怅望天涯岁华老。远信难封，吴云雁杳。

唐人咏蜡梅诗无多，每以对萼状之，词则绝无。此作起三句雕琢入细，“寿阳”“宫黄”句尚意所易到，“玉奴”二句更取喻妍巧，且风致夷犹。下阕“归马”“蜂衙”二句用“记得”二字，当是回忆从前，以蜡梅时无蜂也。“钗梁”二句即事怀人，且有凋年急景之感。

汉宫春　追和尹梅津赋俞园牡丹

花姥来时，带天香国艳，羞掩名姝。日长半娇半困，宿酒微苏。沉香槛北，比人间、风异烟殊。春恨重，盘云坠髻，碧花翻吐琼盂。

洛苑旧移仙谱，向吴娃深馆，曾奉君娱。猩唇露红未洗，客鬓霜铺。兰词沁壁，过西园、重载双壶。休漫道，花扶人醉，醉花却要人扶。

此为游园看花而作，故仅以“沉香”“洛苑”略点本题，非实赋牡丹也。“沉香”句运用入化。下阕“猩唇”四句绵丽有致，是梦窗本色。结末二句人花交咏，词必灵妙，且花要人扶，于牡丹尤肖。

甘州[①] 姑苏台和施芸隐韵

步晴霞倒影，洗闲愁、深杯滟风漪。望越来清浅，吴歈杳霭，江雁初飞。辇路凌空九险，粉冷濯妆池。歌舞烟霄顶，乐景沉晖。

别是青红阑槛，对女墙山色，碧淡空眉。问当时游鹿，应笑古台非。有谁招、扁舟渔隐，但寄情、西子却题诗。闲风月，暗消磨尽，浪打鸥矶。

前半仅赋本题，其精湛处皆在下阕。转头三句笔意便超拔。其下游鹿台非，游湖人远，虽皆本地风光，在能手出之，有一种高朗之气。结句闲鸥风月，霸业消沉，尤为抚叹。

玉京谣

陈仲文自号藏一，盖取坡诗中“万人如海一身藏”语。为度夷则商犯无射宫腔制此赠之。

蝶梦迷清晓，万里无家，岁晚貂裘敝。载取琴

① 甘州：即《八声甘州》。

书，长安闲看桃李。烂锦绣、人海花场，任客燕、飘零谁计。春风里。香泥九陌，文梁孤垒。

微吟怕有诗声翳。镜慵看、但小楼独倚。金屋千娇，从他鸳暖秋被。蕙帐移、烟雨孤山，待对影、落梅清泚。终不似。江上翠微流水。

题旨重在藏身，若以“斯人独憔悴”之意实赋其事，便落恒蹊。观其“锦绣”三句以“客燕”为喻，遂句意并列而有“飘零谁计”句，则其栖栖不得已之怀，自在言外。结句有高远之致。

三姝媚

吹笙池上道。为王孙重来，旋生芳草。水石清寒，过半春犹自，燕沉莺悄。稚柳阑干，晴荡漾、禁烟残照。往事依然，争忍重听，怨红凄调。

曲榭方亭初扫。印藓迹双鸳，记穿林窈。顿隔年华，似梦回花上，露晞平晓。恨逐孤鸿，客又去、清明还到。便鞚墙头归骑，青梅已老。

上阕叙明重来怀旧。转头处接写所怀之人。“年华”三句感流光容易，语殊俊逸。“孤鸿”二句申明重来之意。结句申明年华易逝之意，而风致倜傥，是其制胜处。

夜合花

自鹤江入京，泊葑门外有感。

柳暝河桥，莺晴台苑，短策频惹春香。当时夜泊，温柔便入深乡。词韵窄，酒杯长。剪蜡花、壶箭催忙。共追游处，凌波翠陌，连棹横塘。

十年一梦凄凉。似西湖燕去，吴馆巢荒。重来万感，依前唤酒银缸。溪雨急，岸花狂。趁残鸦、飞过苍茫。故人楼上，凭谁指与，芳草斜阳。

上阕平序往事。转头以下始写感怀。“溪雨”三句写景真而句复警动。“故人”三句“芳草斜阳”，一片苍凉之感。惜故人不见，谁与诉愁！客子之幽怀，亦词家之妙笔也。

绕佛阁　与沈野逸东皋天街卢楼追凉小饮

夜空似水，横汉静立，银浪声杳。瑶镜奁小。素娥乍起楼心弄孤照。絮云未巧。梧韵露井，偏惜秋早。晴暗多少。怕教彻胆蟾光见怀抱。

浪迹尚为客，恨满长安千古道。还记暗萤穿帘街语悄。叹步影归来，人鬓花老。紫箫天渺。又露饮风前，凉堕轻帽。酒杯空、数星横晓。

上阕“晴暗”三句笔意深透。下阕“街语”以下六句，戈顺卿谓梦窗“炼字炼句，……而实有灵气行乎其间”。此词下半阕颇有此境，结句尤有远神。

珍珠帘

春日客龟溪，过贵人家，隔墙闻箫鼓声，疑是按舞，伫立久之。

蜜沉炉暖余烟袅。层帘卷、伫立行人官道。麟带压愁香，听舞箫云渺。恨缕情丝春絮远，怅梦隔、银屏难到。寒峭。有东风德垂柳，学得腰小。

还近绿水清明，叹孤身如燕，将花频绕。细雨湿黄昏，半醉归怀抱。蠹损歌纨人去久，漫泪沾、香兰如笑。书杳。念客枕幽单，看春渐老。

词为闻隔墙箫鼓声，疑是按舞而作。题本虚拟，无迹可寻。通首以“到”字、“绕”字二韵，托思最为灵妙。而闻声之遐想，犹飞燕之绕花，取喻尤巧。接以“细雨”二语，神味弥永。

木兰花慢

陪仓幕游虎丘。时魏益斋已被亲擢，陈芬窟、李芳庵皆将满秩。

紫骝嘶冻草，晓云锁，岫眉颦。正蕙雪初消，松腰玉瘦，憔悴真真。轻藜渐穿险磴，步荒苔、犹认瘗花痕。千古兴亡旧恨，半丘残日孤云。

开尊重吊吴魂。岚翠冷，洗微醺。问几曾夜宿，月明起看，剑水星纹。登临总成去客，更软红、先有探芳人。回首沧波故苑，落梅烟雨黄昏。

“轻藜”二句赋山景极幽峭。下阕登临欲去，已近收笔，乃承以“软红探芳”句，似花明柳暗又见一村。作此顿挫，而结句“回首沧波故苑”仍归到本题。梦窗学清真，此等处颇似之。

水龙吟 惠山酌泉

艳阳不到青山，古阴冷翠成秋苑。吴娃点黛，江妃拥髻，空濛遮断。树密藏溪，草深迷市，峭云一片。二十年旧梦，轻鸥素约，霜丝乱，朱颜变。

龙吻春霏玉溅。煮银瓶、羊肠车转。临泉照影，清寒沁骨，客尘都浣。鸿渐重来，夜深华表，露零鹤怨。把闲愁换与，楼前晚色，棹沧波远。

发端二句笔妍而意邃。“吴娃”至“峭云”句，质言之，不过山被云遮耳。而先以吴娃、江妃为喻，更写以草树风景，咏云便有深厚之味。转头处咏烹茶。“龙吻”二句研炼而生峭。“华表”二句写重来之感。旋换开拓之笔，以闲淡作结，通首无一懈句。

宴清都 连理海棠

绣幄鸳鸯柱。红情密、腻云低护秦树。芳根兼倚，花梢钿合，锦屏人妒。东风睡足交枝，正梦枕、瑶钗燕股。障滟蜡、满照欢丛，嫠蟾冷落羞度。

人间万感幽单，华清惯浴，春盎风露。连鬟并暖，同心共结，向承恩处。凭谁为歌长恨，暗殿锁、秋灯夜语。叙旧期、不负春盟，红朝翠暮。

自“绣幄”至“燕股”数语赋连理，思密而藻丽。“锦屏”“梦枕”二句尤摇漾生情。下阕别开一径，写宫怨而以美满作结，为连理海棠生色。梦窗晚年好填词，以秾丽为妍，此作用字炼句，迥不犹人，可称雅制。

花犯 谢黄复庵除夜寄古梅枝

剪横枝，清溪分影，翛然镜空晓。小窗春到。怜夜冷孀娥，相伴孤照。古苔泪锁霜千点，苍华人共老。料浅雪、黄昏驿路，飞香遗冻草。

行云梦中认琼娘，冰肌瘦窈窕、风前纤缟。残醉醒，屏山外，翠禽声小。寒泉贮、绀壶渐暖，年事对、青灯惊换了。但恐舞、一帘蝴蝶，王[1]龙吹又杳。

---

① 王：当作“玉”。

“苍华”及“青灯”句当除夕咏梅，雅切而有情致。“冻草”句兼及送梅。通首丽而有则，是其长处。

瑞鹤仙　丙午重九

乱云生古峤。记旧游、惟怕秋光不早。人生断肠草。叹如今摇落，暗惊怀抱。谁临晚眺。吹台高、霜歌缥缈。想西风、此处留情，肯着故人衰帽。

闻道。萸香西市，酒熟东邻，浣花人老。金鞭騕褭①。追吟赋，倩年少。想重来新雁，伤心湖上，消减红深翠窈。小楼寒、睡起无聊，半帘晚照。

自上阕至“年少”句，笔意清老。其动目处，在后半“新雁”以下五句，神态夷犹，音殊恻怆，与“带黄花人在小楼”之结句，同深感叹。

澡兰香　淮安重午

盘丝系腕，巧篆垂簪，玉隐绀纱睡觉。银瓶露井，彩箑云窗，往事少年依约。为当时、曾写榴裙，伤心红绡褪萼。黍梦光阴，渐老汀洲烟蒻。

莫唱江南古调，怨抑难招，楚江沉魄。薰风燕乳，暗雨梅黄，午镜澡兰帘幕。念秦楼、也拟人归，

① 騕褭：古骏马名。

应剪菖蒲自酌。但怅望、一缕新蟾，随人天角。

梦窗喜藻饰字句，本意易晦。此词与前首皆佳节有怀，而此则兼有人在，故上阕“榴裙”四句、下阕“秦楼”四句情辞尤为宛转。读梦窗词者，当在其缛丽而流利处求之。

西河 陪鹤林登袁园

春乍霁。清涟画舫融泄。螺云万叠黯凝愁，黛蛾照水。漫将西子比西湖，溪边人更多丽。

步危径，攀艳蕊。掬霞到手红碎。青蛇细折小回廊，去天半咫。画阑日暮起东风，棋声吹下人世。

海棠借雨半绣地。正残寒、初御罗绮。除酒消春何计。向沙头更续、斜阳一醉。双玉杯和流花洗。

佳处在第三段，写寻常春游，花前一醉，入作者之手，其词华而峭，绝无甜熟之笔。

解连环 留别姜石帚

思和云结。断江楼望睫，雁飞无极。正岸柳、衰不堪攀，忍持赠故人，送秋行色。岁晚来时，暗香乱、石桥南北。又长亭暮雪，点点泪痕，总成相忆。

杯前寸阴似掷。几酬花唱月，连夜浮白。省听风、听雨笙箫，向别枕倦醒，絮飐空碧。片叶愁红，趁一舸、西风潮汐。叹沧波、路长梦短，甚时到得。

梦窗与石帚交谊甚挚，故赋词赠别。下阕“听风、听雨”二句，语固锤炼；而寄情深厚，尤在“片叶”四句，一片离心，逐秋潮共去。且路长梦短，有沈休文“梦中不识路，何以慰相思”之意。

惜黄华慢

次吴江小泊，夜饮僧窗惜别，邦人赵簿携小妓侑尊，连歌数阕，皆清真词。酒尽，已四鼓，赋此词饯尹梅津。

送客吴皋。正试霜夜冷，枫落长桥。望天不尽，背城渐杳，离亭黯黯，恨水迢迢。翠香零落红衣老，暮愁锁、残柳眉梢。念瘦腰。沈郎旧日，曾系兰桡。

仙人凤咽琼箫。怅断魂送远，九辩难招。醉鬟留盼，小窗剪烛，歌云载恨，飞上银霄。素秋不解随船去，败红趁、一叶寒涛。梦翠翘。怨鸿料过南谯。

前段“翠香零落”五句、后段“素秋”二句，词秀而情长，余韵复摇漾生姿。有此佳词，可如白石之过吴江，付小红低唱矣。

选冠子　芙蓉

藻国凄迷，麹尘澄映，怨入粉烟蓝雾。香笼麝水，腻涨红波，一镜万妆争妒。湘女归魂佩环，玉冷无声，凝情谁诉。又江空月堕，凌波尘起，彩鸳愁舞。

还暗忆、钿合兰桡，丝牵琼腕，见的更怜心苦。玲珑翠幄，轻薄冰绡，稳称锦云留住。生怕哀蝉暗惊，秋被红衰，啼珠零露。奈西风老尽，羞趁东风嫁与。

梦窗与清真、白石、梅溪，并为一代词宗，而稍变其面目。此作上阕自“香笼”句以下，后阕自“翠幄”句以下，咏芙蓉正喻夹写，陆离弥目，而有性情寓乎其中。“万妆争妒”句及结处尤为生色。

霜叶飞　重九

断烟离绪关心事，斜阳红隐霜树。半壶秋水荐黄花，香噀西风雨。纵玉勒、轻飞迅羽。凄凉谁吊荒台古。记醉踏南屏，彩扇咽、寒蝉倦梦，不知蛮素。

聊对旧节传杯，尘笺蠹管，断阕经岁慵赋。小蟾斜影转东篱，夜冷残蛩语。早白发、缘愁万缕。惊飙从卷乌纱去。漫细将、茱萸看，但约明年，翠微高处。

起笔“离绪”句与下之“彩扇”“蛮素”相应，因重九而怀人也。下阕自述，结处兴复不浅。论其词句之工，则“半壶秋水”及“蟾影东篱”不过言采菊耳；而辞句秀逸，且有韵致。“白发”“乌纱”二句不过用落帽事耳，而寄慨无尽。上阕“玉勒”二句更作动荡之笔，此篇洵经意之作。

六丑　壬寅岁吴门元夕风雨

渐新鹅映柳，茂苑锁、东风初掣。馆娃旧游，罗襦香未灭。玉夜花节。记向流连处，看街临晚，放小帘低揭。星河潋滟春云热。笑靥欹梅，仙衣舞缬。澄澄素娥宫阙。醉西楼十二，铜漏催彻。

红消翠歇。叹霜簪练发。过眼年光，旧情尽别。泥深厌听啼鴂。恨愁霏润沁，陌头尘袜。青鸾杳、钿车音绝。却因甚、不把欢期，付与少年华月。残梅瘦、飞趁风雪。向夜永、更说长安梦，灯花正结。

戈载谓梦窗词“以绵丽为尚，……而实有灵气行乎其间。……亦不见其堆垛”。此作“星河”以下六句，颇合其语。下阕“青鸾”三句写元夕风雨，措语新隽。结处回首长安，余情不尽，如织七襄云锦，绮丽中有回曲之致。

莺啼序 荷

和赵修全韵。

横塘棹穿艳锦，引鸳鸯弄水。断霞晚、笑折花归，绀纱低护灯蕊。润玉瘦、冰轻倦浴，斜拖凤股盘云坠。听银床声细。梧桐渐搅凉思。

窗隙流光，冉冉迅羽，诉空梁燕子。误惊起、风竹敲门，故人还又不至。记琅玕、新诗细掐①，早陈迹、香痕纤指。怕因循，罗扇恩疏，又生秋意。

西湖旧日，画舸频移，叹几萦梦寐。霞珮冷、叠澜不定，麝霭飞雨，乍湿鲛绡，暗盛红泪。练②单夜共，波心宿处，琼箫吹月霓裳舞，向明朝、未觉花容悴。嫣香易落，回头淡碧消烟，镜空画罗屏里。

残蝉度曲，唱彻西园，也感红怨翠。念省惯、吴宫幽憩。暗柳追凉，晓岸参斜，露零沤起。丝萦寸藕，留连欢事。桃笙平展湘浪影，有昭华、秾李冰相倚。如今鬓点凄霜，半箧秋词，恨盈蠹纸。

题虽咏荷，因和友韵，非专赏荷花，故叙事多而咏花少。首段言折花而归。次段怀人。三段忆西湖旧游。四段咏荷而兼感怀。全篇二百数十字，其精撰处在三段“鲛绡”以下数

---

① 掐：当作“掐”。

② 练（shū）：古代一种像苎布的稀疏的织物。

语、四段“残蝉”以下数语及歇拍三句，藻采组织，而神韵流转，旨趣弥永，如玉溪生之诗，非专恃獭祭也。

施枢一首

摸鱼儿　琼花

柳蒙茸、暗凌波路。烟飞惨淡平楚。香车深驻猊环掩，遥认翠华云母。芳景暮。鸳甃悄、铢衣来按飞琼舞。凄凉洛浦。渐玉漏沉沉，清阴满地，乘月步虚去。

销凝处。谁说三生小杜。翔螭声断箫鼓。情知禁苑酥尘涴，羞与倡红同谱。春几度。想依旧、苔痕长印唐昌土。风流千古。人在小红楼，朱帘半卷，香注玉壶露。

起笔数语当是因游琼花观而作。惟“飞琼”“唐昌”句实赋“琼花”，“乘月步虚”及“禁苑”句有吊古之思，“羞与倡红”，兼有身世之感。结句“人在红楼”，小杜曾游，不无余恋。“香注玉壶”，仍映带“琼花”。

储泳一首

齐天乐

东风一夜吹寒食，红片枝头犹恋。宿酒初醒，新吟未稳，凭久阑干留暖。将春买断。恨苔径榆阶，翠钱难贯。陌上秋千，相逢难认旧时伴。

轻衫粉痕褪了，丝缘余梦在，良宵偏短。柳线穿烟，莺梭织雾，一片旧愁新怨。慵拈象管。待寄与深情，怎凭双燕。不似杨花，解随人去远。

当春怀旧，语语情景合写，不使一平易之笔。上阕“买春”三句及“杨花”结句皆有思致。

李彭老五首

木兰花慢

正千门系柳，赐宫烛、散青烟。看秀靥芳唇，涂妆晕色，试尽春妍。田田。满阶榆荚，弄轻阴、浅冷似秋天。随处饧香杏暖，燕飞斜弹秋千。

朱弦。几换华年。扶浅醉、落红前。记旧时游冶，灯楼倚扇，水院移船。吟边。梦云飞远，有题红、都在薛涛笺。听绝残箫倦笛，夜堂明月窥帘。

上阕纯写暮春风物，而中着“秀靥”“春妍”三句，景中有情，则柳烟杏雨，在春光骀荡中，有靓妆人在也。下阕回首前游，灯楼水院，在想象之中，则情中之景，都化烟云。“吟边”“题红”二句回应转头处，言芳时已换，剩有酒边残句，向夜月帘栊低徊独咏耳。

法曲献仙音

官圃赋梅，继草窗韵。

云木槎枒，水蕻摇落，瘦影半临清浅。翠羽迷空，粉容羞晓，年华柱弦频换。甚何逊，风流在，相逢共寒晚。

总依黯。念当时、看花游冶，曾锦缆移舟，宝筝随辇。池苑锁荒凉，嗟事逐、鸿飞天远。香径无人，甚苍藓、黄尘自满。听鸦啼春寂，暗雨萧萧吹怨。

起二句用旁衬笔写萧寥之景，“瘦影”三句赋梅，即承以

“年华柱弦”句，殊有今昔之感，故转头处即回忆当日看花。原题云“官圃赋梅，继草窗韵”，证以“锦缆”“池苑”等句，则此词当是经故宫而作，与草窗过西湖离宫“一片斜阳恋柳”之词，同一感想。“苍藓黄尘”，古今同慨，宁独赵家宫苑耶？

高阳台　寄题苏壁山房

石笋埋云，风篁啸晚，翠微高处幽居。缥缈云签，人间一点尘无。绿深门户啼鹃外，看堆床、宝晋图书。尽萧闲、浴砚临池，滴露研朱。

旧时曾写桃花扇，弄霏香秀笔，春满西湖。松菊依然，紫桑自爱吾庐。冰弦玉尘风流在，更秋兰、香染衣裾。照窗明、小字珠玑，重见欧虞。

词因寄金应桂苏壁山房而作。图史连屡，云山四面，得作者雅洁之笔状之，弥见其人之高躅。《佩楚轩客谈》云：“金应桂……居西湖南山中，筑苏壁山房，左弦右壶，中设图史，客至抚摩，共赏谛玩，清谈缅缅[①]，每肩舆入城府，幅巾氅衣，望之若神仙然。”但《佩楚轩客谈》仅言琴酒图书，而词中则云桃花写扇，字仿欧虞，可知其书画兼擅也。

① 缅缅（sǎ sǎ）：有次序，后用以形容文章或言谈连绵不尽。

祝英台近

杏花初，梅花过，时节又春半。帘影飞梭，轻阴小庭院。旧时月底秋千，吟香醉玉，曾细听、歌珠一串。

忍重见。描金小字题情，生绡合欢扇。老了刘郎，天远玉箫伴。几番莺外斜阳，阑干倚遍，恨杨柳、遮愁不断。

写景言情，抚今追昔，循序写来，自是合作。结处“莺外斜阳”三句，含思绵渺，群称警句。

摸鱼儿　莼

过垂虹、四桥飞雨，沙痕初涨春水。柔波十里吴歈远，绿蔓半萦船尾。连复碎。爱滑卷青绡，香袅冰丝细。山人隽味。笑杜老无情，香羹碧涧，空只赋芹美。

归期早，谁似季鹰高致。鲈鱼相伴菰米。红尘如海丘园梦，一叶又秋风起。湘湖外。看采撷、芳条际晓随鱼市。旧游漫记。但望里江南，秦鬟贺镜，渺渺隔烟水。

起笔从水乡引起采莼，有闲逸之致。“绿蔓”四句咏物工细，旋用香芹碧涧羹诗意作衬，以开宕局势。下阕用季鹰事，虽意所易到，而接以“红尘如海”二句，意境便超。“际晓随鱼市”句涉想殊妙。结处“秦鬟贺镜”，殆谓秦封山及贺监湖，觉炼字过于生硬。此词见《乐府补题》,《词综》所载，则“柔波”作“腥波”,“烟水”作“烟翠”，与此略异。

李演一首

声声慢

轻鞯绣谷。柔屐烟堤，六年遗赏新续。小舫重来，惟有寒沙鸥熟。徘徊旧情易冷，但溶溶、翠波如縠。愁望远，甚云消月老，暮山自绿。

羹笑人生悲乐，且听我樽前，渔歌樵曲。旧阁尘封，长得树阴如屋。凄凉五桥归路，载寒秀、一枝疏玉。翠袖薄，晚无言、空倚修竹。

此虽纪游之作，而感旧低回，情景依黯。词未标题，观其“五桥归路”句，当是在西湖之西畔。樊榭笺《绝妙好词》，于此词后，引《遂昌杂录》历叙孤山西麓宫观亭台之盛，即李秋堂所游之处。宋词中游湖者，皆言六桥，此词则言五桥，其《盟鸥集》中《祝英台近》词又有“五桥流水”句，他人所未道也。

黄昇三首

酹江月　戏题玉林

玉林何有，有一湾莲沼、数间茅宇。断堑疏篱聊补葺，那得粉墙朱户。禾黍秋风，鸡豚晓日，活脱田家趣。客来茶罢，自挑野菜同煮。

多少甲第连云，十眉环座，人醉黄金坞。回首邯郸春梦破，零落珠歌翠舞。得似衰翁，萧然陋巷，长作溪山主。紫芝可采，更寻岩谷深处。

叔旸所居，有水木之胜，题曰“玉林”，因以自号，又号花庵词客。曾选唐宋词十卷，为《绝妙词选》，附载己作三十八调于后。游受斋评其词若“晴空冰柱”。此词天怀高洁，颇称受斋评语。

前调　夜凉

西风解事，为人间、洗尽三庚烦暑。一枕新凉宜客梦，飞入藕花深处。冰雪襟怀，琉璃世界，夜景清如许。划然长啸，起来秋满庭户。

应笑楚客才高，兰成愁悴，遗恨传千古。作赋吟诗空自好，不直一杯秋露。淡月阑干，微云河汉，耿耿天催曙。此情谁会，梧桐叶上疏雨。

上阕“梦入藕花”句有清新之思，“冰雪”二句见其雅怀，“长啸”句见其逸气。下阕言哀郢怀湘，非特遗恨难偿，即词赋才名，亦不直一杯秋露，寄慨殊深。结句言会此微旨者，世鲜知音，知者惟梧桐疏雨，其超旷如是，宜楼秋房以“泉石清士”目之。

鹤桥仙　春情

青林雨歇，珠帘风细，人在绿阴庭院。夜来能有几多寒，已瘦了、梨花一半。

宝钗无据，玉琴难托，合造一襟幽怨。云窗雾阁事茫茫，试与问、杏梁双燕。

“梨花”句不着边际，而自有人同花瘦之意。下阕谓据本难言，心尤难托，况借钗琴寓意，则据托弥难。故结句言虽窗阁分明在眼，而等于云雾茫茫，如此幽怨襟怀，双燕梁间，或可知其仿佛。以幽渺之词寓缠绵之意，乃善赋闲情者。

何梦桂二首

摸鱼儿

记年时、人人何处，长亭曾共杯酒。酒阑归去行人远，折不尽长亭柳。渐白首。待把酒送君，恰又清明后。青条似旧。问江北江南，离愁如我，还更有人否。

留不住，强把蔬盘瀹韭。行舟又报潮候。风急岸花飞尽也，一曲啼红满袖。春波皱。青草外、人间此恨年年有。留连握手。数人世相逢，百年欢笑，能得几回又。

离亭送友，前后一气挥写，笔健而辞婉，音凄而意达，情文相生，结处更有余慨。梦桂著有《潜斋词》一卷。淳安朝曾登上第。

喜迁莺

留春不住。又早是清明，杨花飞絮。杜宇声声，黄昏庭院，那更半帘风雨。劝春且休归去。芳草天涯无路。悄无语。待阑干立尽，落红无数。

谁诉。长门事，记得当年，曾趁梨园舞。霓羽香消，梁州声歇，昨梦转头今古。金屋玉楼何在，尚有花钿尘土。君不顾。怕伤心，休上危楼高处。

上阕“劝春”三句借送春以寓四方靡骋之感。以下回首先朝，宫掖则消沉霓羽，故家则零落花钿。岩叟入元后，累征不起，盖积感之民，故词多凄调。

王月山一首

台城路　初秋

夜来疏雨鸣金井，一叶舞风红浅。莲渚生香，兰皋浮爽，凉思顿欺班扇。秋光冉冉。任老却芦花，西风不管。清兴难磨，几回有句到诗卷。

长安故人别后，料征鸿声里，画阑凭遍。横竹吹商，疏砧点月，好梦又随云远。闲情似线，共系损柔肠，不堪裁翦。听着寒蛩，一声声是怨。

起笔用“红浅”及“顿欺”字，即切定“初秋”。乃秋声甫动，已预愁秋老，感流光之过隙，洵秋士之善怀。以下纯是怀人，情深一往，蛩语砧声，仍不脱秋意。

刘辰翁二首

宝鼎现　丁酉元夕

红妆春骑，踏月花影，千旗穿市。望不尽、琼楼歌舞，习习香尘莲步底。箫声断、约彩鸾归去，未怕金吾呵醉。甚辇路、喧阗且止。听得念奴歌起。

父老犹记宣和事。抱铜仙、清泪如水。还转盼、沙河多丽，滉漾明光连邸第。帘影动、散红光成绮。月浸蒲桃十里。看往来，神仙才子，肯把菱花扑碎。

肠断竹马儿童，空见说、三千乐指。等多时、春不归来，到春时欲睡。又说向、灯前拥髻。暗滴鲛珠坠。便当日、亲见霓裳，天上人间梦里。

刘在宋末隐遁不仕，此为感旧之作。上段先述元夕之盛，中段从父老眼中曾见宣和往事，朱邸豪华，铜街士女，只赢得铜仙对泣，已极伤怀。下阕言大好春色而畏逢春色，有怀莫诉，归向绿窗人灯前掩泪，尤为凄黯。余早岁曾见东华灯市火树银花之盛，五十年来桑海迁流，亦若刘须溪之“梦里霓裳”矣。

兰陵王　丙子送春

送春去。春去人间无路。秋千外、芳草连天，谁遣风沙暗南浦。依依甚意绪。漫忆海门飞絮。乱鸦过、斗转城荒，不见来时试灯处。

春去。最谁苦。但箭雁沉边，梁燕无主。杜鹃声里长门暮。想玉树凋土，泪盘零露。咸阳送客屡回顾。斜日未能渡。

春去。尚来否。正江令恨别，庾信愁赋。苏堤尽日风和雨。叹神游故国，花记前度。人生流落，顾孺子，共夜语。

虽以“送春”标题，每段首句皆以春去作起笔，而其下则鸦过荒城，风沙迷目，不仅灯火阑珊之感。次段“杜鹃”句以下，长门日暮，悲玉树之凋残；后段“苏堤”句以下，故国神游，忆花枝于前度，其思乡恋阙，抚事怀人，百愁并集，不独“送春”也。清真倚此调，其次段、后段，皆在中权笔有顿挫。此作亦在中枢以“杜鹃”“苏堤”句作换转之笔，乃句意并到之作。

周密三十二首

夷则商国香慢　赋子固凌波图

玉润金明。记曲屏小几，剪叶移根。经年氾人重见，瘦影娉婷。雨带风襟零落，步云冷、鹅管吹春。相逢旧京洛，素靥尘缁，仙掌霜凝。

国香流落恨，正冰消翠薄，谁念遗簪。水空天远，应念矾弟梅兄①。渺渺鱼波望极，五十弦、愁满湘云。凄凉耿无语，梦入东风，雪尽江清。

子固为宋之宗室，入元后隐遁，以一舟载琴书，泊蓼滩苇岸，夕阳晓月，徜徉其间。其弟子昂访之，每拒不见，想其品节之高。则知草窗此词，皆有寓意也。起五句细切本题。“雨带”句已叹其零落。“素靥”“仙掌”二句一悲其蒙难，一回念故宫，以正喻夹写之。下阕首句喻其沦落江湖。次二句以遗簪比遗民。“愁满湘云”句抚一曲《水仙》而怀帝子，仍意兼正喻。结拍三句东风入梦，一片空明，词境之高，亦画与人品之洁也。《珊瑚网》云：“赵孟坚《水墨双钩水仙

① 矾弟梅兄：用黄庭坚“山矾是弟梅是兄”诗意。山矾，花名。

卷》自跋云：‘观者求于形似之外可尔。’彝斋弁阳老人周密题《夷则国香慢》云云。”知此画乃子固惬心之作。草窗尝泊舟严陵滩，见新月出水，大笑云：“此……乃我《水仙》出现也。”其爱重凌波画卷如此。

醉落魄　拟参晦

忆忆忆忆。宫罗褶褶销金色。吹花有尽情无极。泪滴空帘，香润柳枝湿。

春愁浩荡湘波窄。红兰梦绕江南北。燕莺都是东风客。移尽庭阴，风老杏花白。

各家词中，间有拟古之作，草窗独多，作《效颦十解》，各极其致。赵瓯北赠袁随园诗云：“古今只此笔数枝，怪哉公以一手持。”草窗其手持数笔乎？此调叠用“忆”字起笔，则前半皆忆旧之情。转头处领以“春愁”二字，则后半皆写愁之笔。“波窄”二句颇新警，因波窄而愁宽，故大江南北，不能限梦之往来也。

四字令　拟《花间》

眉消睡黄。春凝泪妆。玉屏水暖微香。听蜂儿打窗。

筝尘半床。绡痕半方。愁心欲诉垂杨。奈飞红正忙。

蜂儿打窗与春色恼人、莺啼惊梦，皆在幽静境中搅乱愁人心绪。下阕写愁，用两半字，便觉含情无限。“垂杨”二句飘零风雨，自顾不遑，何暇听人之低鬟诉怨耶！此词神似《花间》。

西江月　延祥观拒霜拟稼轩

绿绮紫丝步障，红鸾彩凤仙城。谁将三十六陂春。换得两堤秋锦。

眼缬醉迷朱碧，笔花俊赏丹青。斜阳展尽赵昌屏。羞死舞鸾妆镜。

此咏延祥观拒霜花而作。凡花开极盛时，身在花间，若霞蔚云蒸，照眼生缬，此词足状拒霜花烂缦之观，字句亦镂金错彩。四圣延祥观在西湖孤山路，有韦太后所奉沉香四圣象，备花木亭台之胜，三朝皆临幸之。

江城子　拟蒲江

罗窗晓色透花明。艳瑶笙。按瑶筝。试讯东风，能有几分春。二十四阑凭玉暖，杨柳月，海棠阴。

依依愁翠沁双颦。爱莺声。怕鹃声。人自多情。春去自无情。把酒问花花不语，花外梦，梦中云。

少年游　宫词拟梅溪

帘消宝篆卷宫罗。蜂蝶扑飞梭。一样东风，燕梁莺院，那处春多。

晓妆日日随春辇，多在牡丹坡。花深深处，柳阴阴处，一片笙歌。

莺歌燕舞，春属谁边？犹之水殿云房，月明何处？离宫三十六，知羊车望幸之难，此拟宫词而作。结末三句乐醉钧天，身浮香海，极写声色繁华之境。题云“拟梅溪”，恐梅溪有此丽笔，或逊其浑成也。

好事近　拟东泽

新雨洗花尘，扑扑小庭香湿。早是垂杨烟老，渐嫩黄成碧。

晚帘都卷看青山，山外更山色。一色梨花新月，伴夜窗吹笛。

暮春雨后看山，叠翠层青，鲜明照眼，迨送夕阳、迎素月，一声长笛，散入东风，是何等萧闲襟抱！草窗《效颦十解》，多窈窕之怀，此独具疏散之致，诵之洒然意远。

西江月　拟花翁

情缕红丝冉冉，啼花碧袖荧荧。迷香双蝶下庭心。一桁愔愔帘影。

北里红红短梦，东风燕燕前尘。称消不过牡丹情。中半伤春酒病。

垂帘静昼中有绾丝啼袖之人，芳序蹉跎，都半在伤春病酒中，其情怀可想。“红红”“燕燕”二句感尺波之电谢，其为美人嗟迟暮耶？亦词客自伤耳。

朝中措　茉莉拟梦窗

彩绳朱乘驾涛云。亲见许飞琼。多定梅魂才返，香瘢半掐①秋痕。

枕函钗缕，熏篝芳焙，儿女心情。尚有第三花在，不妨留待凉生。

咏茉莉花以雅切为主，昔人诗如“香从清梦回时觉，花向美人头上开”“清泉浸后香恒满，细缕穿成蕊半开”及“谢娘头上过东风”，皆称佳句。此词咏花，前半从虚拟着想，后半乃征实，密攒插鬓，细焙添香，女儿妙用，不负此花。结句不说尽，自饶余味。“枕函”三句在咏茉莉者亦擅场之作。

① 掐：当作“掐”。

醉落魄　拟二隐

余寒正怯。金钗影卸东风揭。舞衣丝损愁千褶。一缕杨丝，犹是去年折。

临窗拥髻愁难说。花庭一寸燕支雪。春花似旧心情别。待摘玫瑰，飞下粉黄蝶。

当翠袖惊寒之际，衣褶损愁，金钗卸影，回首去年，正柳枝赠别之时，乃情景合写。下阕“一寸燕支雪”五字惜花兼写春深，语殊工妙。有东坡《寒食》诗“春去不容惜，泥污燕支雪”诗意。观其“杨丝”及“春花”二句，知通首皆伤离感旧之词。

浣溪沙　拟梅川

蚕已三眠柳二眠。双竿初起画秋千。莺栊风响十三弦。

鱼素不传新信息，鸾胶难续旧姻缘。薄情明月几番圆。

前半赋春景，有姚冶翩嬛①之态。后半写离思，抚今则尺素稀逢，追昔则冰弦莫续，窗前圆月，何日倚帷双照，如杜陵诗之干我泪痕耶？

---

① 翩嬛：似应为“翩翾（xuān）”，摇曳貌。

一萼红　登蓬莱阁有感

步深幽。正云黄天淡，雪意未全休。鉴曲寒沙，茂林烟草，俯仰今古悠悠。岁华晚、飘零渐远，谁念我、同载五湖舟。磴古松斜，崖阴苔老。一片清愁。

回首天涯归梦，几魂飞西浦，泪洒东州。故国山川，故园心眼，还似王粲登楼。最负他、秦鬟妆镜，好江山、何事此时游。为唤狂吟老监，共赋消忧。

蓬莱阁在绍兴郡治，取元微之“谪居犹得住蓬莱”诗句以名楼。秦少游诗：“路隔西陵三两水，门临南镇一千峰。”名卿佳士往游者，每有题咏。此词首五句写楼中所见之景，以“俯仰今古”句总领前半首。“飘零”“岁晚”，抚今之意也；“松斜”“苔老”，怀古之意也。以“故国”“故园”句总领后半首。东州、西浦，皆在阁之左近。草窗济南人，其“归梦天涯”句，故园之思也；大好江山而倦客登临，已在社屋阴沉之后，故国之思也。“山川”“心眼”二句非但句法高浑，且含无限悲凉。结句以楼近鉴湖，故忆及“狂吟老监”，乃本地风光。“消忧”句用《登楼赋》“聊假日以消忧”句，回顾上文“王粲”句也。

扫花游　九日怀归

江蓠怨碧，早过了霜花，锦空洲渚。孤蛩自语。正长安乱叶，万家砧杵。尘染秋衣，谁念西风倦旅。恨无据。怅望极归舟，天际烟树。

心事曾细数。怕水叶沉红，梦云离去。情丝恨缕。倩回文为织，那时愁句。雁字无多，写得相思几许。暗凝伫。近重阳、满城风雨。

起三句赋秋色，已含有凄然思归之意。“孤蛩”句借蛩以自况，以下皆自述也。“长安”七句写深秋物态，气象开展，即承以“秋衣”“归舟”五句，章法开合，便耐揽撷。下阕皆写怀，无限心头往事，恐旧梦如云，随波流去。“情丝织愁”数句，申足上文之“心事细数”，言有无穷积感。而传写更无“雁字”，极表其寂寥谁语之怀。结句归到九日本题。且风雨满城，客心更劣矣。

法曲献仙音　吊雪香亭梅

松雪飘寒，岭云吹冻，红破数椒春浅。衬舞台荒，浣妆池冷，凄凉市朝轻换。叹花与，人凋谢，依依岁华晚。

共凄黯。问东风、几番吹梦，应惯识当年，翠屏金辇。一片古今愁，但废绿、平烟空远。无语消魂，对斜阳、衰草泪满。又西泠残笛，低送数声春怨。

雪香亭在西湖葛岭张婉仪之集芳园中，由太后收归，理宗又赐贾平章。殿前古梅、老松甚多，有清胜堂、望江亭等处，而雪香亭梅花尤盛。玉辇临游，朱门歌舞，斯亭阅尽兴亡，老梅犹在，宜弁阳翁百感交集也。起笔写梅亭寒景，便带凄音，由荒亭说到朝市，由朝市说到看花之人，如峡猿之次第三声。后阕言“翠屏金辇”，何等繁华，而贞元朝士无多，惟历劫寒梅，犹亲见当年之盛，与汉苑铜仙、隋堤杨柳，同恋前朝。结句“西泠残笛”，寓余感于无穷矣。

甘州　灯夕书寄二隐

渐萋萋芳草绿江南，轻晖弄春容。记少年游处，箫声巷陌，灯影帘栊。月暖烘炉戏鼓，十里步香红。欹枕听新雨，往事朦胧。

还是江南梦晓，怕等闲愁见，雁影西东。喜故人好在，水驿寄诗筒。数芳程、渐催花信，送归帆、知第几番风。空吟想、梅花千树，人在山中。

词人老去，生平积感重重，更谁知我，赖有一二故交，尚可依依话旧，故草窗寄以此词。“少年游”五句箫声戏鼓，当日裘马英年，何等豪兴，惟老友尚知其情状。下阕言今虽暌别，幸水驿非遥，尚可通芳讯而达诚素，深盼春风早送归帆，牙、期交谊，情见乎辞矣。

曲游春　游西湖

禁苑东风外，飏暖丝晴絮，春思如织。燕约莺期，恼芳情偏在，翠深红隙。漠漠香尘隔。沸十里、乱弦丛笛。看画船，尽入西泠，闲却半湖春色。

柳陌。新烟凝碧。映帘底宫眉，堤上游勒。轻暝笼寒，怕梨云梦冷，杏香愁幂。歌管酬寒食。奈蝶怨，良宵岑寂。正满湖、碎月摇花，怎生去得。

游湖之良辰乐事，以工丽之笔写之。论字句，则“燕约莺期”推为词眼；论纪游，则“画船”二句确肖当日游湖之状。《武林旧事》云：“都城自过收灯，贵游巨室争先出郊，谓之探春。水面画楫，栉比如鳞，无行舟之路。游之次第，先南而后北，至午，则尽入西泠桥里湖，其外几无一舸矣。弁阳老人有词云：‘看画船、尽入西泠，闲却半湖春色。’”马臻《霞外集》有诗云：“画船过午入西泠。人拥孤山陌上尘。应被弁阳模写尽，晚来闲却半湖春。”盖纪实也。

高阳台　送陈君衡被召

照野旌旗，朝天车马，平沙万里天低。宝带金章，樽前茸帽风欹。秦关汴水经行地，想登临、都付新诗。纵英游、叠鼓清笳，骏马名姬。

酒酣应对燕山雪，正冰河月冻，晓陇云飞。投老残年，江南谁念方回。东风渐绿西湖柳，雁已还、人未南归。最关情、折尽梅花，难寄相思。

陈君衡名允平。观其词意，当是受北朝干旌之召，为当时显宦。故上阕言旌旗笳鼓，骏马名姬，极写行色之壮。下阕但赋离情，于陈君衡出处，不加褒贬之词，仅言江湖投老，见两人穷达殊途，新朝有振鹭之歌，而故国无归鸿之信，意在言外也。

庆宫春 送赵元父过吴

重叠云衣，微茫鸿影，短篷稳载吴雪。霜叶敲寒，风灯摇晕，棹歌人语呜咽。拥衾呼酒，正百里、冰河乍合。千山换色，一镜无尘，玉龙吹裂。

夜深醉踏长虹，表里空明，古今清绝。高堂在否，登临休赋，忍见旧时明月。翠消香冷，怕空负、年芳轻别。孤山春早，一树梅花，待君同折。

此为严冬送友，由越水赴吴而作。拥衾孤艇，犯风雪而宵行，一片清寒之境，如营丘之画寒林，右丞之图雪景。转头处“夜深”“清绝”三句，俯仰古今，词境亦清绝。“旧时明月”五句为行人着想，盼其早归。上阕尤佳，觉拂纸有寒气也。

木兰花慢　西湖十景词　苏堤春晓

恰芳菲梦醒，漾残月，转湘帘。正翠崦收钟，彤墀放仗，台榭轻烟。东园。夜游乍散，听金壶、逗晓歇花签。宫柳微开露眼，小莺寂妒春眠。

冰奁。黛浅红鲜。临晓镜，竞晨妍。怕误却佳期，宿妆旋整，忙上雕軿①。都缘探芳起早，看堤边、早有已开船。薇帐残香泪蜡，有人病酒恹恹。

首三句在将晓之前，“芳菲”二字更关合春意。“翠崦”三句已破晓矣。“东园”句回忆夜游，布局便有顿挫。“宫柳”二句赋“春晓”，而垂柳啼莺，兼有苏堤之景。以上阕写景，故下阕换言人事。“冰奁”三句言春城处处晨妆，有阿房宫绿云扰扰、争梳晓鬟之状。“怕误却佳期”三句因游湖而早起，苏堤晓色自在丽人盼想之中。“早开船”句推进一层写法，见更有早者，以写足春晓之意。“薇帐”结句乃反映之笔，亦有中酒高眠、辜负晓风春色者，意更周匝。

前调　平湖秋月

碧霄澄暮霭，引琼驾，碾秋光。看翠阙风高，珠楼夜午，谁捣玄霜。苍茫。玉田万顷，趁仙槎、咫尺接天潢。仿佛凌波步影，露浓珮冷衣凉。

① 軿（píng）：古代一种有帷盖的车。

明珰。净洗新妆。随皓彩，过西厢。正雾衣香润，云鬓绀湿，私语相将。鸳鸯。误惊梦晓，掠芙蓉、度影入银塘。十二阑干伫立，凤箫怨彻清商。

首三句言月之初出，用“碾”字殊精。“翠阙”三句已月到天中，湖光一白，故接以“玉田”四句，写平湖月色。“凌波”二句咏湖月而兼有人在。下阕即咏游湖玩月之人，鸳鸯惊梦，写月湖之幽景入妙。结句阑畔吹箫，乃赏月之余波也。

前调 断桥残雪

觅梅花信息，拥吟袖，暮鞭寒。自放鹤人归，月香水影，诗冷孤山。等闲。泮[①]寒晛暖，看融城、御水到人间。瓦陇竹根更好，柳边小驻游鞍。

琅玕。半倚云湾。孤棹晚，载诗还。是醉魂醒处，画桥第二，奁月初三。东阑。有人步玉，怪冰泥、沁湿锦鹓斑。还见晴波涨绿，谢池梦草相关。

咏“苏堤春晓”，则言晓妆之人；咏“平湖秋月”，则言倚阑之人；此咏“残雪”，则言寻梅及踏雪之人，景中有人，便增姿态，词家之思路也。凡自城中至孤山探雪后梅花者，必道出断桥，故在题前着笔，而用“寒”“冷”等字，以状雪后。因沿堤尚有锦带桥，故云“画桥第二”，非苏堤之第二桥

---

① 泮：古同“泮”。

也。此词咏“残雪”，不及《春晓》《秋月》二词境界宽展，着想较难。而“瓦陇竹根”及冰鞋踏湿等句，颇见思致。结句“晴波涨绿”，则言雪消而春水渐生矣。

前调 雷峰落照

塔轮分断雨，倒霞影，漾新晴。看满鉴春红，轻桡占岸，叠鼓收声。帘旌。半钩待燕，料香浓、径远趱蜂程。芳陌人扶醉玉，路旁懒拾遗簪。

郊坰。未厌游情。云暮合、谩消凝。想罢歌停舞，烟花露柳，都付栖莺。重闉。已催凤钥，正钿车、绣勒入争门。银烛擎花夜暖，禁街淡月黄昏。

雷峰塔为吴越王时黄妃所建，亦称黄妃塔。后经劫火，阑槛悉毁，仅余塔身，红砖巍然，峙于雷峰高阜上，夕阳照之，古红与山翠相映，其状颓然一翁。昔人诗云：“雷峰颓塔暮烟中，潦倒斜阳似醉翁。”又云：“雷峰如老衲。”民国初年，塔圮。塔砖有“吴王”“吴妃”等字，最精者，砖有孔穴，中藏佛经一卷，锦装玉签具在。余于塔圮时，得一砖，中有藏经，虽字稍损，在宋刻善本之前也。此词起笔即咏塔，以后言游人之多，风景之美，想见塔之壮丽，层层皆可登临。词中咏雷峰塔之处少，咏夕照光景者多，其地近接清波门，游湖者自北而南，经塔畔入城，故有“钿车争门”之句也。

前调　曲院风荷

软尘飞不到，过微雨，锦机张。正荫绿池幽，交枝径窄，临水追凉。宫妆。盖罗障暑，泛青蘋、乱舞五云裳。迷眼红绡绛彩，翠深偷见鸳鸯。

湖光。两岸潇湘。风荐爽，扇摇香。算恼人偏是，萦丝露藕，连理秋房。涉江。采芳旧恨，怕红衣、夜冷落横塘。折得荷花忘却，棹歌唱入斜阳。

曲院在湖之西，前后濒湖，地极幽静，故起笔云“尘飞不到”。上阕咏荷，而“乱舞云裳”句更切合“风荷”。“鸳鸯”句翠深红绚处，有微步凌波人在，故下阕接以“摇扇”“采芳”等句。因有涉江旧恨，故“露藕”“秋房”，由咏荷而涉遐想。歇拍处折花归去，所谓“忘却荷花记得愁”也。

前调　花港观鱼

六桥春浪暖，涨桃雨，鳜初肥。正短棹轻蓑，牵筒荇带，萦网莼丝。依稀。岸红溯远，漾仙舟、误入武陵溪。何处金刀脍玉，画船傍柳频催。

芳堤。渐满斜晖。舟叶乱，浪花飞。听暮榔声合，鸥沉暗渚，鹭起烟矶。涟漪。夜深浪静，任烟寒、自载月明归。三十六鳞过却，素笺不寄相思。

起三句实赋本题。以下“短棹”六句用“荇带”“莼丝”

作陪衬。“金刀”二句由得鱼而作脍，宋嫂鱼羹风味，得出网湖鱼而益美。下阕舟过浪飞，鸥沉鹭起，皆状移舟暮归之景。鸣榔及“三十六鳞”句仍由“鱼”字生情。通篇写水乡风物，如身作烟波钓徒矣。

前调　南屏晚钟

疏钟敲暝色，正远树，绿愔愔。看渡水僧归，投林鸟聚，烟冷秋屏。孤云。渐沉雁影，尚残箫、倦鼓别游人。宫柳栖鸦未稳，露梢已挂疏星。

重城。禁鼓催更。罗袖怯，暮寒轻。想绮疏空掩，鸾绡翳锦，鱼钥收银。兰灯。伴人夜语，怕香消、漏永着温存。犹忆回廊待月，画阑倚遍桐阴。

钟声本在虚处，须着眼“晚”字，前六句从本题写起，宛然暮色苍茫。“残箫倦鼓”句言薄晚人归，见欢娱之易尽，若山寺钟声，为之唤醒，咏晚钟有深湛之思。“宫柳”二句言已将入夜，故下阕言罢游归去，灯畔香消，阑前月上，为闺中静夜，写芳恻之怀。下阕论题面，于南屏钟声，未免疏廓；论词句，固清丽为邻，亦志雅堂之佳制。

前调　柳浪闻莺

晴空摇翠浪，昼禽静，霁烟收。听暗柳啼莺，新簧弄巧，如度秦讴。谁绌。翠丝万缕，飐金梭、宛转织芳愁。风袅余音甚处，絮花三月宫沟。

扁舟。缆系轻柔。沙路远，倦追游。望断桥残日，蛮腰竞舞，苏小墙头。偏忧。杜鹃唤去，爱绵蛮、竟日挽春留。啼觉琼疏午梦，翠丸惊度西楼。

起首六句言凡鸟收声，娇莺独啭，得题前翔集之势。“翠缕金梭”句柳与莺合写。“风袅”二句余音远度，仍不脱“柳”字。转头处“系缆”四句言柳边听莺之人，借西泠苏小，用蛮腰舞态以关合“柳浪”。鹃催春去，而莺挽春留，写“闻莺”别有思致。收笔莺曳残声，犹惊午梦，词亦余音不尽也。

前调　三潭印月

游船人散后，正蟾影，泻寒湫。看冷沁鲛眠，清宜兔浴，皓彩轻浮。扁舟。泛天镜里，溯流光、澄碧浸明眸。栖鹭空惊碧草，素鳞远避金钩。

临流。万象涵秋。怀渺渺，水悠悠。念汉皋遗珮，湘波步袜，空想仙游。风收。翠奁乍启，度飞星、倒影入芳洲。瑶瑟谁弹古怨，渚宫夜舞潜虬。

此题在西湖十景中最难出色，因三潭高不盈丈，分峙湖面，无可形况。“印月”二字亦不易描写。此词从月浸波心着想，便得“印月”之神理。眠鲛、浴鹭、惊鱼等字皆言水底见月之深印。下阕因临流玩月而涉想仙佩凌波，寄情迢递，而“飞星倒影”及“夜舞潜虬”，仍从波心“印月”推想及之。弁阳翁赋此解时，颇费匠心矣。

前调 双峰插云

碧尖相对处，向烟外，挹遥岑。记舞鹫啼猿，天香桂子，曾去幽寻。轻阴。易晴易雨，看南峰、淡日北峰云。双塔秋擎露冷，乱钟晓送霜清。

登临。望眼增明。沙路白，海门青。正地幽天迥，水鸣山籁，风奏松琴。虚楹。半空聚远，倚阑干、暮色与云平。明月千岩夜午，溯风跨鹤吹笙。

咏西湖十景之首句，皆振裘挈领，无一轻率之笔。此词“碧尖相对”四字足为双峰写照。以阴晴云日分写双峰，“南峰”七字可称名句。旧有双塔，高耸峰颠，草窗犹及见之，故有“秋擎”之句，今仅余坏塔之基矣。下阕登高望远，固题中应有之义，妙在“沙白海青”，确是此处登临所见。倚阑而“秋与云平”，则双峰高插云中，不言而喻。结句置身在千仞之冈，宜飘飘有凌云气也。凡名胜之地，每以四字标其风景，如燕台八景、潇湘十景、金陵四十八景之类。而西湖十景尤为擅名。草窗十解，靡不工丽熨贴，如小李画之金碧楼台，故备录之。

三姝媚　送圣与还越

浅寒梅未绽。正潮过西陵，短亭逢雁。秉烛相看，叹俊游零落，满襟依黯。露草霜花，愁正在、废宫芜苑。明月河桥，笛外樽前，旧情消减。

莫诉离觞深浅。恨聚散匆匆，梦随帆远。玉镜尘昏，怕赋情人老，后逢凄惋。一样归心，又唤起、故园愁眼。立尽斜阳无语，空江岁晚。

此送王碧山归越中之作。“废宫芜苑”句有“顾瞻周道”之悲，“故园愁眼”句有“日暮乡关”之感。起三句纪送别之时，其余皆叙别意，深情宛转，惆怅河梁。“后逢凄惋”四字尤为沉痛。此家、国及离索之三种牢愁，皆在老年并集，人何以堪！临江无语，惟有“立尽斜阳”。释迦佛所云“无可说”“无可说”也。

探芳信　西泠春感

步晴昼。向水院维舟，津亭唤酒。叹刘郎重到，依依漫怀旧。东风空结丁香怨，花与人俱瘦。甚凄凉、暗草沿池，冷苔侵甃。

桥外晚风骤。正香雪随波，浅烟迷岫。废苑尘梁，如今燕来否。翠云零落空堤冷，往事休回首。最消魂、一片斜阳恋柳。

西湖当南宋时，翠华临幸，士女嬉游，花月楼台，为西湖千百年来极盛之际。自白雁渡江以后，朝市都非，草窗以凄清词笔写之。“人花俱瘦”句言花事之阑珊，“暗草沿池”句言池馆之凋残，“废苑尘梁”句言离宫之冷落，触处生悲，不尽周原之感，湖山举目，谁动余哀，剩有白发遗黎，扶筇凭吊，如残阳之恋柳耳。

水龙吟 白荷

素鸾飞下青冥，舞衣半惹凉云碎。蓝田种玉，绿房迎晓，一奁秋意。擎露盘深，忆君清夜，暗倾铅水。想鸳鸯正结，梨云好梦，西风冷，还惊起。

应是飞琼仙会。倚凉飙、碧簪斜坠。轻妆斗白，明珰照影，红衣羞避。霁月三更，粉云千点，静香十里。听湘弦奏彻，冰绡偷剪，聚想①思泪。

起笔取喻新颖，笔势亦如翔鸾之破空而下。“蓝田”三句咏本题。“擎露”三句有铜仙恋汉之悲。“惊起鸳鸯”句兼感身世。下阕咏本题而托诸仙踪，如素娥飞下广寒，俗艳红妆，自应避舍。“霁月三更”句咏“白”字，不事雕饰，句法雅切而浑成。以怨歌作结，更见君国之爱。

① 想：当作“相”。

踏莎行　与莫两山谈邗城旧事

远草情钟，孤花韵胜。一楼耸翠生秋暝。十年二十四桥春，转头明月箫声冷。

赋药才高，题琼语俊。蒸香压酒芙蓉顶。景留人去怕思量，桂窗风露秋眠醒。

此词追忆扬州，“明月箫声”与姜白石之空城画角，同其凄韵。“赋药”等句谓药阑咏金带之篇，玉蕊访唐昌之观，往日抽毫进牍，在蒸香压酒之旁，曾日月之几何，顿换“桂窗风露”，旧欢若梦，如玉溪生之追忆惘然矣。

王沂孙三十六首

醉蓬莱　归故山

扫西风门径，黄叶凋零，白云萧散。柳换枯阴，赋归来何晚。爽气霏霏，翠蛾眉妩，聊慰登临眼。故国如尘，故人如梦，登高还懒。

数点寒英，为谁零落，楚魄难招，暮寒堪揽。步屧荒篱，谁念幽芳远。一室秋灯，一庭秋雨，更一声秋雁。试引芳尊，不知消得，几多依黯。

词为归故山而作，起笔萧飒之音，凌纸而发。“翠蛾”二句知我无人，谁相慰藉，有“相看两不厌，只有敬亭山”之意。“故国”二句怀人恋阙，以浑成之笔写之。“寒英”六句写匏瓜无匹之感。“秋灯”三句清愁重叠而来，句法如明珠一串，宜周公谨称为“玉笛天津，锦囊昌谷”也。

踏莎行　题《草窗词》卷

白石飞仙，紫霞凄调。断歌人听知音少。几番幽梦欲回时，旧家池馆生青草。

风月交游，山川怀抱。凭谁说与春知道。空留离恨满江南，相思一夜蘋花老。

以浑朴之笔，发凄恋之音，可见交谊深挚，紫霞、白石，弁阳翁庶几当之。“风月”“山川”二句凝重而倜傥，总括草窗之词境，亦隐以自道。此调与稼轩《贺新郎》词之怀同甫，玉田《琐窗寒》词之怀碧山，皆令人增朋友之重。

一萼红　丙午春赤城山中题花光卷

玉婵娟。甚春余雪尽，犹未跨青鸾。疏萼无香，柔条独秀，应恨流落人间。记曾照、黄昏淡月，渐瘦影、移上小阑干。一点清魂，半枝空色，芳意班班。

重省嫩寒清晓，过断桥流水，问讯孤山。冰粟微消，尘衣不浣，相见还误轻攀。未须讶、东南倦客，掩铅泪、看了又重看。故国吴天树老，雨过风残。

起六句确是题梅花卷而非咏梅。“玉婵娟”三句云思霞想，破空而来。“淡月”“阑干”二句咏花影以衬托画梅，仍不实赋梅花，词心灵妙。下阕“孤山”句罗浮庾岭，梅花盛处，而独言孤山者，盖寓宗国之思，故歇拍有“故国”“风残”之慨。后幅与姜白石《疏影》词咏梅同意。掩泪频看，低回不尽，与禾黍周原同感矣。

醉落魄

小窗银烛。轻鬟半拥钗横玉。数声春调清真曲。拂拂珠帘，残影乱红扑。

垂杨学画蛾眉绿。年年芳草迷金谷。如今休把佳期卜。一掬春情，斜月杏花屋。

梦窗《惜黄花慢》闻歌词自序云：“连歌数阕，皆清真词。”此亦云“春调清真曲”，盖清真词本擅名，又得大晟提唱，遂遍播于青帘红袖间也。前半赋闻歌，而承以红雨扑帘；后半赋怀人，而承以“斜月杏花”，皆用灵秀之笔，虚写风物，而情怀自见。

天香　龙涎香

孤峤蟠烟，层涛蜕月，骊宫夜采铅水。讯远槎风，梦深薇露，化作断魂心字。红瓷候火，还乍识、冰环玉指。一缕萦帘翠影，依稀海山云气。

几回娇半醉。剪春灯、夜寒花碎。更好故溪飞雪，小窗深闭。荀令如今顿老，总忘却尊前旧风味。漫惜余熏，空篝素被。

咏物工细之作，唐五代以来绝少，南宋较多。此调前半体物浏亮，后半即物寓情，咏物之名作也。起笔切合而极凝炼，“蟠”字、“蜕”字尤工。“萦帘”二句既状香痕荡漾，而以海山云气关合本题，在离合之间。后四句借香以寓身世今昔之感，开合有致。

疏影　咏梅影

琼妃卧月。任素裳瘦损，罗带重结。石径春寒，碧藓参差，相思曾步芳屧。离魂分破东风恨，又梦入、水孤云阔。算如今，也厌娉婷，带了一痕残雪。

犹记冰奁半掩，冷枝画未就，归棹轻折。几度黄昏，忽到窗前，重想故人初别。苍虬欲卷涟漪去，慢蜕却、连环香骨。早又是、翠荫蒙茸，不似一枝清绝。

宋词中咏梅诸作，各有思致，此作清超而兼回曲之趣。起首“琼妃”四字殊新颖。“芳屧”句有陈思王“凌波罗袜”之思，未必有其人，而文人每有此托想。下阕由折花归去而忆及故人，旋见翠叶成阴，叹芳时之易逝，既惜别而又惜花，可以兴，可以怨矣。集中尚有《一萼红·石屋探梅》之作，不及此首之精。

法曲献仙音　聚景亭梅次草窗韵

层绿峨峨，纤琼皎皎，倒压波痕清浅。过眼年华，动人幽意，相逢几番春换。记唤酒，寻芳处，盈盈褪妆晚。

已销黯。况凄凉、近来离思，应忘却、明月夜深归辇。荏苒一枝春，恨东风、人似天远。纵有残花，洒征衣、铅泪都满。但殷勤折取，自遣一襟幽怨。

为咏聚景亭梅和草窗韵而作。亭在聚景园中，梅林极盛。碧山屡往游之，故上阕有几度寻芳之语。董嗣杲《西湖百咏》注云：“阜陵致养北宫，拓圃西湖之东，并浮屠之庐九，曾经四朝临幸。继以谏官陈言，出郊之令遂绝。”故下阕云“明月夜深归辇”，想见当日宸游之乐。迨年久境迁，园亭芜圮，悠悠行客，孰动余悲。故“满”字韵云纵有残花，惟凄凉过客泪洒征衣耳。《梦粱录》载高似孙过聚景园诗“水际春风寒漠漠，官梅却作野梅开”，与碧山同感也。

淡黄柳

花边短笛。初结孤山约。雨悄风轻寒漠漠。翠镜秦鬟钗别，同折幽芳怨摇落。

素裳薄。重拈旧红萼。叹携手，转离索。料青禽、一梦春无着。后夜相思，素蟾低照，谁扫花阴共酌。

此词与草窗叙别。伤会少而离多，虽别友之常情，未见警拔处，但碧山与草窗，在宋季并辔词场，两情至厚，曾录别于孤山，次年遇于会稽，旋别去，又次年，草窗自剡溪还，匆匆执手，又复分襟。故结句云“花阴共酌”，回应首句，盼其重践孤山之约。通首历叙萍踪，含情宛转，牙期、管鲍，平生能有几人？南浦移舟，山阳闻笛，同此黯然之思也。

长亭怨　重过中庵故园

泛孤艇、东皋过遍。尚记当日，绿阴门掩。屐齿莓阶，酒痕罗袖、事何限。欲寻前迹，空惆怅、成秋苑。自约赏花人，别后总、风流云散。

水远。怎知流水外，却是乱山尤远。天涯梦短，想忘了、绮疏雕槛。望不尽、冉冉斜阳，抚乔木、年华将晚。但数点红英，犹识西园凄惋。

语云：“愁苦之音，工于欢娱之言。”上阕之意，人在颓垣废苑间易生惆怅，况赏花人远，陈迹重重，尽逐烟云而散，能不惘然！下阕承上别后而言，水远而山外尤远，有恨如春草、更远更生之意，见离情之无际。我念故人，恐故人忘我，正愁心缥缈之时，顾斜日而嗟逝景，抚乔木而惜年芳，四望寂寥，惟数点残花，尚伴人凄惋。后半词意愈转而愈悲，如闻江上琵琶，声声掩抑也。

西江月　为赵元父赋雪梅图

褪粉轻盈琼靥，护香重叠冰绡。数枝谁带玉痕描。夜夜东风不扫。

溪上横斜影淡，梦中落寞魂消。峭寒未肯放春娇。素被独眠清晓。

“褪粉”二句雪梅合咏，双管齐下。“东风不扫”四字确是画中雪梅，词心工细。结句“素被”六字即实赋雪梅，亦是佳句。况合“峭寒”句观之，仍是虚写画中雪梅，字句锤炼而出，犹其余事也。赵元父为燕王八世孙，入元为辰州教授，愧此梅花高节矣。颇工词曲，有“香月照妆秋雾薄，水云飞珮藕丝轻”及“雁声能到画楼中。也要玉人知道有秋风”等句，其词笔颇近碧山。

庆宫春　水仙花

明玉擎金，纤罗飘带，为君起舞回雪。柔影参差，幽芳零乱，翠围腰瘦一捻。岁华相误，记前度、湘皋怨别。哀弦重听，都是凄凉，未须弹彻。

国香到此谁怜，烟冷沙昏，顿成愁绝。花恼难禁，酒消欲尽，门外冰澌初结。试招仙魄，怕今夜、瑶簪冻折。携盘独出，空想咸阳，故宫落月。

起笔二句工整。“起舞”“瘦腰”四句从水仙化身着想，遂觉仙影翩嬛，色香双绝。“前度”句以湘皋映带水仙，而以“怨别”二字领起下阕之意。“哀弦”三句用琴中《水仙操》以切合本题。且廿五湘弦与“湘皋”句融成一片。转头处“国香”句及歇拍“故宫”句标明借花写怨之怀，既感喟身世，复眷念宗国，故下阕烟昏月冷等辞，满纸皆凄寒之韵也。

高阳台

残萼梅酸，新沟水绿，初晴节序暄妍。独立雕阑，谁怜枉度华年。朝朝准拟清明近，料燕翎、须寄银笺。又争知、一字相思，不到吟边。

双蛾不拂青鸾冷，任花阴寂寂，掩户闲眠。屡卜佳期，无凭却怨金钱。何人寄与天涯信，趁东风、急整归船。纵飘零、满院杨花，犹是春前。

芳春正好，而留滞未归，紫燕盼书，金钱卜信，怀人与怀乡之念，并集客中，宜其词之善感矣。张叔夏评碧山词云：“琢语峭拔，有白石意度。”今观此类之词，笔势回旋，情致悱恻，是碧山所长，若云峭拔，视白石似尚隔一尘也。

一萼红　初春怀旧

小庭深。有苍苔老树，风物似山林。侵户清寒，捎池急雨，时听飞过啼禽。扫荒径、残梅似雪，甚过了、人日更多阴。压酒人家，试灯天气，相次登临。

犹记旧游亭馆，正垂杨引缕，嫩草抽簪。罗带同心，泥金半臂，花畔低唱轻斟。又争信、风流一别，念前事、空惹恨沉沉。野服山笫醉赏，不似如今。

春阴庭院，静境宜人，试灯压酒，大好韶光冉冉从闲中度去，前半皆赋“初春”，虽未赋“怀旧”，已含有凄清之思。后半皆赋“怀旧”，嫩草垂杨，当日俊游，亦初春天气，乃风物依然，而酒边人远，俯仰今昔之怀，娓娓写来，如听清谈屑玉也。

声声慢　和周草窗

迎门高髻，倚扇清吭，娉婷未数西州。浅拂朱铅，春风二月梢头。相逢靓妆俊语，有旧家、京洛风流。断肠句，试重拈彩笔，与赋闲愁。

犹记凌波欲去，问明珰罗袜，却为谁留。枉梦相思，几回南浦行舟。莫辞玉尊起舞，怕重来、燕子空楼。漫惆怅，抱琵琶、闲过此秋。

绮梦消沉，余情萦曳，通篇皆感旧成吟。其言朱铅浅拂，螺髻高盘，想见当日京洛妆饰之盛。继言南浦兰舟去后，花随流水，蝉过别枝，殊有洛里柳枝之慨。余暖檀槽，徒存惆怅耳。此词叙情明顺，无事寻绎。以倩丽之笔，致低回之意，碧山所擅长也。

摸鱼儿　莼

玉帘寒、翠丝微断，浮空清影零碎。碧芽也抱春洲怨，双卷小缄芳字。还又似。系罗带、相思几点青钿缀。吴中旧事。怅酪乳争奇，鲈鱼谩好，谁与共秋醉。

江湖兴，昨夜西风又起。年年轻误归计。如今不怕归无准，却怕故人千里。何况是。正落日、垂虹怎赋登临意。沧浪梦里。纵一舸重游，孤怀暗老，余恨渺烟水。

前四句赋“莼”，细腻熨贴。“罗带”二句喻新而句秀。“吴中”四句以酪乳、鲈鱼为“莼”作陪宾，佐秋来之一醉，笔致生动。下阕因莼鲈而动乡思，兼有蒹葭忆远之情。因前半首征实，故后半课虚，虚实相乘，乃布局揣称处。后路托想迢递，词客秋怀，与烟水同其浩渺矣。

齐天乐　蝉

绿阴千树西窗悄，厌厌昼眠惊起。嫩翼风微，流声露悄，半剪冰笺谁寄。凄凉倦耳。漫重拂琴丝，怕寻冠珥。梦短深宫，向人犹自诉憔悴。

残虹收尽过雨，晚来频断续，都是秋意。病叶难留，纤柯易老，空忆斜阳身世。山明月碎。甚已绝余音，尚遗枯蜕。鬓影参差，断魂青镜里。

起笔二句便得闻蝉神理。“嫩翼”二句咏本题。“冰笺”至“憔悴”六句是蝉是人，同抱身世之感。转头处三句虹收残雨、惊耳秋声，即写景亦是佳句，况咏蝉耶！“病叶”三句无限苍凉之思，尤耐吟讽。结笔“枯蜕”“断魂”四句咏蝉固佳，何凄清乃尔耶？

前调

一襟余恨宫魂断，年年翠阴庭树。乍咽凉柯，还移暗叶，重把离愁深诉。西窗过雨。怪瑶珮流空，玉筝调柱。镜掩妆残，为谁娇鬓尚如许。

铜仙铅泪似洗，叹移盘去远，难贮零露。病翼惊秋，枯形阅世，消得斜阳几度。余音更苦。甚独抱清商，顿成凄楚。谩想薰风，柳丝千万缕。

前首咏蝉乃身世之感，此首乃宗社之痛。端木子畴评此词云：“详味词意，‘宫魂’字点出命意。‘乍咽’‘还移’，慨播迁也。‘西窗’三句伤敌骑暂退，燕安如故。‘镜掩’二句残破满眼，而修容饰貌，侧媚依然。‘铜仙’三句宗器重宝均被迁夺。‘病翼’二句更痛哭流涕，言海岛栖流，决不能久。‘余音’三句遗臣孤愤，哀怨难论。‘谩想’二句责诸臣到此尚安危利灾，视若全盛也。”其论与张皋文、周止庵之言相合，余亦从之。沧桑遗黎，诵之呜咽。

南浦　春水

柳下碧粼粼，认曲尘、乍生色嫩如染。清溜满银塘，东风细、参差縠纹初遍。别君南浦，翠眉曾照波痕浅。再来涨绿迷旧处，添却残红几片。

葡萄过雨新痕，正拍拍轻鸥，翩翩小燕。帘影蘸楼阴，芳流去、应有泪珠千点。沧浪一舸，断魂重唱蘋花怨。采香幽径鸳鸯睡，谁道湔裙人远。

咏春水不难于写景言情，而难于寓情于景，沉思入细。此作一往情深，且有托意。“南浦”以下四句及“帘影”至结句皆经意之作。如永叔之方夜读，树树秋声；如司马之听琵琶，弦弦掩抑也。与玉田《春水》词。可称双美。

花犯　苔梅

古婵娟，苍鬟素靥，盈盈瞰流水。断魂千里。

叹绀缕飘零，难系离思。故山岁晚谁堪寄。琅玕聊自倚。谩记我、绿蓑冲雪，孤舟寒浪里。

三花两蕊破蒙茸，依依似有恨、明珠轻委。云卧稳，蓝衣正，护春憔悴。罗浮梦、半蟾挂晓，么[1]凤冷、山中人乍起。又唤取、玉奴归去，余香空翠被。

此调后半首尤佳。周止庵云："不减白石风流也。"赋物能将人景情思，一齐融入，最是白石长处。以咏题面而论，起笔"苍鬟"句与后幅之以"云卧""护春"二句写"苔梅"，皆雅逸而兼巧思。

露华　碧桃

晚寒伫立。记铅轻黛浅，初认冰魂。碧罗衬玉，犹凝茸唾香痕。净洗妒春颜色，胜小红、临水湔裙。烟渡远，应怜旧曲，换叶移根。

山中去年人别，怪月悄风轻，闲掩重门。琼肌瘦损，那堪燕子黄昏。几片过溪浮玉，似夜归、深雪前村。芳梦冷，双禽误宿粉云。

此词咏碧桃凡二首，录其第二首。其下阕取径远而布势曲，无语不工，尤耐寻味。写溪上桃花，如三素仙姝，静夜向清波照影也。

---

① 么：当作"幺"。

眉妩 新月

渐新痕悬柳，淡彩穿花，依约破初暝。便有团圆意，深深拜，相逢谁在香径。画眉未稳。料素娥、犹带离恨。最堪爱、一曲银钩小，宝帘挂秋冷。

千古盈亏休问。叹漫磨玉斧，难补金镜。太液池犹在，凄凉处、何人重赋清景。故山夜永。试待他、窥户端正。看云外山河，还老桂花旧影。

上阕赋本题，人与月兼写，描摹工雅，若一串牟尼，粒粒皆含精彩。下阕故国之念甚深，“云外山河”，尚留“旧影”，而新亭举目，朝市全非，纵有吴刚“玉斧”，焉能补破碎金瓯耶！

水龙吟 牡丹

晓寒慵揭珠帘，牡丹院落花开未。玉阑干畔，柳丝一把，和风半倚。国色微酣，天香乍染，扶春不起。自真妃舞罢，谪仙赋后，繁华梦，如流水。

池馆家家芳事。记当时、买栽无地。争如一朵，幽人独对，水边竹际。把酒花前，剩拚醉了，醒来还醉。怕洛中春色，匆匆又入，杜鹃声里。

前七句赋牡丹正面。“真妃”四句借唐宫遗恨，慨天水之消沉。下阕言众醉盈廷，独醒何补，咏花亦以自悼。结句言京洛春光虽好，白雁南来，帝业共春光俱逝，但微旨及之，不说尽耳。

前调　海棠

世间无此娉婷，玉环未破东风睡。将开半敛，似红还白，余花怎比。偏占年华，禁烟才过，夹衣初试。叹黄州一梦，燕宫绝笔，无人解，看花意。

犹记花阴同醉。小阑干、月高人起。千枝媚色，一庭芳景，清寒似水。银烛延娇，绿房留艳，夜深花底。怕明朝、小雨蒙蒙，便化作，燕支泪。

此词惟上、下阕之结句见本意，其余皆咏海棠。“黄州”三句言自东坡去后，俊赏无人，叹人才销乏，负此名花。下阕“明朝小雨”二句黯然家国之悲，音在弦外花香细雨间，杜娘红泪，与燕支同洒春衫矣。

前调　落叶

晓霜初着青林，望中故国凄凉早。萧萧渐积，纷纷犹坠，门荒径悄。渭水风生，洞庭波起，几番秋杪。想重崖半没，千峰尽出，山中路，无人到。

前度题红杳杳。溯宫沟、暗流空绕。啼螀未歇，飞鸿欲过，此时怀抱。乱影翻窗，碎声敲砌，愁人多少。望吾庐甚处，只应今夜，满庭谁扫。

淮南子云："木叶落，长年悲。"见落叶而伤秋，词人每有此感。但碧山忠爱之忱，出于不容已，故词中"宫沟""故国"，触处生悲。"渭水""洞庭"句引乱愁于无次，"山路无人"句叹劫后之萧条。下阕因落叶而动乡思，断雁残蛩，同其凄韵。此词"洞庭"七句及"前度"以下五句颇警动。集中尚有《绮罗香·红叶》云："千林摇落渐少，何事西风老色，争妍如许。二月残花，空误小车山路。重认取，流水荒沟，怕犹有、寄情芳语。但凄凉、秋苑斜阳，冷枝留醉舞。"其下半阕无语不悲也。

前调 白莲

翠云遥拥环妃，夜深按彻霓裳舞。铅华净洗，涓涓出浴，盈盈解语。太液荒寒，海山依约，断魂何许。甚人间别有，冰肌雪艳，娇无奈，频相顾。

三十六陂烟雨。旧凄凉、向谁堪诉。如今谩说，仙姿自洁，芳心更苦。罗袜初停，玉珰还解，早凌波去。试乘风一叶，重来月底，与修花谱。

集中倚《水龙吟》调凡五首，皆咏物之作，赋体与兴体兼有之。咏白莲两首，次首尤胜。惟起五句咏本题，余皆借花以抒感。"海山""断魂"句言末造飘流海岛，落日狂涛，宫车不返。"别有冰肌"四句意谓两朝冠剑，降表签名，大有人在，而不欲斥言，乃托词以隐刺。后段"仙姿"二句尤为撄心深痛，纵埋名削迹，安能解其饮冰茹蘖之悲，何异于落尽莲衣而莲心更苦，乃极写其哀思。“早凌波去”句怅鼎湖之去远，“乘风盼归”句，乃抱弓剑而仍号也。凡作咏物词，须切定本题，如清真《水龙吟》咏梨花，既用樊川、灵关事，又用“深闭门”及“一枝带雨”以切合之，若仅言花白，安见即是梨花。碧山此词，虽意在君国，而本题亦不抛荒。首句之“翠云环妃”及后段之“仙姿自洁”“玉珰凌波”句仍雅切白莲，可谓句意兼得矣。

齐天乐　萤

碧痕初化池塘草，荧荧野光相趁。扇薄星流，盘明露滴，零落秋原飞磷。练裳暗近。记穿柳生凉，度荷分暝。误我残编，翠囊空叹梦无准。

楼阴时过数点，倚阑人未睡，曾赋幽恨。汉苑飘苔，秦陵坠叶，千古凄凉不尽。何人为省。但隔水余辉，傍林残影。已觉萧疏，更堪秋夜永。

上阕句句切本题，工致妥贴，咏物之本色。下阕以“幽恨”二字领起下文。“汉苑”“秦陵”以下，今愁古怨，并赴毫端，如秋声自西南来，金铁皆鸣。“余辉”“残影”句草间之爝火，即劫后之遗民，为之一叹。《花外集》凡词六十五首，而咏物近三十首，有寄托者为多。周止庵评其词云：“咏物最争托意，隶事处以意贯串，浑化无痕，碧山胜场也。”

前调 赠秋崖道人西归

冷烟残水山阴道，家家拥门黄叶。故里鱼肥，初寒雁落，孤艇将归时节。江南恨切。问还与何人，共歌新阕。换尽秋芳，想渠西子更愁绝。

当时无限旧事，叹繁华似梦，如今休说。短褐临流，幽怀倚石，山色重逢都别。江云冻结。算只有梅花，尚堪攀折。寄取相思，一枝和夜雪。

宋末遗民之能词者甚多，此词“冷烟残水”首句即有剩水残山之慨，秋崖亦遗民之一也。“拥门黄叶”句绝好之秋山图画。“秋芳西子”句因秋崖归越，故引用越中西子，而言愁换秋芳，面面俱到。“短褐”三句申足首句“残水山阴”之意。“江云梅花”句回顾上阕“还与何人”句，如唐遗民苍雪诗之“独向梅花说到明”也。

庆清朝 榴花

玉局歌残，金陵句绝，年年负却薰风。西邻窈窕，独怜入户飞红。前度绿阴载酒，枝头色比舞裙同。何须拟，蜡珠作蒂，缃彩成丛。

谁在旧家殿阁，自太真仙去，扫地春空。朱旛护取，如今应误花工。颠倒绛英满径，想无车马到山中。西风后，尚余数点，还胜春浓。

词中引用古事，以用其事不用其名为佳。《片玉词》多用两人名作对语，如《宴清都》之“庾信愁多，江淹恨极”、《过秦楼》之“才减江淹，情伤荀倩”，虽词句似凝重，而能不露人名，尤为隐秀。碧山此词之“玉局”“金陵”，《水龙吟·海棠》之“黄州”“燕宫”，皆引其事不显其名也。此词虽咏花，而起三句即含有社屋之悲。以下七句皆咏本题。转头处即明言“旧家殿阁”，以后皆兼写其禾黍之思。观其“车马山中”句当是咏西湖行殿之榴花。结句言数点余红，犹胜于浓酣之春色，喻己之一点丹心，耿然长在，与吴梅村诗之“石榴喷火照皇都，再哭苍梧愧左徒”，有同感也。

高阳台

残萼梅酸，新沟水绿，初晴节序暄妍。独立雕阑，谁怜枉度华年。朝朝准拟清明近，料燕翎、须寄银笺。又争知、一字相思，不到吟边。

双蛾不拂青鸾冷，任花阴寂寂，掩户闲眠。屡卜佳期，无凭却怨金钱。何人寄与天涯信，趁东风、急整归船。纵飘零、满院杨花，犹是春前。

此词纯是怀人之作。“燕翎”四句及下阕“佳期”以下至结句，皆用旋折之笔，而情思亦随之萦转。纡徐为妍，词家之佳境也。观其“飘零”“杨花”三句，似有所讽。或有友在北庭，盼其早归，谓新命弹冠，不若故山戢景，但无事证，未敢断言。《花外集》中固多寓意，但篇篇求深，必失之愈远。如《龙涎香》词，论者必附会谢太后及海外事，失之穿凿矣。

前调

驼褐轻装，狨鞯小队，冰河夜渡流澌。朔雪平沙，飞花乱拂蛾眉。琵琶已是凄凉调，更赋情、不比当时。想如今、人在龙庭，初劝金卮。

一枝芳讯应难寄，向山边水际，独抱相思。江雁孤回，天涯人自归迟。归来依旧秦淮碧，问此愁、还有谁知。对东风、空似垂杨，零乱千丝。

原序云："陈君衡远游未还。周公谨有怀人之赋，倚歌和之。"公谨之词，言金章宝带，行色庄严。此言朔雪龙庭，当是奉使远赴元廷。公谨词言"都付新诗"，此言"当时赋情"，盖其人亦能文，为公谨碧山之吟侣，故皆赠以长歌，盼其早归。碧山此作，上、下阕之后段，颇见交情。且意有所属，谓即使能归，恐秦淮碧水依然，犹朝政仍苟安旦夕，此愁将谁语耶？

前调　和周草窗寄越中诸友韵

残雪庭阴，轻寒帘影，霏霏玉管春葭。小帖金泥，不知春在谁家。相思一夜窗前梦，奈个人、水隔天遮。但凄然，满树幽香，满地横斜。

江南自是离愁苦，况游骢古道，归雁平沙。怎得银笺，殷勤与说年华。如今处处生芳草，纵凭高、不见天涯。更消他，几度东风，几度飞花。

碧山与公谨并负时名，其交友多词坛遗逸，故公谨寄词，切时雨停云之感。碧山和之，亦有屋梁落月之思。此词前半首平叙初春怀友，其经意在后半首以蕴藉之笔，致缠绵之怀。“芳草天涯”句忧生念乱，情见乎辞。结句更有“来轸方遒”之慨。

扫花游　二首　绿阴

小庭荫碧，遇骤雨疏风，剩红如扫。翠交径小。问攀条弄蕊，有谁重到。漫说青青，比似花时更好。怎知道。自一别汉南，遗恨多少。

清昼人悄悄。任密护帘寒，暗迷窗晓。旧盟误了。又新枝嫩子，总随春老。渐隔相思，极目长亭路杳。搅怀抱。听蒙茸、数声啼鸟。

卷帘翠湿，过几阵残寒，几番风雨。问春住否。但匆匆暗里，换将花去。乱碧迷人，总是江南旧树。谩凝伫。念昔日采香，今更何许。

芳径携酒处。又荫得青青，嫩苔无数。故林晚步。想参差渐满，野塘山路。倦枕闲床，正好微曛院宇。送凄楚。怕凉声、又催秋暮。

周止庵评此二调云："前首感盛时易去，次首刺朋党日繁。"其语诚为有见。寻绎词意，前首"遗恨多少"句兼伤时事之日非。"旧盟""新枝"三句怅老成凋谢而后进无人。"啼鸟"句言羸得莠言乱政耳。次首"乱碧迷人"句固有白香山原草又生之喻。其下"采香"句因乱碧而念采香人远，有"天地闭，贤人隐"之慨。下阕"青苔""野塘"数语，深感明党之遍布。结句言大好曛和庭院，恐容易惊秋，犹云大好金瓯，恐为纤儿撞毁耳。以咏本题而论，昔人之赋"绿阴"者，如"春风取花去，酬我以清阴"及"绿阴幽草胜花时"，又"深深院落阴阴柳，纵使无花也看来"，皆称佳句。此词赋"绿阴"，静细而有潆洄之态，亦咏物之雅制也。

应天长

疏帘蝶粉，幽径燕泥，花间小雨初足。又是禁城寒食，轻舟泛晴渌。寻芳地，来去熟。尚仿佛、大堤南北。望杨柳、一片阴阴，摇曳新绿。

重访艳歌人，听取春声，犹是杜郎曲。荡漾去年春色，深深杏花屋。东风曾共宿。记小刻、近窗新竹。旧游远，沉醉归来，满院银烛。

上阕仅叙述旧游，其婉妙处在"荡漾去年春色"至结句，笔致亦若春风之荡漾，当年之题竹小诗，醉花深屋，如流尘逐梦矣。结句四字，昌黎之咏银烛，在共醉之时，此则在独归之后，其有"烛消人瘦"之感耶？

八六子

洗芳林。几番风雨，匆匆老尽春禽。渐薄润侵衣不断，嫩凉随扇初生，晚窗自吟。

沉沉幽径芳寻。晻霭苔香帘净，萧疏竹影庭深。谩淡却蛾眉，晨妆慵扫，宝钗虫散，绣屏鸾破，当时暗水和云泛酒，空山留月听琴。料如今。门前数重翠阴。

上阕惜春光之易老，下阕“蛾眉”句以下感旧而兼怀人，承以“宝钗”二句，凄艳动人。《八六子》之腔拍生硬，作者自然雅逸出之，若不经意，而情景并到。结处余韵不尽，句亦浑成。

望梅

画阑人寂。喜轻盈照水，犯寒先坼。袅芳枝、云缕鲛绡，露浅浅涂黄，汉宫娇额。剪玉裁冰，已占断、江南春色。恨风前素艳，雪里暗香，偶成抛掷。

如今眼穿故国。待拈花弄蕊，时话思忆。想陇头、依约飘零，甚千里芳心，杳无消息。粉怯珠愁，又只恐、吹残羌笛。正斜飞、半窗晓月，梦回陇驿。

此调前六句实赋梅花，余虽句句咏梅，而处处有宗国之思。陈廷焯《白雨斋词话》云："碧山词性情和厚，学力精深，怨慕幽思，本诸忠厚，而运以顿挫之姿，沉郁之笔，论其词品，已臻绝顶。"又称碧山词为："诗中之曹子建、杜子美也。"王鹏运于光绪间刻《碧山乐府》一卷，取鲍氏刻本，重加校订，并增戈顺卿校勘数则，称其词可"颉颃双白，揖让二窗，实为南渡之杰"。推许甚至。余谓五代词人，以身值乱离，不敢昌言，故忠爱之忱，每托诸绛唇珠袖，碧山则借物兴怀，不作喁喁儿女语，陈君称其词品之高，洵不虚也。

王易简七首

齐天乐 客长安赋

宫烟晓散春如雾。参差护晴窗户。柳色初分，饧香未冷，正是清明百五。临流笑语。映十二阑干，翠颦红妒。短帽轻鞍，倦游曾遍断桥路。

东风为谁媚妩。岁华频感慨，双鬓何许。前度刘郎，三生杜牧，赢得征衫尘土。心期暗数。总寂寞当年，酒筹花谱。付与春愁，小楼今夜雨。

上阕赋长安春景，清丽而有倜傥之度。起笔"宫烟"二句颇新，词家鲜咏及者。下阕叙客怀，闲淡写来，不作忧伤过分语。结句欲写春愁，而付诸"小楼夜雨"，语殊蕴藉。

酹江月

暗帘吹雨，怪西风梧井，凄凉何早。一寸柔情千万缕，临镜霜痕惊老。雁影关山，蛩声院宇，做就新怀抱。湘皋遗珮，故人空寄瑶草。

已是摇落堪悲，飘零多感，那更长安道。衰草寒芜吟未尽，无那平烟残照。千古闲愁，百年往事，不了黄花笑。渔樵深处，满庭红叶休扫。

上阕悲秋兼怀友，清稳而未见警拔。下阕"衰草"至"黄花"五句颇为超旷。草窗之友，固无弱手也。

天香　龙涎香

烟峤收痕，云沙拥沫，孤槎万里春聚。蜡杵冰尘，水妍花片，带得海山风露。纤痕透晓，银镂小、初浮一缕。重剪纱窗暗烛，深垂绣帘微雨。

余馨恼人最苦。染罗衣、少年情绪。漫省珮珠曾解，蕙羞兰妒。好是芳钿翠妩。奈素被浓熏梦无据。待剪秋云，殷勤寄与。

《乐府指迷》谓咏物须有切定本题句，但"龙涎香"无确切之典，故王碧山赋此题，仅以"蟠烟""蜕月""海山云气"等映带之。此作首句"烟峤""云沙"，含有"龙涎"意，以外皆咏"香"。下阕"少年"句、"素被"句与碧山"荀令”“空篝”词意相似，但此调颇工细，虽未与《花外》抗手，亦可接武矣。尚有冯应瑞亦倚此调咏“龙涎香”云：“枯石留痕，残沙拥沫，骊宫夜蛰惊起。海市收时，鲛人分处，误入众芳丛里。春霖未就，都化作、凄凉云气。惟有清寒一点，消磨小窗残醉。　当年翠篝素被。拂余熏、倦怀如水。漫惜舞红犹在，为谁重试。几片金昏字古，向故箧聊将伴憔悴。”词亦殊工。《词综》录之，惜原缺其末二句。

摸鱼儿　莼

怪鲛宫、水晶帘卷，冰痕初断香缕。柔波荡桨人难到，三十六陂烟雨。春又去。伴点点、荷钱隐约吴中路。相思日暮。恨洛浦娉婷，芳钿翠剪，奁影照凄楚。

功名梦，消得西风一度。高人今在何许。鲈香菰冷斜阳里，多少天涯意绪。谁记取。但枯豉、红盐溜玉凝秋箸。樽前起舞。算惟有渊明，黄花岁晚，此兴共千古。

王碧山赋此题，前半征实，后半课虚。此作虽不甚工切，后半“鲈香”及“盐豉”句却不脱“莼”字，自是经意之作。

前调　莼

过湘皋、碧龙惊起，冰涎犹护髯影。春洲未有菱歌伴，独占暮烟千顷。呼短艇。试剪取、纤条玉溜青丝莹。樽前细认。似水面新荷，波心半卷，点点翠钿净。

凄凉味，酪乳那堪比并。吴盐一箸秋冷。当时不为鲈鱼去，聊尔动渠归兴。还记省。是几度、西风几处吹愁醒。鸥昏鹭暝。漫换得霜痕，萧萧两鬓，羞与共秋镜。

咏莼较易于龙涎香，作者意有未尽，故再接再厉。上阕较前首体物尤工，喻以新荷半掩，殊肖。以下余波荡漾，句意并到。此二调若尹、邢并美也。

齐天乐　蝉

碧云深锁齐姬恨，纤柯暗翻冰羽。锦瑟重调，绡衣乍着，聊饮人间风露。相逢甚处。记槐影初凉，柳阴新雨。听尽残声，为谁惊起又飞去。

商量秋信最早，晚来吟未彻，都是凄楚。断韵还连，余悲似咽，欲和愁边佳句。幽期与语。怕寒叶凋零，蜕痕尘土。古木斜晖，向人怀抱苦。

咏蝉较咏莼取境为宽，此作虽不及碧山之沉着，而通首皆工切。易简赋“龙涎香”、赋“莼”、赋“蝉”，所倚之调，皆与碧山同，盖意在云龙相逐也。起句宜虚罩全首，此作起笔用齐姬事，不能越“一襟余恨宫魂断”之意。

水龙吟　白莲

翠裳微护冰肌，夜深暗泣瑶台露。芳容淡伫，风神萧散，凌波晚步。西子残妆，环儿初起，未须匀注。看明珰素袜，相逢憔悴，当应被，熏风误。

十里云愁雪妒。抱凄凉、盼娇无语。当时姊味，朱颜褪酒，红衣按舞。别浦重寻，旧盟惟有，一行鸥鹭。伴玉颜月晓，盈盈冷艳，洗人间暑。

处处不脱本题，咏“白”字而皆有莲花淡逸之致，非泛论白色之花，是其工切处。结句尤超脱。

唐艺孙二首

天香　龙涎香

螺甲磨星，犀株捣月，蕤英嫩压拖水。海蜃楼高，仙娥钿小，缥缈结成心字。麝煤候暖，载一朵、轻云未起。银叶初生薄晕，金貌旋翻纤指。

芳杯恼人渐醉。碾微馨、凤团闲试。满架舞红都换，懒收珠珮。几片菱花镜里。更摘索双环伴秋睡。早是新凉，重熏翠被。

凡咏物词自以切合为工，而此题无故实可征，只能烘托。此作起笔句研字炼，“海蜃”至“轻云”五句能去题不远，用疏宕之笔，故无滞态。下阕咏试“香”之人，虽于本题稍懈，而语颇雅逸。

齐天乐　蝉

柳风微扇闲池阁，深林翠阴人静。渐理琴丝，谁调金奏，凄咽流空清韵。虹明雨润。正乍集庭柯，凭阑新听。午梦惊回，有人娇困酒初醒。

西轩晚凉又嫩，向枝头占得，银露千顷。蜕剪花轻，翼翻纸薄，老去易惊秋信。残声送暝。恨秦树斜阳，暗催光景。淡月疏桐，半窗留鬓影。

先从闻蝉着想，下阕注意本题，深款有致。虽逊于碧山，而与易简、恕可相伯仲也。

吕同老三首

水龙吟　白莲

冰肌不污天真，晓来玉立瑶池里。亭亭翠盖，盈盈素靥，时妆净洗。太液波翻，霓裳舞罢，断魂流水。甚依然旧日，浓香淡粉，花不似，人憔悴。

欲唤凌波仙子。泛扁舟、浩波千里。只愁回首，冰奁半掩，明珰乱坠。月影凄迷，露华零落，小阑谁倚。共芳盟犹有，双栖雪鹭，夜寒惊起。

起五句实赋本题。“太液”五句霓裳已远，而花发依然，低回善感。下阕从花谢后为之咏叹，仍着眼本题，无悠泛语。

齐天乐　蝉

绿阴初蔽林塘路，凄凄乍留清韵。倦咽高槐，惊嘶别柳，还忆当时曾听。西窗梦醒。叹弦绝重调，珥空难整。绰约冰绡，夜深谁念露华冷。

不知身世易老，一声声断续，频报秋信。坠叶山明，疏枝月小，惆怅齐姬薄幸。余音未尽。早枯翼飞仙，暗嗟残景。见洗冰奁，怕翻双翠鬓。

审其词意，含有伤离感逝之怀，借蝉声而一泄，其音凄以远，其辞丽而清。

天香　龙涎香

冰片镕肌，水沉换骨，蜿蜒梦断瀛岛。剪碎腥云，杵匀枯沫，妙手制成翻巧。金篝候火，无似有、微熏初好。帘影垂风不动，屏深护春宜小。

残梅舞红褪了。佩珠寒、满怀清峭。几度酒余重省，旧愁多少。苟令风流未减，怎奈向飘零赋情老。待寄相思，仙山路杳。

咏物词大抵皆前半体物，后半寄情，作者亦然。其体物则工细，寄情则依黯，可与李篔房、王理得、唐英发诸作，并辔词场。

张炎六十首

满庭芳　小春

晴皎霜花，晓融冰羽，开帘觉道寒轻。误闻啼鸟，生意又园林。闲了凄凉赋笔，便而今、懒听秋声。消凝处，苔枝借暖，终是未多情。

阳和能几许，寻芳探粉，也恁忺人。笑邻娃痴小，料理护花铃。却怕惊回睡蝶，恐和他、草梦都醒。还知否，能消几日，风雪灞桥深。

起五句赋本题。“赋笔”二句已说到自身。以下纯是借“小春”以砭世，作警刺之辞。“苔枝借暖”，能有几时，“睡蝶”无知，徒惊“草梦”。彼娇小之“邻娃”，眼前贪取“阳和”，未几而漫天“风雪”即相逼而来，意谓遂取新时缨冕，不若还寻旧日斧柯，尚能耐岁寒也。风诗微旨，去人未远。

梅子黄时雨　病中怀归

流水孤村，爱尘事顿消，来访深隐。向醉里谁扶，满身花影。鸥鹭相看如瘦，近来不是伤春病。嗟流景。竹外野桥，犹系烟艇。

谁引。斜川归兴。便啼鹃纵少，无奈时听。待棹击空明，鱼波千顷。弹断琵琶留不住，最愁人是黄昏近。江风紧。一行柳丝吹暝。

题云因“病中怀归”而作，实则因避世而思归，即鸥鹭亦知其不为伤春而病也。醉里扶花，烟中系艇，预想还乡风味，何等萧闲！而心中则冰丝弹罢，怕近黄昏，憔悴柳枝，岂能耐江风之严紧？艰危身世，望衡宇而欣奔，有情不自禁者，处处借景书怀，殊有手挥目送之妙。

庆春宫

都下寒食，游人甚盛，水边沙际，多丽人小鬟集，以柳圈祓禊而去。

波荡兰觞，邻分杏酪，昼辉冉冉烘晴。罥索飞仙，戏船移景，薄游也自忺人。薰风来处，听隔水、人家卖饧。月题争系，油壁相连，笑语逢迎。

池亭小队秦筝。就地围香，临水湔裙。冶态飘云，醉妆扶玉，未应闲了芳情。旅怀无限，忍不住、低低问春。梨花落尽，一点新愁，曾到西泠。

词中“兰觞”“杏酪”，“罥索”“戏船”，隔岸饧箫，池亭筝队，暖风薰处，一片承平欢乐之声。而观其结处“新愁曾到”句，知以上所言，皆追怀往事，此日旅怀惆怅，诉愁无地，只可低问春风。其《祝英台近·重过西湖书所见》云：“漫留一掬相思，待题红叶，奈红叶、更无题处。”与此同感。

长亭怨　有感故居

望花外、小桥流水，门巷愔愔，玉箫声绝。鹤去台空，珮环何处、弄明月。十年前事，愁千折、心情顿别。露粉风香，谁为主、都成消歇。

凄咽。晓窗分袂处，同把带鸳亲结。江空岁晚，更忘了、尊前曾说。恨西风、不庇寒蝉，便扫尽、一林残叶。谢杨柳多情，还有绿阴时节。

此与集中《忆旧游》词同为感念故园而作。但《忆旧游》词谓梁燕归来而垂杨路隔，专为故园而咏，此则专为园中之人而咏。观其上、下阕“鹤去台空”“晓窗分袂”等句，非特朱邸春空，且征衫人远，如风林残叶，一扫皆空，垂杨有转绿之时，而罗带无同携之日，王孙末路，亦杜牧重来也。

阮郎归 有怀北游

钿车骄马锦相连。香尘逐管弦。瞥然飞过水秋千。清明寒食天。

花贴贴，柳悬悬。莺房几醉眠。醉中不信有啼鹃。江南二十年。

此为晚年之作。玉田生于宋理宗戊申年，其北游燕、蓟，在少壮时，迨至江南，年已四十余矣。其《临江仙》词自注云："甲寅秋，寓吴，……时余年六十有七。"故此词有"江南二十年"之句。

南浦 春水

波暖绿粼粼，燕飞来、却是苏堤才晓。鱼没浪痕圆，流红去、翻笑东风难扫。荒桥断浦，柳阴撑出扁舟小。回首池塘青欲遍，绝似梦中芳草。

和云流出空山，甚年年净洗，花香不了。新绿乍生时，孤村路、犹忆那回曾到。余情渺渺。茂林觞咏如今悄。前度刘郎从去后，溪上碧桃多少。

《春水》词为玉田盛年所作，以此得名。论其格局，先写景，后言情，意亦犹人。审其全篇过人处，能运思于环中，而传神于象外也。论其字句，上阕言春水浮花，而云"东风难扫"，具见巧思；言春水移舟，而云断涧生波，且自"柳阴撑出”，以写足“春”字。用春草碧色作陪，更用“池塘”诗句以夹写之，皆下语经意处。转头处“和云”六字赋春水之来源，句复倜傥。“花香”二句水流花放，年复一年，喻循环之世变，钱武肃所谓“没了期”也，含意不尽。后路以感旧作结，融情景于一家。结句复以溪桃点缀春水，到底不懈。

水龙吟　白莲

仙人掌上芙蓉，涓涓犹滴金盘露。轻装照水，纤裳玉立，飘飘似舞。几度消凝，满湖烟月，一汀鸥鹭。记小舟夜悄，波明香远，浑不见，花开处。

应是浣纱人妒。褪红衣、被谁轻误。闲情雅淡，冶姿清润，凭娇待语。隔浦相逢，偶然倾盖，似传心素。怕湘皋珮解，绿云十里，卷西风去。

起五句咏本题。“烟月”“鸥鹭”二句虽泛写景物，已隐含白莲静态。“不见花开”句尤为传神之笔。转头处“褪红衣”句辞华就璞，见品格之高。“倾盖”“素心”八字人与花并咏，借用殊巧。结句以湘珮喻白莲，“绿云风卷”，怅彼美之云遥，感哲人之其萎，惟有溯流风而独写耳。

解连环　孤雁

楚江空晚。怅离群万里，恍然惊散。自顾影、欲下寒塘，正沙净草枯，水平天远。写不成书，只寄得、相思一点。叹因循误了，残毡拥雪，故人心眼。

谁怜旅愁荏苒。漫长门夜悄，锦筝弹怨。想伴侣、犹宿芦花，也曾念春前，去程应转。暮雨相呼，怕蓦地、玉关重见。未羞他、双燕归来，画帘半卷。

《孤雁》与《春水》词皆玉田少年擅名之作，晚年无此精湛矣。孔行素称玉田以此词得名，人以“张孤雁”称之。“写不成书”二句写“孤”字入妙，即怀人之作，亦极缠绵幽渺之思，况咏孤雁，人雁双关，允推绝唱。下阕“伴侣”以下数语替孤雁着想，沙岸芦花，念其故侣，空际传情，不让唐人“暮雨相呼疾，寒塘欲下迟”之句。借喻人事，亦停云之谊，故剑之思也。结句以双燕相形，别饶风致，且自喻贞操也。

探春　雪霁

银浦流云，绿房迎晓，一抹墙腰月淡。暖玉生香，悬冰解冻，碎滴瑶阶如霰。才放些晴意，早瘦了、梅花一半。也知不作花看，东风何事吹散。

摇落似成秋苑。甚酿得春来，怕教春见。野渡舟回，前村门掩，应是不胜清怨。次第寻芳去，灞桥外、蕙香波暖。犹听檐声，看灯人在深院。

“放晴”二句从梅花写雪后余寒，思巧而韵雅。“花看”

句言雪本非花，而亦受横风小劫，殆以自喻。下阕“春来”二句言雪尽春归，用笔曲而能达，兼寓“功成身退”之意。后段言雪后之寻芳看灯，由人事写雪霁，情景两得。

高阳台　西湖春感

接叶巢莺，平波卷絮，断桥斜日归船。能几番游，看花又是明年。东风且伴蔷薇住，到蔷薇、春已堪怜。更凄然、万绿西泠，一抹荒烟。

当年燕子知何处，但苔深韦曲，草暗斜川。见说新愁，如今也到鸥边。无心再续笙歌梦，掩重门、浅醉闲眠。莫开帘、怕见飞花，怕听啼鹃。

夏闰庵云：“此词深婉之至，虚实兼到，集中压卷之作。”起二句写春景，工炼而雅。“看花”二句已表出春感。“东风”二句以才人遘末造，即饮香名，已伤迟暮，与残春之蔷薇何异。“凄然”三句与“燕子”四句皆极写其临流凭吊之怀。“新愁”二句怅王孙之路泣，何等蕴藉。“笙歌”以下五句梦断朝班，心甘退谷，本欲以“闲眠浅醉”，送此余生，鹃啼花落，徒恼人怀耳。

扫花游

春饮殊乡，醉余偶赋。

嫩寒禁暖，正草色侵衣，野光如洗。去城数里。绕长堤是柳，钓船初舣。小立斜阳，试数花风第几。问春意。待留取断红，心事难寄。

芳信成捻指。甚远客他乡，老怀如此。醉余梦里。尚分明认得，旧时罗绮。可惜空帘，误却归来燕子。胜游地。想依然、断桥流水。

擅胜处在前、后阕之末四句，皆用轻笔写出春感，如初写黄庭，恰到好处。结笔言“断桥流水”，风景依稀，而人去帘空，独客重游，若归来燕子，有旧时王谢之思。

前调　高疏寮东野园

烟霞万壑，记曲径寻幽，霁痕初晓。绿窗窈窕。看垂花甃石，就泉通沼。几日不来，一片苍云未扫。自长啸。怅乔木苍凉，都是残照。

碧天秋浩渺。听虚籁泠泠，飞下孤峭。山空翠老。步仙风怕有，采芝人到。野色闲门，芳草不除更好。境深悄。比斜川、又清多少。

“绿窗”以下八句纯写空园秋色。“乔木”句有故家之感。“残照”句有末路之悲，自在言外。下阕“野色”二句草满“闲门”，自甘削迹，明其淡泊之志也。

渡江云

久客山阴，王菊存问余近作，书以寄之。

山空天入海，倚楼望极，风急暮潮初。一帘鸠外雨，几处闲田，隔水动春锄。新烟禁柳，想如今、绿到西湖。犹记得、当年深隐，门掩两三株。

愁予。荒洲古溆，断梗疏萍，更飘流何处。空自觉、围羞带减，影怯灯孤。长疑即见桃花面，甚近来、翻笑无书。书纵远，如何梦也都无。

通首警动，无懈可击。前三句写山阴临江风景。以下三句兼状乡居。“隔水动春锄”五字有唐人诗味。“新烟”四句因客里逢春，回思故国。下阕写客怀而兼忆友。夏闰庵评此词云：“宛转关生，情真景真。”此等词与屯田、片玉沆瀣一气，不得谓南宋人不如北宋也。

前调 次赵元肃韵

锦香缭绕地，凉灯挂壁，帘影浪花斜。酒船归去后，转首河桥，那处认纹纱。重盟镜约，还记得、前度秦嘉。惟只有、叶题堪寄，流不到天涯。

惊嗟。十年心事，几曲阑干，想萧娘声价。闲过了、黄昏时候，疏柳啼鸦。浦潮夜涌平沙白，问断鸿、知落谁家。书又远，空江片月芦花。

前半首虽情景并写，尚是闲淡之笔，其经意在后半首，语语含凄婉之音。“浦潮”以下四句寄思空阔，芦花夜月，一片荒寒，愁心更远矣。

声声慢 为高菊涧赋

寒花清事，老圃闲人，相看秋色霏霏。带叶分根，空翠半湿荷衣。沅湘旧愁未减，有黄金、难铸相思。但醉里、把苔笺重谱，不许春知。

聊慰幽怀古意，且频簪短帽，休怨斜晖。采摘无多，一笑竟日忘归。从教护香径小，似东山、还似东篱。待去隐，怕如今、不是晋时。

此咏菊之绝妙好词。以“黄金”句咏黄花，颇新颖。“不许春知”句有“芙蓉生在秋江上，不向东风怨未开”之意。结句虽归去渊明，东篱可采，已非复义熙甲子，言外慨然。

前调 题梦窗自度曲《霜花腴》卷后

烟堤小舫，雨屋深灯，春衫惯染京尘。舞竹歌桃，心事暗恼东邻。浑疑夜窗梦蝶，到如今、犹宿花阴。待唤起，甚江篱摇落，化作秋声。

回首曲终人去，黯消魂忍看，朵朵芳云。润墨空题，惆怅醉魄难醒。独怜水楼赋笔，有斜阳、还怕登临。愁未了，听残莺、啼过柳阴。

《梦窗四稿》，人谓其多有所指。而《锦瑟》之诗，未加笺注。《霜花腴》调中如“烛消人瘦”“兰情稀会”等句，不胜幽抑之怀。玉田题其卷，为他人言愁，未宜着迹。此词精到处，在“梦蝶”二句、“斜阳”三句。“梦蝶”句谓寻芳梦觉，已化秋声，不如留宿花阴，沉酣不醒，有“微生尽恋人间乐，只有襄王忆梦中”诗意。“斜阳”“柳阴”句谓玉田怀友固可，而其辞悲而丽，殆为梦窗空中传恨耶？夏闰庵云：“玉田与诸名流酬唱，皆不苟作。”此词颇有梦窗之意，结语尤胜。

绮罗香　红叶

万里飞霜，千山落木，寒艳不招春妒。枫冷吴江，独客又吟愁句。正船舣、流水孤村，似花绕、斜阳芳树。甚荒沟、一片凄凉，载情不去载愁去。

长安谁问倦旅。羞见衰颜醉酒，飘零如许。漫倚新妆，不入洛阳花谱。为回风、起舞尊前，尽化作、断霞千缕。记阴阴、绿遍江南，夜窗听暗雨。

起三句咏红叶，喻寒不改柯之操，不羡春华。“船舣”二句对语自然，与集中《绮罗香》调“随款步、花密藏春，听私语、柳疏嫌月”同妙，不减梅溪之“临断岸新绿生时，是落红带愁流处”二语。“载情不去”句自是隽咏，用御沟事，是红叶而非落花也。下阕句句咏红叶，而皆自喻身世，超脱而沉着，且直贯至结语，极见力量。结句“绿遍江南”，贞元朝士回首承平，渺如天上矣。

壶中天 *夜泛黄河*

扬舲万里，笑当年底事，中分南北。须信平生无梦到，却向而今游历。老柳官河，斜阳古道，风定波声息。野人惊问，泛槎何处仙客。

迎面落叶萧萧，水流沙共远，都无行迹。衰草凄迷秋更绿，惟有闲鸥独立。浪挟天浮，山邀云去，银浦横空碧。扣舷歌断，海蟾飞上孤白。

此为集中杰作，豪气横溢，可与放翁、稼轩争席。写渡河风景逼真，起句有南渡时神州分裂之感。“闲鸥独立”句谓匹夫志不可夺。夏闰庵云：“非特苍凉悲壮，且确是渡河而非渡江。”下阕虽写景，而“衰草”“闲鸥”句兼以书感，名句足敌白石。

八声甘州 *坐客索赋歌妓桂卿*

隔花窥半面，带天香、吹动一身秋。叹行云流水，寒枝夜鹊，杨柳湾头。浪打石城风急，难系莫愁舟。未了笙歌梦，倚棹西州。

重省寻春乐事，奈如今老去，鬓改花羞。指斜阳巷陌，都是旧曾游。凭寄语、采芳俦侣，且不须、容易说风流。争似得、桃根桃叶，明月妆楼。

起句便得神。“天香”句赠桂卿，语殊隽妙。下阕言身亦歌场阅历之人，杜牧风流，非尽人可学，载归桃叶、拥艳姬者，能有几人？下语超脱。结句“明月妆楼”尤见含蕴。

前调

辛卯岁，沈秋江同余北归，秋江处杭，余处越。越岁，秋江来访寂寞，晤语数日，又复别去。赋此饯行，并寄曾心传。秋江名尧道。

记玉关、踏雪事清游。寒气脆貂裘。遍枯林古道，长河饮马，此意悠悠。短梦依然江表，老泪洒西州。一字无题处，落叶都愁。

载取白云归去，问谁留楚珮，弄影中洲。折芦花赠远，零落一身秋。向寻常、野桥流水，待招来、不是旧沙鸥。空怀感、有斜阳处，却怕登楼。

上阕“短梦”以下四句能用重笔，力透纸背，为《白云词》中所罕有。“折芦花”二句传诵词苑，咸推名句。

前调　次韵李筠房

望娟娟、一水隐芙蓉，几被暮云遮。正凭高送目，西风断雁，残月平沙。未觉丹枫尽老，摇落已堪嗟。无避秋声处，愁满天涯。

一自鸥盟别后，甚酒瓢诗锦，轻误年华。料荷衣初暖，不忍负烟霞。记前度、剪灯一笑，再相逢、知在那人家。空山远、白云休赠，只赠梅花。

纯以静婉之笔，写秋士善怀，恐秋声引愁，闻声敛避，已属可悲，至避无可避，其愁宁有际耶！下阕言烟霞旧约，岂愿轻辜，但云萍纵迹，不知何处漂流？故结笔有“空山白云”句。灯前一笑，愈见其悲也。

真珠帘　梨花

绿房几度迎清晓，光摇动、素月娟娟如水。惆怅一株寒，记东阑闲倚。近日花边无旧雨，便寂寞、何曾吹泪。烛外。漫羞得红妆，而今犹睡。

琪树皎立风前，万尘空独抱，飘然清气。雅淡不成娇，拥玲珑春意。落寞云深诗梦浅，但一似、唐昌宫里。元是。是分明错认，当时玉花。

《乐府指迷》云：“如咏物须……用一两件事印证方可。如清真咏‘梨花’《水龙吟》第三、第四句须用樊川、灵关事，又‘深闭门’及‘一枝带雨’事，……方表得梨花。若全篇只说花之白，则是凡白花皆可用，如何见得是梨花。”玉田此作，用“东阑一枝雪”“寂寞泪阑干”“落寞梦中云”等句，隶事雅切，确是梨花，且景中有人在。“玲珑春意”四字描写得神。“烛外”三句言红妆之酣睡，以见梨花之雅淡，故下阕有“雅淡不成娇”句以表之，其有所讽喻耶？

湘月

余载书往来山阴道中，每以事夺，不能尽兴。戊子冬晚，与王中仙、徐绝壁曳舟溪上，天空水寒，古意萧瑟。中仙有词雅丽，绝壁作《晋雪图》，亦清逸可观。余述此词，姜白石鬲指声也。

行行且止。把乾坤收拾，篷窗深里。星散白鸥三四点，数笔横塘秋意。岸觜冲波，篱根受叶，野径通村市。疏风迎面，湿衣元是空翠。

堪叹敲雪门荒，争棋墅冷，苦竹鸣山鬼。纵使如今犹有晋，无复清游如此。落日沙黄，远天云淡，弄影芦花外。几时归去，剪取一半烟水。

“鸥点”二句写出水乡秋意。“岸觜”二句状村景细确。下阕因《晋雪图》而叹袁安宅废，谢傅庭空，即使晋代犹存，而斯人不作，谁共清游。玉田与中仙皆君国之念甚深，其追怀晋代，亦借古慨今也。

台城路

庚辰会汪菊坡于蓟北，恍然如梦，回忆旧游，已十八年矣。

十年前事翻疑梦，重逢可怜俱老。水国春空，山城岁晚，无语相看一笑。荷衣换了。任京洛尘沙，冷凝风帽。见说吟情，近来不到谢池草。

欢游曾步翠窈。乱红迷紫曲，芳意多少。舞扇招凉，歌桡唤玉，犹忆钱塘苏小。无端暗恼。又几度留连，燕昏莺晓。回首妆楼，甚时重去好。

起二句情真而笔透，自是高格。以下述老来境遇，虽山水依然，而春空岁晚，浪游蓟北，素衣已化缁尘，能不吟情冷落耶？十八年往事，潮上心头，惟有付之一笑。下阕临安回首，家国苍凉，偶忆及钱塘苏小，聊作闲情之赋耳。

琐窗寒

王碧山又号中仙，越人也。其诗清峭，其词娴雅，有姜白石意趣，今绝响矣。余悼之玉笥山，长歌之急，甚于哀恸。

断碧分山，空帘剩月，故人天外。香留酒殢，蝴蝶一生花里。想如今、醉魂未醒，夜台梦语秋声碎。自中仙去后，诗笺赋笔，便无情致。

都是。凄凉意。怅玉笥埋云，锦袍归水。形容憔悴。料应也、孤吟山鬼。那知人、弹折素琴，黄金铸出相思泪。但柳枝、门掩枯阴，候蛩啼暗苇。

玉田与碧山在浙中词苑齐名，交谊至笃，故词极沉痛。首句分用“碧山”二字，兼有悼逝意。秋声碎梦，盼残魄之归来；山鬼披萝，想孤吟之念我，真长歌之悲也。垂老有牙琴之感者，诵此词为之不怡中夜。

忆旧游

新朋故侣，醉酒迟留，吴山纵横，渺兮余怀。

记开帘过酒，隔水悬灯，款语梅边。未了清游兴，又飘然独去，何处山川。淡风暗收榆荚，吹下沈郎钱。叹客里光阴，消磨艳冶，都在尊前。

留连。殢人处，是鉴曲窥莺，兰沼围泉。醉拂珊瑚树，写百年幽恨，分付吟笺。故乡几回飞梦，江雨夜凉船。纵忘却归期，千山未必无杜鹃。

原题云：“新朋故侣，醉酒迟留。”未言所赠何人，盖怀友兼怀乡而作。“淡风榆钱”句写春尽，语颇清新。“客里光阴”三句包含多少情怀，颇似《片玉词》。下阕“故园”二句有远韵。结句意谓耕山钓水，未必无箕颍其人，故取喻杜鹃，而自叹迟留也。

前调　登越中蓬莱阁

问蓬莱何处，风月依然，万里江清。休说神仙事，便神仙纵有，即是闲人。笑我几番醒醉，石磴扫松阴。甚狂客难招，采芳难赠，且自微吟。

俯仰成陈迹，叹百年谁在，阑槛孤凭。海日生残夜，看卧龙和梦，飞入秋暝。还听水声东去，山冷不生云。正极目空寒，萧萧汉柏愁茂陵。

蓬莱阁为越中胜地，宋季词客登临，每有题咏。上阕因阁名取“谪居犹得住蓬莱”诗意，故言在松石间醉歌闲放，即无异谪仙，但独行无侣，撄心之痛，只有“微吟”。下阕因其结笔“汉柏茂陵”句，有六陵冬青之感，知其后半阕皆君国之思。蓬莱阁在绍兴郡治，非如岱顶韬光，可观日出，其言“海日”者，以“日”喻君象，以“残夜”喻时当末造，以“龙入秋暝”喻鼎湖之龙去，以“水声东逝”喻颓运之难回。“山冷不生云”句言一旅兴邦，更无余望，哀莫大于心死，犹空山之不复生云，诚哀思之音也。转头处“俯仰”二字与他阕平声异。

前调

过邻家，望故园有感。

记凝妆倚扇，笑眼窥帘，曾款芳尊。步屧交枝径，引生香不断，流水中分。忘了牡丹名字，和露拨花根。甚杜牧重来，买栽无地，都是消魂。

空存。断肠草，伴几折眉痕，几点啼痕。镜里芙蓉老，问如今何处，绾绿梳云。怕有旧时归燕，犹自识黄昏。待说与羁愁，遥知路隔杨柳门。

张循王故宅在临安，擅池台花木之胜。玉田在邻家，遥望故园，回思当日牡丹亭畔歌筵盛况，旧主重来，望庐思人，不尽家国沧桑之感。燕归已近黄昏，犹人归已经易世，而垂杨路隔，等燕子之无家，宜其长言咏叹也。

前调

余与赵元父一别四载，癸巳春，见之古杭，鬓苍颜改，心事顾却，以余之况味，有于元父甚者，因歌此曲。

叹江潭树老，杜曲门荒，同赋飘零。乍见翻疑梦，对萧萧短发，都是愁根。秉烛故人归后，花月锁春深。纵草带堪题，争如片叶，能寄殷勤。

重寻。已无处，尚忆得依稀，柳下东邻。伫立香风外，抱孤愁凄惋，羞燕惭莺。俯仰十年前事，醉语醒还惊。又晓日千峰，涓涓露湿花气生。

玉田与赵元父重遇于杭州，年老途穷，两人况味相似。上阕历叙身世同悲，殷勤赠句。下阕尤为沉郁。“羞燕惭莺”句盖自愧回天无力，空有惊座之狂谈。醒后晓起，看日照千峰，露浓花发，世间已换一番新气，谁顾江潭残客耶？

探芳信 次周草窗韵

坐清昼。正冶思萦花，余酲倦酒。甚采芳人老，丹心尚如旧。消魂忍说铜驼事，不是因春瘦。向西园，竹扫颓垣，蔓罗荒甃。

风雨夜来骤。叹歌冷莺帘，恨凝蛾岫。愁到今年，都似去年否。赋情懒听山阳笛，目极空搔首。我何堪、老却江潭汉柳。

唐末五代遗民，行歌禾黍，辄托诸美人香草，虽茹蘖饮冰，而其辞则乱，良足伤矣。玉田和草窗《西湖春感》词，则“丹心如旧，忍说铜驼”等句，皆情见乎词，以抒忠爱。和“瘦”字韵与草窗同工。和“柳”字韵草窗有恋阙之忱，玉田有摇落之感，皆长歌之哀也。

浣溪沙

犀押帘栊小院深。杨花昼扑帐愔愔。梦回孤蝶弄春阴。

乍见楚衣收带眼，初匀商鼎熨香心。燕归摇动护花铃。

写闺怨而无迹可寻，仅于“孤蝶”及“收带眼”五字略露本意。后阕娟楚而含凄韵，如掩抑冰丝，弹怨入落花深处也。

疏影

柳黄未结。放嫩晴消尽，断桥残雪。隔水人家，浑是花阴，曾醉好春时节。轻车几度长堤晓，想如今、燕莺犹说。纵艳游、得似当年，早是旧情都别。

重到翻疑梦醒，弄泉试照影，惊见华发。却笑归来，石老云荒，身世飘然一叶。闲门约住青山色，自容与、吟窗清绝。怕夜寒、吹到梅花，休卷半帘明月。

玉田虽系出朱邸，遭逢不偶，遗行不少概见。于庚寅年自燕、赵北归，辛卯至杭州，襟怀淡泊，将以肥遁终身，可于此词见之。重至西湖访旧，时年近五十，故有“惊见华发”句。抚今追昔，于上、下阕分咏之。莺燕好春，怅堕欢之难拾；闲门山色，愿终老于是乡。结句“恐寒到梅花”虑身世之孤危，与“愁到鸥边”句同感也。

庆清朝

韩亦颜归隐两水之滨，殆未逊王右丞辛夷沜。余亦从之游，散发吟眺，一任所适，盘花旋竹，至暮始归。自太白去后三百年，无此乐也。宁复易得耶！

浅草犹霜，融泥未燕，晴梢润叶初干。闲扶短策，寻幽小叙清欢。错认篱根是雪，梅花过了一番寒。风还峭，较迟芳信，恰似春残。

此境此时此意，待携琴独去，石冷慵弹。飘飘爽气，飞鸟相与俱还。醉里不知何处，好诗尽在夕阳山。山深杳，更无人到，流水花间。

此词以上、下阕之后段为精。落梅误雪及“春残”句，见词心之清妙。结处“夕阳山”七字，可称名句。“山深杳”三句极超脱。惟第二句“燕”字，似觉未稳。

疏影　梅影

黄昏片月。似碎阴满地，还更清绝。枝北枝南，疑有疑无，几度背灯难折。依稀倩女离魂处，缓步出、前村时节。看夜深、竹外横斜，应妒过云明灭。

窥镜蛾眉淡扫，为容不在貌，独抱孤洁。莫是花光，描取春魂，不怕丽谯吹彻。还惊海上燃犀去，照海底、珊瑚疑活。做弄得、酒醒天寒，空对一庭香雪。

前半虽句句赋“梅影”，而犹着迹象，意所易到，不若后阕“花光”以下七句从实际传神，见灵心妙腕也。

声声慢

己亥岁，自台回杭。雁旅数月，复起归兴。余冉冉老矣，谁能重写卧游编否。

穿花省路，傍竹寻邻，如何故隐都荒。问取堤边，因甚减却垂杨。消磨纵然未尽，满烟波、添了斜阳。空太息，又翻成无限，杜老凄凉。

一舸清风何处，把秦山晋水，分贮诗囊。兴已飘萧，休问岁晚空江。松陵试招旧雨，怕白鸥、犹识清狂。渐溯远，望并州、却是故乡。

“垂杨”四句含意甚多，论字面柳少则夕阳自多，写景颇确；论取喻则老成虽仅有存者，新进却乘时竞起。但原题云：“自台还杭，……冉冉老矣。”则“垂杨”句当是嗟老之意。言来日渐减，则老态日多，等于柳岸之斜阳也。下阕“秦山晋水”及“并州”等句，玉田以西秦凤翔人随宦临安，而年少时流寓北方颇久，故结句用“却望并州是故乡”诗意，浮屠桑下，未能忘情也。

长亭怨

岁庚寅，会吴菊泉于燕蓟。越八年，再会于甬东。未几别去，将复之北，遂作此曲。

记横笛、玉关高处。万里沙寒，雪深无路。破却貂裘，远游归后、与谁谱。故人何许，浑忘了、江南旧雨。不拟重逢，应笑我、飘零如羽。

同去。钓珊瑚海树，底事便成行旅。烟篷断浦，更几点、恋人飞絮。如今又、京国寻春，定应被、薇花留住。且莫把孤愁，说与当时歌舞。

此词于送友之交情及一身之沦落，于上阕结句及后阕见之。“重逢”二句言故人久别，满拟同致青云，而飘零依旧。转头处三句言会少离多，又将别去。“烟篷”二句写别时况味，情景兼至。后言此行遇合，当比我差强，勿道及江南残客，使五陵裘马笑人也。

西子妆

吴梦窗自制此曲。余喜其声调婀雅，久欲效而未能。甲午春寓罗江，陈文卿闲行江上，景况离离，因填此词。惜旧谱零落，不能倚声而歌也。

白浪摇天，清阴涨地，一片野情幽意。杨花点点是春心，替风前、万花吹泪。遥岑寸碧，有谁看、朝来清气。自沉吟，甚流光轻掷，繁华如此。

斜阳外。隐约孤村，隔坞闲门闭。渔舟何似莫归来，想桃源、路通人世。危桥静倚。千年事、都消一醉。漫依依、愁落鹃声万里。

四五句既言杨花“是春心”，又言替花“吹泪”，可谓思入幽玄。与“不是杨花，点点是离人泪”同为妙咏。“遥岑”二句西山致有爽气，而朝来相赏无人，与轻掷光阴者，同其辜负。下阕言绝好斜日渔村，而扁舟不返，殆已入桃源，或其时有招隐而不归者，借此寄讽。结句谓乡心万里，愁听鹃声，不如一醉都忘，安问千百年尔许事耶？“遥岑寸碧”句，四印斋本注云：“‘碧’字借叶，方彼切。”非失韵也。周稚圭选改作“残山剩水”，非是。

春从天上来

自东越还西湖，饮董昌士书楼。

海上回槎。念旧时鸥鹭，犹恋蒹葭。影散香消，水流云在，疏树十里寒沙。难问钱塘苏小，都不见、擘竹分茶。更堪嗟。问荻花江上，谁弄琵琶。

烟霞。自延晚照，尽换了西林，窈窕纹纱。蝴蝶飞来，不知是梦，犹疑春在邻家。一掬幽怀难写，春何处、春已天涯。减繁华。漫愁杜宇，莫是杨花。

故国重来，旧人云散。上阕至“纹纱”句历历叙之。“蝴蝶飞来”以下八句，是春是梦，一片迷离幽怨。家国苍凉之感，合并其中。春自无情，人自伤情，勿错怨杨花、杜宇也。

八声甘州

陈文叔与余别十载，余东还，文叔北归，聚首于杭，况味相对寥落，遂述此词。更十年后视之，又当何如耶？

记当年、紫曲戏分花，帘影最深深。听惺忪语笑，香寻古字，谱掐新声。散尽黄金歌舞，那处着春情。梦醒方知梦，梦岂无凭。

几点别余清泪，尽化作妆楼，断雨残云。指梢头旧恨，豆蔻结同心。都休问、北来南去，但依依、同是可怜人。还飘泊，何时尊酒，却说如今。

画帘语笑，处处春情，但皆借黄金之力，金尽安有春情，乃阅历之谈。明知是梦，而梦实有凭，笔意曲而能达。下阕“别泪”三句凄清而艳雅。但此为送友而作，观“同是可怜人”句，则“残云断雨”，皆属寓言，上阕既云春情无着，安有红巾别泪耶？结句盼尊酒重逢，即唐人“巴山话雨”之意。

探春　己亥岁晚客吴中作

列屋烘炉，深门响竹，催残客里时序。投老情怀，薄游滋味，消得几多凄楚。听雁听风雨，更听过、数声柔橹。暗将一点归心，细把乡书分付。

试问西楼在否。休忘了盈盈，端正窥户。帘卸蟾冰，柳萦蛾雪，次第满城箫鼓。闲见谁家月，浑不记、旧游何处。伴我微吟，恰有梅花一树。

前六句写吴下岁除景物，借遣客怀。“听雁”二句叠用三“听”字，表独客先闻之况。而旅居能闻橹声，尤确肖吴中临水人家。下阕“谁家月”三句重访旧游，依微若梦，今宵明月，知照谁家，向空处寄情。玉溪生所谓相思无益、“未妨惆怅”也。结句言前欢既渺，幸有梅花作伴，为岁寒良友，聊自慰耳。

台城路　抵吴中书寄旧友

分明柳上春风眼，曾见少年人老。雁拂黄沙，天垂碧海，野艇谁家昏晓。惊心梦觉。漫慷慨悲歌，赋归不早。想得相如，此生终是倦游了。

经行几度怨别，酒痕消未尽，空被花恼。茂苑重来，竹溪深隐，还胜飘零多少。羁怀顿扫。尚识得妆楼，那回苏小。寄语盟鸥，问春何处好。

上阕前、后四句颇有味，谓换尽春游裙屐，惟柳垂青眼，历历见之，己亦柳眼中当时年少之人，安得不年老倦游？下阕“茂苑”句以下，谓借吴中佳地，稍慰客怀，但旧日妆楼，依稀门巷，同游之故侣凋零，只可招沙上闲鸥，寻消问息耳。

渡江云 客中寒食写兴

江山居未定，貂裘已敝，空自带愁归。乱水流花外，访里寻邻，都是可怜时。桥边燕子，似软语、斜日江蓠。休问我、如今心事，错认镜中谁。

还思。新烟惊扰，旧雨难招，做不成春意。浑未省、谁家芳草，犹梦吟诗。一株古柳观渔港，傍清凉、足可幽栖。闲趣好，白鸥尚识天随。

此作与《台城路》词意相似，皆善写重游情况。玉田生平踪迹，历燕、蓟、天台、明州、山阴、义兴等处，而于吴中尤所恋恋。此调前六句不过自述，“桥边”以下四句及后阕，追忆前游，极闲婉之致。“芳草”“燕子”等句皆在空际回旋。“谁家芳草”即《台城路》“尚识得妆楼”之意；白鸥闲趣，即“寄语盟鸥”之意，“错认镜中”句形容非昔，如屈子之“行吟泽畔”也。

月下笛 寄仇山村

千里行秋，支筇背锦，顿怀清友。殊乡聚首。

爱吟犹自诗瘦。山人不解思猿鹤，笑问我、韦娘在否。记西湖画舸，花柔春闹，几番携手。

别后。都依旧。但靖节门前，近来无柳。盟鸥尚有。可怜西塞渔叟。断肠不恨江南老，恨落叶、飘零最久。倦游处、减羁愁，犹未消磨是酒。

同为衰世遁迹之人，乃不问猿鹤，而问当日之韦娘，且忆及“花柔春闹”，仇山村当是至友，故以谐笑出之。下阕叙别后近况，衰老本无可避，所恨者老年长此飘零，羁愁莫遣，仅借酒遣之，烟尘长望，向故友一诉其不平耳。

新雁过妆楼

乙巳菊日，寓溧阳，闻雁声，因动脊令之感。

遍插茱萸。人何处、客里顿懒携壶。雁影涵秋，绝似暮雨相呼。料得曾留堤上月，旧家伴侣有书无。渺愁余。数声怨抑，翻致无书。

谁识飘零万里，更可怜倦翼，同此江湖。饮啄关心，知是近日何如。陶潜尚存菊径，最堪羡、松风陶隐居。沙汀冷，拣寒枝不似，烟水寒芦。

前半平淡之笔，其作意在后半阕，人与雁合写，语悲而情真。结句用东坡“拣尽寒枝不肯栖，寂寞沙洲冷”词意，回首乡山，秦云万里，弟兄同感飘零，况听相呼暮雨声耶？

南楼令　送黄一峰游灵隐

重整旧渔蓑。江湖风雨多。好襟怀、近日消磨。流水桃花随处有，终不似，隐烟萝。

南浦又渔歌。挑云泛远波。想孤山、山下经过。见说梅花都老尽，凭为问，是如何。

风尘澒洞，固应归隐烟萝，但一舸江湖，尚愁风雨，须预整渔蓑，其情更苦。下阕虽高洁如梅花，亦复老尽，犹新愁也到鸥边。“为问如何”句问何以劫到梅花，则滔滔浊世，更无招隐地矣。

四字令

莺吟翠屏。香吹絮云。东风也怕飘零。带飞花赶春。

邻娃笑声。嬉游趁晴。明朝何处相寻。那人家柳阴。

词人送春之意，数见不鲜，而风亦赶春，此意无人道及。下阕之意，其如陈思王惊艳耶？或谓春尽花飞，而邻娃依然嬉笑，若商女之不知恨耶？

醉落魄

柳侵阑角。画帘风软香红落。引人蝴蝶翻轻薄。已自关情，和梦近来恶。

眉梢轻把闲愁着。如今愁重眉梢弱。双眉不画愁消却。不道愁痕，来傍眼边觉。

下阕五句重叠写愁，如剥茧抽丝，词心与愁心皆相引而弥长，一线盘旋，为小令中别成一格。

前调　题赵霞谷所藏《梦窗词》卷

镂花镌叶。满枝风露和香撷。引将芳思归吟箧。梦与魂消，闲了弄香蝶。

小楼帘卷歌声歇。幽篁独处泉呜咽。锦笺空在愁难说。霜角塞梅，吹碎半江月。

“镂花”二句言梦窗词之工妙。“梦与魂消”句写人琴之感。结处承“锦笺”句，言词境清高，若寒梅霜月而写足凄凉之景，兼有凭吊之思。

清平乐

候蛩凄断。人语西风岸。月落沙平流水漫。惊见芦花来雁。

暗教愁损兰成。可怜夜夜关情。只有一枝梧叶，不知多少秋声。

“梧叶”十二字如絮浮水，如露滴荷，虽沾而非着，词中胜境，妙手偶得之。欧阳公赋“秋声”，从广大处落笔，此从精微处着想，皆极文词之能事。

虞美人

余昔赋柳儿词，今有杜牧重来之叹。刘梦得诗云：“春尽絮飞留不得，随风好去落谁家。”作忆柳曲。

修眉刷翠春痕聚。难剪愁来处。断丝无力绾韶华。也学落红流水到天涯。

那回错认章台下。却是阳关也。待将新恨趁杨花。不识相思一点在谁家。

此曲以“断丝”二句最耐吟讽。玉田虽以杜牧自况，而“断丝”二句兼有身世飘摇之感，与《国香》调之“相看两流落”句相似。

红情　荷花

无边香色。记涉江自采，锦机云密。翦翦红衣，学舞波心旧曾识。一见依然似语，流水远、几回空忆。动倒影、取次窥妆，玉润露痕湿。

闲立。翠屏侧。爱向人弄芳，背酣斜日。料应太液。三十六宫土花碧。清兴凌风更爽，正无数、满汀如昔。泛片叶、烟波里，卧横紫笛。

此调上阕之“一见依然”二句、下阕之“料应太液”二句见作意，余近平弱。夏闰庵评云：“与姜白石赋梅，同一寄托而不如白石。彼是忧危语，此是凭吊语，亦时为之也。”起笔“无边香色”四字与咏“荷叶”之起句均佳。

绿意　荷叶

碧圆自洁。向浅洲远渚，亭亭清绝。犹有遗簪，不展秋心，能卷几多炎热。鸳鸯密语同倾盖，且莫与、浣纱人说。恐怨歌、忽断花风，碎却翠云千叠。

回首当年汉舞，怕飞去漫绉，留仙裙折。恋恋青衫，犹染枯香，还叹鬓丝飘雪。盘心清露如铅水，又一夜、西风吹折。喜静看、匹练秋光，倒泻半湖明月。

赋“荷叶”胜于赋花，层折较多，分五、六层意，次第写出，且句亦矜炼，结句尤见清超。

国香

沈梅娇，杭妓也，忽于燕蓟见之，把酒相劳苦，犹能歌周清真《意难忘》《台城路》二阕，因属余记其事。词成，以素罗悦书之。

莺柳烟堤。记未吟青子，曾比红儿。懒娇弄春微透，鬟翠双垂。不道留仙不住，便无梦、吹到南枝。相看两流落，掩面凝羞，怕说当时。

凄凉歌楚调，袅余音不放，一朵云飞。丁香枝上，几度款语深期。拜了花梢淡月，最难忘、弄影牵衣。无端动人处，过了黄昏，犹道休归。

上阕“留仙”以下五句同是沦落，有“江州司马”之思。结处“黄昏”二句有“城上已三更，……不如休去”之意。观“拜月”二句，其人当颇风雅，想见翠袖支颐，红牙按拍，宜玉田眷恋也。

新雁过妆楼　菊花

风雨不来，深院悄、清事正满东篱。杖藜重到，秋风冉冉吹衣。瘦碧飘萧摇露梗。腻黄秀野拂霜枝。忆芳时。翠微唤酒，江雁初飞。

湘潭无人吊古，叹落寞自采，谁寄相思。淡泊生涯，聊伴老圃斜晖。寒香应遍故里，想鹤怨、山空人未归。归何晚，问径松不语，只有花知。

上阕《忆芳时》三句之写景，与下阕“淡泊生涯”四句之言情，皆疏宕而有远韵，绝无咏菊陈言，可称逸品。

念奴娇

绕枝倦鹊，鬓萧萧、肯信如今犹客。风雪客衣寒叶补，一点灯花悬壁。万里舟车，十年书剑，此意青天识。泛然身世，故家休问清白。

却笑醉倒山翁，石床飞梦，不入槐安国。只恐溪山游未了，莫叹飘零南北。滚滚江横，呜呜歌罢，渺渺情何极。正无聊赖，天风吹下孤笛。

此调共赋两首，此为次首，较第一首为精湛。笔势挺健，浩气流转，有“叩舷长啸”“万象宾客”之概。高迴如白石，雄慨似东坡，与咏“春水”“孤雁”及《西湖春感》等皆集中名作。

霜叶飞　毗陵宅中闻老妓歌

绣屏开了。惊诗梦，娇莺啼破春悄。稳将谱字转清圆，正杏梁声绕。看帖帖、蛾眉淡扫。不知能聚愁多少。叹客里凄凉，尚记得、当年雅音，低唱还好。

同是落殊乡，相逢何晚，坐对真被花恼。贞元朝士已无多，但荒烟衰草。未忘得、春风窈窕。却怜张绪如今老。且慰我、留连意，莫说西湖，那时苏小。

玉田满怀禾黍之悲，闻老妓歌，有触即发，如闻龟年琵琶，重谈天宝；敬亭檀板，犹说宁南。上阕“蛾眉”二句及后“贞元朝士”四句尤为凄怆动人。

清平乐

采芳人杳。顿觉游情少。客里看春多草草。总被诗愁分了。

去年燕子天涯。今年燕子谁家。三月休听夜雨，如今不是催花。

羁泊之怀，托诸燕子；易代之悲，托诸夜雨，深人无浅语也。

朝中措

清明时节雨声哗。潮拥渡头沙。翻被梨花冷看，人生苦恋天涯。

燕帘莺户，云窗雾阁，酒醒啼鸦。折得一枝杨柳，归来插向谁家。

司马周南留滞，贻笑梨花；幼安辽海无家，空攀杨柳，是善于怨悱者。

甘州 饯周草窗西归

记天风飞珮紫霞边，顾曲万花深。怪相如游倦，杜陵愁老，还叹飘零。短梦恍然今昔，故国十年心。回首三三径，松竹成阴。

不恨片帆南浦，只恨剪灯听雨，谁伴孤吟。料瘦筇归后，闲锁北山云。是几番、柳边行色，是几番、同醉古园林。烟波远、笔床茶灶，何处逢君。

此首集中未载，从《绝妙好词》补录。上阕虽述怀，而“今昔”“故国”二句与草窗同感。下阕皆录别，两用“几番”句，想见交谊深久。夏闰庵云：“此与其下《月下笛》一首皆浑成透剔，渣滓全净，玉田胜处。”

月下笛

孤游万竹山中、闲门落叶，愁思黯然，因动《黍离》之感。时寓甬东积翠山舍。

万里孤云，清游渐远，故人何处。寒窗梦里，犹记经行旧时路。连昌约略无多柳，第一是、难听夜雨。漫惊回凄悄，相看烛影，拥衾谁语。

张绪。归何暮。半零落依依，断桥幽鹭。天涯倦旅。此时心事良苦。只愁重洒西州泪，问杜曲、人家在否。恐翠袖、正天寒，犹倚梅花那树。

此词从《词综》补录。玉田词每隐寓君国之思，此则明言《黍离》之感，抚连昌杨柳，访杜曲门庭，亡国失家之痛，并集于怀矣。《山中白云词》旧刻为一百五十首，后人搜辑，复得一百七首，《绝妙好词》选玉田词三首，张皋文选一首，董毅续选二十三首，今选释得六十首，爱玉田词者，可得其大概矣。〇佳句尚多，附录于后：《思佳客》："铜驼烟雨栖芳草，休向江南问故家。"《声声慢》："白鸥更闲似我，趁平芜、飞过斜阳。"《谒金门》："忽见旧巢还是错。燕归何处着。"《壶中天》："故国荒城，斜阳古道，可奈花狼藉。"《甘州》："几消凝、此图谁画，细看来、元不是终南。无心好，休教出岫，只在深山。"《声声慢》："知鱼淡然自乐，钓清名、空在丝纶。笑未已，笑严陵、还笑渭滨。"《瑶台聚八仙》："玄真子，共游烟水、人月俱高。"《台城路》："当年不信江湖老，如今岁华惊晚。路改家迷，花空荫落，谁识重来刘阮。"《风入松》："今朝准拟花前醉，奈今宵、别是光阴。"《唐多令》："欲趁桃花流水去，又却怕、有风波。"《鹧鸪天》："夜来折得江头柳，不是苏堤也皱眉。"《清平乐》："莫趁春风飞去，玉关夜雪犹深。"《玉漏迟》："寒木犹悬故叶，又过了、一番残照。"《齐天乐》："屋破容秋，床空对雨，迷却青门瓜圃。"《念奴娇》："琴剑空随身万里，天地谁非行客。"《一萼红·周草窗新居》："好襟怀、初不要人知。"〇玉田与姜白石齐名，世有姜张之目。郑所南谓玉田："三十年汗漫南北数千里，……仰攀姜尧章、史邦卿、卢蒲江、吴梦窗诸名胜，互相鼓吹春声于繁华世界……能令后三十年西湖锦绣山水，犹生清响。"仇山村谓其"意度超玄，律吕协洽"。舒阆风谓其"诗有姜尧章深婉之风，词有周清真雅丽之思，画有赵子固潇洒之意，未脱承平公子故态"。光绪间王鹏运校刻其集，亦推许甚至。

王炎午一首

沁园春

又是年时，杏红欲吐，柳绿初芽。奈寻春步远，马嘶湖曲，卖花声过，人唱窗纱。暖日晴烟，轻衣罗扇，看遍王孙七宝车。谁知道，十年魂梦，风雨天涯。

休休何必伤嗟。漫赢得、青青两鬓华。且不知门外，桃花何代，不知江左，燕子谁家。世事无情，天公有意，岁岁东风岁岁花。拚一笑，且醒来杯酒，醉后杯茶。

前八句纯写春景，句颇明秀。以"风雨天涯"二句归到本意，则历历春痕，都成惆怅。下阕皆作超悟语，而其心弥苦。炎午曾为文信国作生祭文，盖志节之士，宜悲之深也。

胡浩然一首

传言玉女

一夜东风，不见柳梢残雪。御楼烟暖，对鳌山彩结。箫鼓向晚，凤辇初回宫阙。千门灯火，九逵风月。

绣阁人人，乍嬉游、困又歇。艳妆初试，把珠帘半揭。娇羞向人，手捻玉梅低说。相逢长是，上元时节。

见本意处在结句，以珠帘绣阁中人，而每值上元，辄相邂逅，即此一端，可见京都灯节之盛，丽人之多，画鳞爪而全龙若见，不仅描写绮情也。○按此词一作晁冲之词。